이상적인 기둥서방 생활

5

渡辺 恒彦
와타나베 츠네히코
illustration 아야쿠라 쥬

여왕 아우라는 왕궁 소회의실에서 긴급 비공식 회합을 열었다.

문 저편에서 두 여성이 나타났다.

앞장서 들어오는 사람은 「자칭 웁살라 왕국 제1왕녀」

프레야 웁살라.

그 뒤는 호위 여전사 **스카디.**

프레야 공주를 보고 맨 처음 눈이 간 곳은 머리였다.

푸른 빛이 도는 은발이라는 불가사의한 색의 머리카락을 짧게 바짝 잘라 정돈했다.

이상의 인
기둥서방생활 ❺

이상ㅎ인
기둥서방생활 ⑤

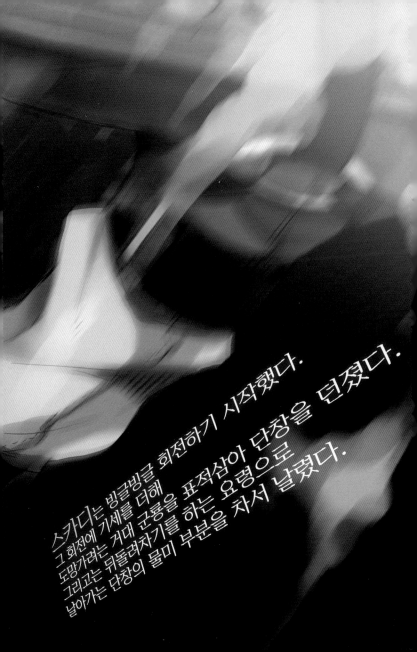

스카디는 빙글빙글 회전하기 시작했다.
그 회전에 기세를 더해
도망가려는 거대 군용을 표적삼아 단창을 던졌다.
그리고는 뒤돌려차기를 하는 요령으로
날아가는 단창의 물미 부분을 차서 날렸다.

보나 왕녀의 본심을 알아채지 못할 만큼
젠지로도 둔하지는 않았다.

「좋아요. 기대하겠습니다. 프란체스코 전하께도. 물론 보나 전하께도요」

라고 선물의 대상에 프란체스코 왕자뿐 아니라 보나 왕녀도 포함되어 있음을 명확히 했다.

INTRODUCTION

이상적인 기둥서방 생활 ⑤

부부 사이에 균열이……?

지금껏 헌신적으로 여왕 아우라를 위해 최선을 다해 온 젠지로.

하지만 이번엔 처음으로 아우라의 방식에 반기(?)를?

두 사람의 생각이 엇갈리는 것일까……!?

젠지로가 총지휘관이 되어

군룡 토벌에 나선다는 생각지도 못한 전개.

새로운 히로인? 부부의 위기? 그리고 군룡은?

흥미 만점의 제 5권, 시작합니다!

이상적인 기둥서방 생활
❺

와타나베 츠네히코

길찾기

CONTENTS

일러스트 아야쿠라 쥬 **장정·본문 디자인** 5GAS DESIGN STUDIO
교정 아이카와 카오리(도쿄출판서비스센터) **편집** 다카하라 히데키(주부의 벗)
한국어판 번역 이기진 **로고** 박재성 **교정** 정성학 **마케팅** 이승우 **편집·주간** 박관형

[프롤로그] 항구도시의 배 그림자

발렌티아는 카파 왕국 최대의 항구도시다.

카파 왕국에서 손에 꼽는 대도시인 이 지방의 지배자는 '발렌티아 공작'으로 되어 있지만, 실은 역사적으로 80% 이상의 기간 동안 국왕의 직할지로 있어 왔다.

그것은 현 국왕인 아우라도 예외가 아니다.

아우라는 카파 왕국 국왕이면서 동시에 발렌티아 공작이기도 한 것이다.

그도 그럴 것이 발렌티아는 소금의 주요 생산지인 동시에 왕국 최대의 무역항이기 때문이다. 사람, 물건, 돈이 움직이는 양으로 말하자면 시기에 따라서는 수도 카파를 뛰어넘을 정도다.

능력과 인격 공히 웬만큼 신뢰할 수 있는 인물이 아니면 이 지역을 맡길 수 없다고 역대 국왕들이 생각한 것도 당연한 일이다.

애초에 아우라는 지난 전쟁에서 그녀 이외의 국내 왕족이 모두 죽었기 때문에, 다른 이에게 맡기려 해도 그럴 수 없는 사정이 있었지만.

어쨌거나 그런 사정에 의해 현재 발렌티아는 명의상 여왕 아우라의 직할지로 되어 있었다. 물론 수도에서 왕으로서의 책무에 쫓기는 입장인 아우라가 발렌티아의 정무까지 직접 돌볼 여유가 있을 리 없기에, 실무는 모두 발렌티아에 파견한 '대관'이 맡아서 처리한다.

동떨어진 지역의 정무를 대관에게 맡긴다면 보통은 부정 축재와 군벌 확대의 온상이 되기 마련이지만, 카파 왕국은 비교적 그 위험성이 낮았다.

왜냐하면 카파 왕가의 혈통마법은 '시공마법'이라 '순간이동'을 구사할 수 있기 때문이다.

언제 여왕의 심복이 불시에 날아올지도 모르는 상태에서는 대관이 부정을 저지르기가 좀처럼 여의치 않은 것이다.

발렌티아 안에서도 특히 손이 많이 가고 돈이 드는 곳은 당연히 항구다.

아름답게 정비된 해안가에서 뻗어 나간 여러 개의 부두는 모두 튼튼한 돌로 만들어서 대형 용차가 여유롭게 마주쳐 지나갈 수 있을 만큼 폭이 넉넉하다.

게다가 항구의 수심은 극단적으로 흘수가 깊은 북대륙의 대형 범선이라도 전혀 문제없이 접안할 수 있을 정도다.

심지어 해안가에서 떨어진 곳에 쌓아 놓은 방파제는 서로 엇갈려 맞물리게끔 3중으로 되어 있어서 파도가 안쪽으로 넘어오는 것을 막는 동시에 배가 쉽게 출입할 수 있게끔 고안한 구조다.

덕분에 발렌티아 만에서는 우기의 폭풍우에도 정박 중인 배의 전복 사고가 최근 10년 동안 한 건도 발생하지 않았다.

그리고 이 항구의 최고 자랑거리는 언덕 꼭대기에 우뚝 선 등대다.

촛대와 같은 원주형 건물은 현대의 도심에서라면 빌딩 숲에 묻혀 보이지 않을 정도의 높이였지만, 비교 대상이 없는 이곳에서는 압도적으로 높았다.

부두, 방파제, 등대.

이들 모두가 훌륭한 만듦새의 석조 건물이다. 보는 눈이 있는 사람이 보면 거기에 투여된 예산과 노동력의 양에 현기증이 날 정도의 규모다. 괜히 남대륙 서부 최대의 항구라 불리는 것이 아니다.

그런 발렌티아 항은 지금도 대단한 번잡함을 과시하고 있다.

맑게 갠 파란 하늘과 기분 좋은 바닷바람 아래의 항구에서는 수많은 선원과 짐꾼들이 큰 소리를 내며 뛰어다닌다.

"미안, 급한 짐이야, 비켜 줘!"

"어이, 건육 통은 이게 맞는 거야? 엄청 가벼운데?"

"거기! 부두 위에서 싸움은 금지다! 잘못하면 출입 금지니까!"

단창을 든 병사들이 까딱하면 싸움으로 발전할 것처럼 보이는 활기 넘치는 소동을 큰 소리로 중재하고 있었다.

수도에서는 경비병도 갑옷 비슷한 복장을 갖추지만, 바닷가라는 점을 의식해서인지 병사들도 방어력이라고는 전혀 기대할 수 없을 듯한 얇은 셔츠와 바지 차림이었다.

게다가 자세히 보면 손에 든 단창의 날 끝은 이 번쩍이는 햇빛 아래에서도 전혀 빛나지 않았다. 아마도 쇠가 아니라 용 뼈를 깎아 만든 것을 사용했으리라.

항구를 경비하다 보면 바닷바람은 물론이고 바닷물을 뒤집어쓰는 일도 허다했다. 때문에 철제 무기는 엄청나게 세심한 관리를 하지 않는 한 눈 깜짝할 새에 녹슬어 버린다.

조금 과장해서 말하자면 바닷가용 특수 장비라고 할 수 있을까.

그 외에 눈에 띄는 것이 있다면 부두에서 짐을 나르는 짐꾼들 중에 이따금 '수레'를 사용하는 자가 있다는 점이다.

아주 최근에 수도의 상인이 와서 팔고 간 이 목제 도구는 매일 대량의 짐을 이동시킬 필요가 있는 항구에서는 굉장히 귀한 대접을 받았다. 작은 나무 바퀴가 달린 수레를 사용하려면 땅바닥이 어느 정도 평평하게 포장되어 있을 필요가 있는데, 다행히 발렌티아 항은 그 조건을 충분히 만족한다.

지금은 아직 그 수도 적고 가격도 비싸서 그다지 많이 나돌지는 않지만, 이 상태라면 '수레'가 항구의 표준장비가 될 날도 그리 머지않았는지도 모른다.

실제로 사용해 보면 그 고마움을 잘 알 수 있다. 나무 상자나 마대 자루를 어깨에 지고 땀을 뻘뻘 흘리는 다수의 짐꾼들에 비해, 더 많은 짐을 수레에 실어 밀고 가는 짐꾼의 발걸음이 가벼운 것만 보아도 그 효용성은 일목요연했다.

온몸이 땀범벅이 되어 시야마저 가리는 큰 짐을 진 짐꾼과, 여유롭게 주위를 둘러보며 유유히 짐차를 미는 짐꾼.

때문에 그것을 맨 먼저 발견한 사람이 수레를 밀던 짐꾼이었다는 사실도 어떤 의미에서는 필연이었을지도 모른다.

"응? 저게 뭐지?"

수레를 밀던 젊은 짐꾼이 수평선 너머로 눈길을 보내며 발을 멈췄다.

"어이, 뭐 하는 거야? 이런 곳에서 멈추면 위험하다고."

뒤에서 큰 짐을 진 중년 짐꾼의 말에 젊은 짐꾼은 곧 다시 걸음을 옮기면서 뒤에서 걷는 남자에게 말했다.

"아, 죄송합니다. 잠깐 저쪽에 못 보던 배가 보여서 말이에요."

"뭐? 못 보던 배?"

젊은 짐꾼의 말에 중년 짐꾼은 발을 멈추지 않은 채 시선을 같은 방향으로 향했다.

그러나 애석하게도 그의 눈에는 평소와 다름없는 너른 바다밖에는 보이지 않았다.

"아무것도 없는데?"

"아뇨, 있어요. 지금 막 수평선 위로 돛대가 보이기 시작했는걸요."

젊은 짐꾼의 말에 중년 짐꾼은 그제야 알았다는 듯이 오른쪽 어깨에 커다란 마대자루를 진 채 용케 고개를 끄덕여 보였다.

"아아, 그러고 보니 너, 눈이 굉장히 밝았지."

"네. 유일한 자랑거리인걸요. 하지만 아무리 그래도, 수평선 위로 겨우 보이기 시작했을 뿐인데 이렇게 확실하게 형태를 알 수 있다니, 엄청나게 큰 배예요. 나 저렇게 큰 배는 본 적이 없어요."

"허어, 그렇다면 그건 아마 대형 범선이구만."

"대형 범선? 저쪽에 정박한 배들보다 큰 돛단배라는 거예요?"

"그래. 이 부근의 범선은 세로돛이든 가로돛이든 죄다 돛대가 하나뿐이지. 그런데 말이야, 북대륙에는 있다더라고. 돛대가 세 개인 대형 범선이란 게."

중년의 짐꾼은 이마에서 흘러내린 땀이 눈에 들어가지 않도록 왼손등으로 땀을 닦으면서 그렇게 말하고는 스스로의 눈으로 확인하기 위해 눈을 가늘게 뜨고 파랗게 빛나는 바다를 바라보았다.

그러나 그의 시력으로는 간신히 먼 바다 위에 오도카니 점 하나가 찍혀 있는 것처럼 보일 뿐이었다.

하는 수 없이 남자는 자기보다 훨씬 시력이 좋은 젊은 동료에게 물었다.

"어때? 보여?"

"글쎄요, 좀 각도가…… 앗, 보인다! 아아, 확실히 돛대가 많이 서 있는데요. 하나, 둘, 셋…… 넷? 어라? 3개가 아니라 네 개 있는데요?"

고개를 갸웃하는 젊은 짐꾼의 말에 중년의 짐꾼은 대번에 표정을 바꿨다.

"네 개!? 잘못 본 게 아니고!?"

얼굴빛을 바꾸며 정색하는 형님뻘 동료의 말에 놀란 젊은 짐꾼은 다시 한 번 배의 모양을 주시했지만, 역시 몇 번을 보아도 돛대의 수는 변하지 않았다.

"아뇨, 틀림없어요. 확실히 저 배는 돛대 네 개예요."

그 대답을 들은 중년 짐꾼의 행동은 재빨랐다.

"너, 이거 좀 날라 줘!"

그렇게 말하기가 무섭게 중년의 짐꾼은 어깨에 졌던 마대자루를 젊은 짐꾼이 밀던 수레의 나무 상자 위에 난폭하게 올려놓았다.

"안 돼요! 이렇게 많이 실으면 안 된다고요! 중량 넘으면 바퀴가 망가진단 말이에요! 수레가 고장 나면 며칠은 공으로 일해야 된다는 거 몰라요!?"

젊은 짐꾼은 필사적인 표정으로 항의했지만 중년의 짐꾼은 그걸 신경 쓸 여유조차 없었다.

"그게 문제가 아니야! 대관소에 이 일을 전해야 해! 만약 수레가 망가지면 전부 내 책임으로 해 둬!"

"대관소라니, 그 사람들이라면 등대에서 망을 보고 있잖아요. 아마 저보다 빨리 발견하지 않았을까요?"

"만약의 경우란 것도 있어! 그럼 부탁한다!"

그렇게 말을 남기고 중년의 짐꾼은 전속력으로 달려갔다.

"미안, 비켜 줘!"를 반복하며 인파로 북적거리는 부두 위를 눈 깜짝할 새에 헤치고 나갔다.

남겨진 젊은 짐꾼은 적재 중량이 두 배로 늘어난 수레 앞에서 영문을 몰라 입을 쩍 벌렸다.

무리가 아니다. 사정을 알지 못하는 그로서는 중년의 짐꾼이 보인 행동이 그저 호쾌한 직무 유기로밖에 보이지 않았던 것이다.

그러나 '돛대가 네 개인 대형 범선'이 의미하는 바를 아는 자라면 중년의 짐꾼이 취한 행동을 이해하고도 남음이 있을 것이다.

　조선술이 뒤처진 남대륙에서는 돛대 하나의 소형 범선이 일반적이다.

　돛대 3개의 대형 범선은 기본적으로 전부 북대륙에서 오는 대륙 간 무역선이라고 보면 틀림없다. 북대륙에서도 최첨단 기술에 속하는 귀중한 장비다. 그런 배를 민간에서 소유한다면 그야말로 그 나라에서 이름을 떨치는 대상인뿐일 것이다.

　그러면 돛대 3개를 뛰어넘는 대형선——돛대 네 개인 배는 어떤 존재인가 하면, 대답은 간단하다. 완벽한 최첨단 기술의 결정체, 민간에는 결코 보급되지 않는 국가 소유물인 것이다. 덧붙이자면 돛대 네 개의 범선을 건조하고 보유할 수 있는 나라는 북대륙에서도 어느 정도 힘이 있는 대국, 몇몇 선진국에 불과하다.

　그 돛대 네 개의 대형 범선이 이곳 카파 왕국 발렌티아 항에 모습을 드러냈다.

　그 말인즉슨, 북대륙 대국의 주요 인물이 찾아왔다는 것을 의미하는 것이다.

———————◆———————

　발렌티아 항에 모습을 드러낸 돛대 네 개의 대형 범선. 그 배의 정식 명칭은 '황금나뭇잎호'이다.

북대륙 중에서도 북쪽에 자리잡은 웁살라 왕국이 자랑하는 최신예 선박이다. 기술 선진국으로 알려져 있는 웁살라 왕국에서도 돛대 넷짜리 범선은 이 '황금나뭇잎호' 말고는 왕국 해군의 기함인 '죽은 전사의 발톱호'밖에 존재하지 않는다.

그런 대형 범선의 갑판에서 프레야 웁살라는 거의 120일 만에 만난 육지를 보며 감개와 안도가 섞인 시선을 향했다.

"겨우 상륙할 수 있게 됐네."

"네, 공주님. 멋진 항해였습니다. 저곳이라면 이 배도 문제없이 접안할 수 있을 겁니다."

"그렇군요. 그런데 스카디, 지금 나는 공주님이 아니라 선장이에요. 틀리지 말아 주세요."

목 부근에서 짧게 커트한 청은색 머리카락의 소녀——프레야 웁살라는 시선을 눈앞의 발렌티아 항에서 떼지 않은 채 대각선 뒤에 선 여전사에게 그렇게 대답했다.

"네, 실례했습니다, 선장님."

그 말에 스카디라고 불린 큰 키의 여전사는 입가에 온화한 미소를 지으며 작게 고개를 숙였다.

프레야 웁살라는 그 이름에서 드러나듯이 웁살라 왕국의 왕녀이다. 웁살라 왕국에서는 여자가 왕이 될 수 없기에 왕위계승권을 갖지는 못하지만, 나라 안에서 손꼽히는 귀한 존재인 것만은 틀림없다.

곧게 뻗은 청은색 머리카락. 어쩔 때는 차가운 인상마저 주는 푸른 얼음빛 눈동자. 그리고 현실적이지 않을 만큼 흰 피부.

'북쪽 나라의 왕녀님'이라는 칭호를 증명하는 듯한 신비로운 미모이다. 드레스와 보석으로 몸을 치장하면 더욱 선명해질 것이다.

그러나 지금 프레야 공주의 몸을 감싼 옷은 다소 호화롭기는 해도 기능성을 우선 고려한 남성용 위아래 한 벌이었다. 원래는 허리까지 내려왔던 곧게 뻗은 아름다운 머리카락도 목 언저리에서 싹둑 잘라 버렸다.

'황금나뭇잎호'의 선장이 되기 위해 '남장'을 한 것이다.

예로부터 웁살라 왕국의 민족——스베아인은 배를 여자에 빗댔다. 그리고 그 배의 선장이 되는 것은 배와 결혼하는 것과 마찬가지로 생각했기 때문에 남자만이 선장이 될 수 있었다. 때문에 여자가 선장이 되고 싶으면 배 위에서는 늘 '남장'을 해야만 했다.

물론 남장이라고 해도 그건 어디까지나 형식적인 절차이기 때문에 정말로 남자가 될 필요는 없다.

때문에 현재 프레야 공주의 모습은 그저 '남장 미소녀'에 불과했다.

오히려 아무렇게나 남자 옷을 걸친 덕택에 가슴에서 허리로 이어지는 여성스러운 몸의 곡선이 그대로 드러나 보였다.

프레야 공주는 뒤로 고개를 돌려 등 뒤에 서 있던 심복 여전사에게 말을 건넸다.

"그런데, 저 항구가 어딘지 알아냈나요?"

주군의 질문에 여전사는 그 파격적으로 커다란 몸을 반으로 접듯이 한 번 절하고는 대답했다.

"네. 어젯밤의 별자리와 오늘 이동한 거리를 계산해 봤을 때, 아마도 카파 왕국인 것으로 추측됩니다."

"카파 왕국……?"

프레야 공주는 고개를 갸웃하며 기억을 더듬었다.

원래 북대륙 중에서도 최북단에 있는 읍살라 왕국에서는 남대륙에 대한 정보를 쉽게 접할 수 없다. 빗대어 말하자면 대항해시대의 유럽인에게 아시아의 나라들에 대해 아는지 묻는 격이다.

그래도 프레야 공주는 스스로 지원해서 이 배의 선장이 된 몸이다. 일반적인 북대륙 사람보다는 남대륙에 대한 지식이 풍부했다.

"확실히, 남대륙 중서부의 나라라고 아는데…… 생각했던 것보다 훨씬 멀리 밀려 온 것 같군요."

가까스로 지식의 밑바닥에서 해당 정보를 건져 올린 프레야 공주가 그렇게 확인하자 장신의 여전사는 작게 고개를 끄덕이며 그 말에 긍정했다.

"네. 남대륙 서부에서는 손꼽히는 대국이라고 들었습니다. 우리나라와 직접적인 국교가 없다는 게 조금 꺼림칙하지만 나쁜 소문을 들은 적은 없습니다. 적어도 '바다의 불문율'을 짓밟힐 가능성은 적을 것이라 사료됩니다."

'바다의 불문율'이란, 바다에서 살아가는 사람들의 상호 호혜 사상이라고 일컬을 만한 것이다.

내용은 그리 거창하지 않다. 요컨대 낯선 배라 할지라도 항구에

빈자리가 있으면 접안과 해안 상륙을 허가해 준다는 정도의 것이다.

이쪽 세계의 항해술이 현대와는 비교할 수 없을 정도로 열악하기 때문이다. 일단 출항하기 전에 항해 일정 계획을 세우지만 예상대로 진행될 가능성은 거의 제로에 가깝다.

예상보다 항해가 길어져 식량이 모자라거나, 선내에 역병이 발생해서 도중에 선원이 부족해지거나, 예상 밖의 폭풍을 만나 전혀 계획하지 않았던 해역으로 흘러가거나 하는 일은 흔히 일어났다.

때문에 긴급한 상황에서의 입항은 말없이 받아준다는 게 불문율이 되어 있는 것이다.

물론 명확히 적대적 입장에 있는 나라의 배나 누가 봐도 해적선이라면 예외다.

"그렇다면 오랜만에 선원 모두를 상륙시킬 수 있겠군요. 선원들에게 큰 부담을 줘 온 게 미안했는데 다행이에요."

선원들을 배려하는 왕녀에게 여전사는 동의하면서도 한 마디 덧붙였다.

"네, 물론입니다. 하지만 선장님. 본인의 몸도 쉬게 하셔야 합니다. 실례지만 이 배에 탄 사람들과 비교하자면 당신의 체력은 하위 그룹에 속할 테니까요."

"고마워요, 스카디. 하지만 난 괜찮아요. 항해 중에 거의 아무 일도 하지 않았으니까."

"당연하지요. 선장의 신변에 만에 하나의 일이 생기면 이 배는 끝장이니까요."

그렇게 대답하는 여전사의 말은 결코 과장된 것도 비유적인 것도 아니다.

북대륙의 항해술은 지구로 말하자면 중세 시대의 레벨에 가까운 것이지만, 지구에는 존재하지 않는 유리한 점과 지구보다 불리한 점이 있었다.

유리한 점은 단적으로 말해 이 세계엔 '마법'이 있다는 것이다.

특히 '담수화'라는 마법은 항해의 내용을 완전히 바꿔 버릴 수 있는 가치를 지녔다.

역사 이래 현대에 이르기까지 지구에서 항해 중 최대의 난점은 먹는 물의 확보였다.

하지만 이쪽 세계에서는 마법으로 바닷물을 민물로 만드는 것이 가능하기 때문에, 그 점에 있어서는 말 그대로 별세계인 것이다.

이 '황금나뭇잎호'에서는 '담수화'에 의한 물 확보를 프레야 공주가 온전히 도맡았다.

그 사실을 감안하면 여전사가 '프레야 공주에게 만에 하나의 일이 생기면 이 배는 끝장'이라고 말한 것이 농담도 과장도 아니라는 걸 알 수 있다.

물론 프레야 공주 말고도 '담수화' 마법의 술사는 있지만 프레야 공주를 뺀 나머지가 모두 힘을 합쳐도 바닷물에서 만들어낼 수 있는 민물은 '잘 견디면 간신히 죽지 않고 버틸' 정도의 양에 지나지 않는다.

자신의 신변에 무슨 일이라도 생기면 이 배의 선원들은 머지않아 말라비틀어지고 말 것이다. 그 사실의 무게를 제대로 이해한 프레야 공주는 이 120여 일에 걸친 항해 중에 베테랑 선원 및 여전사의 충고를 지키며 위험으로부터 몸을 피해 왔다.

때문에 육체적으로는 어쨌든 정신적으로는 프레야 공주도 상당히 피폐해졌다.

"그보다 남대륙의 바다와 하늘은 정말로 파랗네요."

프레야 공주는 얼음색 눈동자를 가늘게 뜨고 수평선 위와 아래의 파랑을 동시에 응시했다.

"네. 북쪽 바다에 익숙한 우리들 눈에는 조금 지나치게 눈부신지도 모르겠습니다."

여전사의 말대로, 그녀들의 고국인 웁살라 왕국은 하늘은 무거운 잿빛 구름에 뒤덮여 있고 바다도 파랗게 보이는 날이 적었다.

혹서기를 막 지난 이 시기, 카파 왕국 사람이라면 이미 더위가 물러갔다는 느낌이지만 프레야 공주 일행에게 있어서는 난생 처음 겪는 미지의 더위로 여겨졌다.

갑판 위에서 직사광선을 쬐면 그 빛의 강렬함과 열기에 현기증을 일으킬 것 같았다.

그나마 다행은 해풍이 시원해서 호흡이 곤란하지 않다는 정도일까.

장신의 여전사도 저쪽에서 돛을 조종하는 체격 좋은 수부들도 정도의 차이는 있을지언정 모두 검붉은 피부색인데, 자세히 보면 소매 안의 팔이나 옷깃 사이로 비쳐 보이는 안쪽 살갗은 희다.

그런 사람들 사이에서 전혀 어울리지 않게 하얀 피부를 드러낸 프레야 공주는 그만큼 선실에서 밖으로 나오는 일이 적었던 것인지, 아니면 유난히 좀처럼 그을지 않는 체질인 것인지.

전혀 타지 않은 하얀 민낯을 드러낸 프레야 공주는 서서히 가까워지는 발렌티아 항에서 한시도 눈을 떼지 않았다.

"굉장하네요. 이런 규모의 항구는 북대륙에도 드물지 않나요?"

"네. 남대륙에 이 정도의 항구가 있을 거라고는 저도 상상하지 못했습니다."

인식을 새롭게 해야겠군요, 라는 뉘앙스가 담긴 여전사의 말에 프레야 공주는 시선을 앞으로 향한 채 작게 끄덕여 동의를 표했다.

사람들은 예로부터 북대륙과 남대륙을 일컬어 '남마북기'라고 했다. 남대륙은 마법 선진국, 북대륙은 기술 선진국이라는 의미다.

남대륙에서는 왕족의 절대 조건이 독자적인 '혈통마법'을 보유하는 것이지만, 북대륙에서는 '혈통마법'을 지니는 왕가는 소수다.

프레야 공주의 웁살라 왕가도 높은 마력량을 유전적으로 대물림하고는 있지만, 그 피에 특수한 힘이 있는 것은 아니고 속세에서 말하는 일명 '4대 마법'을 구사할 수 있을 뿐이다.

반면 기술에 관해서는 북대륙이 위다. 조선, 제철, 건축 등 모든 면에서 한 발짝 앞서 있다.

그러한 자부심이 교만을 낳고 필연적으로 상대를 깔보게 되는 것이다.

저도 모르게 자신이 위험한 생각에 빠질 뻔했음을 자각한 프레야 공주가 정신을 가다듬듯이 심호흡을 한 바로 그때였다.

"후방에서 커다란 물체 접근! 해룡입니다!"

망루에 올라 있던 젊은 수병이 큰 목소리로 긴급을 고했다.

"뭣, 공주님!"

여전사는 순간적으로 또 주인의 호칭을 틀리고 말았지만, 그 자리에서 정정을 요구할 정도로 미련하지 않은 프레야 공주는 그냥 넘어갔다.

"어젯밤에 폭풍을 만나는 바람에 해룡의 영역을 침범했으니까요. 아마 거기서부터 쫓아왔을 겁니다."

해룡. 지구에는 존재하지 않는 항해에 있어서 최대의 장애물이다.

그 옛날 지구에도 배가 대형 고래와 충돌해 부서지거나 폭풍으로 바다에 떨어진 사람이 상어에게 잡아먹히거나 하는 일이 있었지만, 이쪽 세계에서 해룡의 피해는 그런 것과 비교되지 않았다.

우선 크기가 다르다. 그야 현대 지구에 존재하는 대형 유조선이나 원자력 항공모함에 비하면 작은 편이지만, 적어도 이쪽 세계에는 아직 최대급 해룡을 뛰어넘는 대형 선박은 존재하지 않는다.

게다가 영역 의식이 강한 일부 해룡은 자신의 영역에 자신과 비슷한 크기의 생물이 들어오면 무서울 정도의 공격성을 보였다.

너무 흥분해서 영역을 뛰쳐나와 계속 쫓아오는 일도 허다했다.

그러나 이번처럼 다음 날이 되어서까지 쫓아왔다는 것은 개중에도 흔치 않은 일이다.

"선미루의 대형 노포는 어젯밤 폭풍으로 아직 사용할 수 없는 상태입니다, 공주님."

전의를 불태우는 여전사에게 프레야 공주는 즉답했다.

"네. 허락합니다. 저만한 크기의 해룡이면 항구를 방어하는 부대에 맡겨도 큰일은 아니겠지만 첫날부터 저쪽에 민폐를 끼치는 것도 바람직한 일은 아니니까요. 죽일 필요까지는 없어요. 쫓아내는 정도로 충분하니까 무리는 금물이에요, 스카디."

"옛!"

전투 허가를 얻은 여전사는 오른손을 왼쪽 가슴에 대고 한 번 절한 후 기세 좋게 갑판을 달려 나갔다.

아직 방파제 안으로 들어서지 않은 이 부근은 파도가 높아서 배가 꽤나 흔들렸지만 갑판을 질주하는 여전사의 발길은 평지에서와 전혀 다름이 없었다.

"내 창을 다오!"

소금 냄새가 나는 공기를 뒤흔드는 여전사의 호령에 수부들은 즉시 대답했다.

"예, 빅토리아 님. 여기 있습니다!"

"좋아!"

여전사는 텁석부리 수부가 내민 창을 뛰는 자세 그대로 받아챘다.

길이는 겨우 1미터보다 조금 긴 정도일까. 전체적으로 노란 빛이 도는 유백색의 그 창은 크기에 비해 무거웠다.

그 빛깔과 묵직한 무게감으로 그 창이 해수의 이빨을 깎아 만든 명품이라는 것을 알 수 있다.

바닷속에 사는 해수나 해룡을 상대로 창 공격을 할 때 육상에서 사용하는 물건처럼 나무 몸체에 쇠 날이 달린 창은 적절하지 않다.

바닷물에 녹슬고 물을 흡수해 부식한다는 장기적인 문제도 물론 있지만, 그 이상으로 문제인 것은 '물에 가라앉는 쇠 창끝'과 '물에 뜨는 나무 몸체'의 비중 차이로 인해 물속으로 던진 창의 궤도가 크게 휜다는 것이다.

"비켜, 내가 간다."

"네!"

"부탁드립니다."

눈 깜짝할 사이에 선미 갑판에 당도한 여전사가 한 마디 그렇게 고하자 갑판 후방에 모여 있던 수부들이 일제히 그 자리를 피했다.

여전사는 전속력으로 달려온 기세를 전혀 죽이지 않은 채 선미의 갑판을 박차고 뛰어 올라 선미 망루 위에 올라섰다.

오른손에 창을 들고 선미 망루에 선 여전사는 해룡을 내려다보며 중얼거렸다.

"과연, 저 놈인가. 불행 중 다행이군. 저 놈이라면 어떻게든 되겠어."

그 해룡은 푸른 해면 위로 녹색의 넓은 등과 긴 목을 내밀어 이쪽으로 이빨을 드러냈다. '수장(首長)룡'이라 불리는 종류다. 다행히 수장룡 중에서는 비교적 몸집이 작은 편이다. 큰 것이었으면 갑판에서 수장룡의 머리를 올려다봐야 했을지도 모른다. 그렇게 생각하면 이건 확실히 불행 중 다행인 셈이다.

하지만 사지의 지느러미가 바닷물을 가르며 급속히 다가오는 그 모습은 목숨을 건 항해를 이어 온 역전의 선원들을 멈칫하게 만들 만큼 박력이 있었다.

"후우······."

선미 망루에 선 여전사는 시선을 해룡에게 고정시킨 채 창끝 가까이를 오른손으로 쥐고 물미에 해당하는 부분을 오른쪽 발등에 올려놓았다.

자세히 보면 여전사가 신은 가죽 신발의 등 부분에 둥근 홈이 있어서 거기에 창의 물미가 딱 들어맞았다. 여전사는 거기에 올려놓은 창에 오른손을 대고 쓰러지지 않게 균형을 잡았다. 이윽고 오른손을 떼자 창은 쓰러지지 않고 여전사의 오른발 위에 우뚝 섰다.

이것만이라면 그냥 개인기로 보이겠지만, 물론 이런 급박한 상황에서 개인기를 펼쳐 보일 리 만무하다.

"흐읍······ 하아······."

몇 번의 심호흡으로 숨을 가다듬은 여전사는 눈을 번쩍 뜨더니 흐르는 듯한 동작으로 오른발을 들어 올렸다.

그리고 들어 올린 발을 빙 돌려서 내리꽂았다. 굳이 빗대자면 가라데의 윗차기나 킥복싱의 하이킥에 가까운 동작이라고나 할까.

그 일련의 동작으로 발등에 직립해 있던 창은 위로 들렸다가 수평으로 쓰러진 순간 발사되었다.

발을 사용한 축창술. 북대륙 북방에서 예로부터 전해 오는 기술

이다.

손가락을 움직이지 못할 만큼 두꺼운 장갑을 끼는 북방 민족이 차라리 손이 아니라 발로 창을 던질 수 있게끔 고안한 것이 시초라는 설도 있지만, 남자에 비해 힘이 약한 여전사가 비거리에서 뒤지지 않기 위해 만들어 냈다는 설도 있다.

기원이 어느 쪽이든 말할 필요도 없이 이것은 평범한 기술이 아니다.

일부러 발로 창을 던지다니, 비효율적이고 비현실적이기조차 하다.

그러나 계승에 의한 기술의 축적과 재능 있는 자가 수련한 결과는 효율을 뛰어넘고 비현실을 현실로 만든다.

여전사의 오른발에서 튀어 나간 해수 이빨로 만든 창은 화살보다 빠르게 일직선으로 날아가 해룡의 머리통을 꿰뚫었다.

"끼이이이!"

짧은 비명을 남기고 해룡은 털썩 긴 목을 꺾고 해면 위에 그 몸을 뉘였다.

일격필살. 문자 그대로 단 한 자루의 창으로 해룡의 숨통을 끊은 것이다.

수장룡과의 해룡은 거대한 생물이긴 하지만 아직 거리가 꽤 멀었기 때문에 그 머리통은 결코 큰 표적이 아니었다.

그 머리에 발로 찬 창을 적중시키고 게다가 일격에 두개골을 관통시켜 치명상을 입힌 여전사의 기량에 지켜보던 '황금나뭇잎호'의 선원들은 열광했다.

"굉장해!"

"역시 빅토리아 님!"

"마녀 스카디의 이름을 물려받은 분!"

쿵쿵 갑판을 발로 구르며 환호성을 올리는 선원들에게 여전사는 뒤돌아 작게 미소 짓고 가볍게 한쪽 손을 올려 화답하고는 가벼운 몸놀림으로 선미 망루에서 뛰어내렸다.

"수고했어요, 스카디. 훌륭했어요."

"네, 공주님. 송구합니다."

임무를 마친 여전사는 선원들을 가르고 가까이 다가온 프레야 공주에게 그렇게 말하며 작게 고개를 숙였다.

"스카디, 배 위에서는 날 '선장'이라고 불러 달라고 말했을 텐데요."

긴급 상황이 마무리된 참이기도 해서 쓴웃음을 지으며 나무라는 프레야 공주에게 장신의 여전사는 이제야 깨달았다는 듯이 그 커다란 몸을 움츠렸다.

"아, 죄송합니다, 선장님."

"내가 그 호칭으로 불리는 것도 얼마 안 남았으니 그 기분으로 있게 해 주세요."

조금 표정을 무너뜨린 왕녀 겸 선장의 말에 주위의 선원들 사이에서 웃음이 흘러나왔다.

그에 동조하듯이 여전사도 웃으며 끄덕였다.

"알겠습니다, 선장님. 그런데 저 해룡은 어떡할까요? 숨통을 끊은 건 이쪽이니 소유권을 주장할 수 있다고 생각합니다만."

여전사는 그렇게 말하며 시선을 뒤쪽 수면에 떠오른 해룡의 사체로 향했다.

해룡의 사체는 보물 덩어리다. 물을 흡수하지 않는 튼튼한 가죽에 튼튼하면서도 유연한 뼈. 고기는 그다지 맛있지는 않지만 아예 먹을 수 없는 것은 아니고, 기름은 태우면 향도 좋아서 무척이나 고가에 팔린다.

그러나 프레야 공주는 주저하지 않고 고개를 옆으로 저었다.

"아니요, 그건 관두죠. 하마터면 항구에 민폐를 끼칠 뻔했고, 처음 들어가는 항구에서 섣불리 반감을 사는 것도 위험하니까요."

"예, 알겠습니다."

그렇게 순순히 대답하면서도 여전사는 여전히 흘끗흘끗 미련이 가득한 시선을 해룡 쪽으로 향했다.

그 시선의 의미를 간파한 공주는 입가를 손으로 가리며 쓴웃음을 짓고는

"그렇게 걱정하지 않아도 괜찮아요. 스카디의 창만큼은 반드시 돌려받을 수 있게끔 얘기해 둘 테니까."

"예, 번거롭게 해 드려 죄송합니다."

주인의 말에 여전사는 얼굴을 붉히며 조아렸다.

[제1장] **국서의 단신 부임**

발렌티아 항에서 긴급을 알리는 소비룡 우편이 도착했을 때 여왕 아우라는 왕궁에 있는 집무실에서 심복 파비오 비서관과 함께 골치 아픈 문제에 대해 답이 나오지 않는 문답을 거듭하는 중이었다.

"으음……"

"폐하, 아무리 노려보셔도 서류의 숫자가 변하지는 않습니다."

덩굴을 엮어서 만든 의자에 앉아 목제 테이블에 팔꿈치를 댄 흐트러진 자세로 신음하는 여왕에게 중년의 비서관은 담담한 목소리로 그렇게 말했다.

"알고 있거든."

대답하는 여왕의 말에 가시가 돋친 것도 무리는 아니다. 여왕의 손 안에 있는 서류는 이번 '군룡 토벌의 원군'에 관한 예산 견적서인데, 거기에 적힌 숫자는 아우라가 예상했던 것보다 훨씬 높은 것이었다.

가장 큰 단위의 숫자가 달라진 정도는 아니었지만, 두 번째로 큰 단위의 숫자가 크게 어긋난 것은 아무리 좋게 생각하려 해도 상당히 뼈아팠다.

참고로 그 서류를 작성한 사람은 왕가 직속 문관이기 때문에 숫자 부분은 '아라비아 숫자'로 표기되어 있었다.

현시점에서는 아우라가 직접 지도한 직속 부하들뿐이었지만 익숙해진 사람에게는 아라비아 숫자의 평판이 단연 높았다. 익숙해지면 한눈에 숫자가 머릿속에 들어온다. 그러나 지금은 바로 그 점이 조금 원망스럽다. 보고 싶지 않은 숫자가 한눈에 확 들어오기 때문이다.

"병사용 식량은 그렇다 치고 군용 물자는 지난 대전 때 것이 남아돌아서 아직 가격이 내려가 있을 거라고 생각했는데."

"벌써 이전부터 공급을 묶어 놓은 모양입니다. 상인들의 민첩함이란 대개 우리의 예상을 뛰어넘기 마련이니까요."

여왕과 비서관의 대화가 그저 불평과 차가운 상황인식의 상호 대치가 되기 시작했을 즈음이었다.

똑, 똑, 건조한 노크 소리가 울리고 젊은 병사의 목소리가 문 저쪽에서 건너왔다.

"실례합니다. 발렌티아에서 긴급 소비룡 우편이 도착했습니다."

먼 지방의 해안도시에서 긴급 연락.

"?"

"……"

전혀 짐작 가는 데가 없는 아우라는 옆에 선 비서관에게 눈짓으로 물었지만 파비오도 말없이 고개를 옆으로 저을 뿐이다.

능력만큼은 보증수표인 이 우수한 비서관이 짐작하지 못한다는 것은 정말로 완벽하게 돌발적인 긴급 연락이라는 얘기다.

그다지 좋은 예감이 들지는 않았지만, 왕이라는 입장에 있으면 이런 종류의 '예상치 못한 사건'에는 어느 정도 내성이 생긴다.

　"들여라."

　라고 대답하는 아우라의 목소리에는 놀라움이나 동요의 기색은 손톱만큼도 섞여 있지 않았다.

　그로부터 약 한 시간 뒤.

　여왕 아우라는 왕궁의 소회의실에서 긴급 비공식 회합을 열었다.

　참석자는 여왕 아우라, 파비오 비서관, 궁정 수석 마법사 에스피리디온, 그리고 젠지로까지 네 명이었다.

　무언가 중대한 사건이 생긴다면 아우라가 심복인 파비오 비서관과 에스피리디온을 불러 회합을 여는 것은 종종 있는 일이지만, 거기에 젠지로가 포함되어 있는 것은 본래라면 있을 수 없는 사태이다.

　젠지로가 왕궁에 얼굴을 내미는 일은 왕족이 함께 참석하지 않으면 안 되는 일부 공식 행사를 제외하면 '아우라를 대신한 임무'를 행할 때에 한정되어 있다.

　때문에 젠지로와 아우라가 왕궁에서 얼굴을 마주하는 일은 드물다.

　그 드문 일이 일어났다는 것만으로도 얼마나 긴급한 사태인지 이해하기에 충분했다.

왕이 참석하는 회합이라면 원래는 엄숙한 절차가 있는 법이지만, 이건 심복과 가족만이 모인 지극히 사적인 회합이었다.

아우라는 소비룡이 가져온 작은 용피지를 테이블 위에 던지고는 단도직입적으로 용건을 말하기 시작했다.

"방금 전에 발렌티아에서 소비룡이 도착했다. 도착한 소비룡은 아직 한 마리라서 확정적인 정보는 아니지만 적혀 있는 내용이 내용인지라 일부러 서둘러 여러분을 이 자리에 소집한 거다."

보통 소비룡을 통한 정보 전달은 확실성을 높이기 위해 같은 서한을 지닌 소비룡을 여러 마리 날리게 되어 있다. 받는 쪽도 만에 하나 적대 세력에 의한 정보 공작에 휘둘릴 위험성을 배제하기 위해 동일한 방향에서 소비룡이 세 마리 이상 모이기 전까지는 정식 정보로서 취급하지 않는 게 일반적이다.

그 룰을 깨고 비공식적이라고는 해도 이렇게 정보의 공유를 꾀한다는 점에서 그 편지에 적힌 정보의 긴급성을 가늠할 수 있었다.

심복들의 긴장한 표정에서 이쪽의 의도가 전해졌다고 느낀 아우라는 여자로서는 꽤 낮지만 낭랑한 음성으로 말을 이었다.

"어젯밤 발렌티아 항에 돛대 네 개의 거대 범선이 입항했다. 배의 소속은 '웁살라 왕국'. 선장은 프레야 웁살라. 웁살라 왕국 제1 왕녀를 자칭하는 십대 소녀라는군. 발렌티아의 대관은 자기 선에서 처리하기 벅찬 문제라고 판단해 이쪽의 지시를 구해 왔다. 가능하면 사람을 보내주길 바란다는 거다."

'돛대가 네 개인' 거대 범선. 그 말에 중년의 비서관은 움찔 입가를 비틀고 노마법사는 눈을 동그랗게 뜨며 놀라움을 드러냈다.

유일하게 젠지로만이 멍한 표정을 지을 뿐, 놀란 모습을 보이지는 않았지만 그건 대담해서가 아니라 단순히 젠지로가 무지했기 때문이다.

"돛대가 네 개인 범선은 북대륙에서도 손에 꼽을 만큼밖에 존재하지 않는 최신예 선박이죠. 그것이 정말이라면 그 소녀가 자칭한 왕녀라는 신분도 웃어넘길 일이 아니군요."

젠지로의 상황을 이해하는 파비오 비서관은 그렇게 일부러 구체적인 설명을 곁들이면서 여왕에게 대답했다.

비서관의 의도를 알아챘는지 아우라도 한 번 끄덕이고는

"응. 북대륙에서도 돛대 네 개의 범선은 예외 없이 모두 대국 소유지. 돛대 3개의 범선도 민간에서는 지극히 일부의 거상만이 갖고 있을 뿐, 대부분은 국유 재산이야. 그리 생각하면 그 배의 선장이 왕족이라는 것이 오히려 필연이겠지. 그게 나이 어린 왕녀일 필연성은 다른 이야기지만"

그렇게 설명이 섞인 동의의 대답을 이었다. 그리고 아우라가 시선을 노마법사에게로 향하고는 가장 신경이 쓰이던 근본적인 의문을 던졌다.

"그런데 나는 애석하게도 '웁살라 왕국'이라는 나라를 알지 못해. 에스피리디온, 그대는 어때? 뭔가 아는 게 있나?"

여왕의 말에 젠지로와 파비오 비서관도 지명을 받은 노마법사를 주목했다.

우수한 마법사는 우수한 현자다, 라고 일반적으로 여겨지지만, 실은 그건 반드시 사실이라고 할 수는 없다.

마력량이나 마력 조작에 천부적인 재능을 갖지 못해 마법사로서는 3류 정도 되는 사람 중에서도 훌륭한 지성을 갖춘 현자가 있고, 반대로 마법을 자유자재로 구사할 수 있는 대마법사라도 생애를 마법 연구에 쏟아 부은 탓에 그 외의 것에 대해서는 놀랄 정도로 아무것도 모르는 사람도 있다.

그러나 다행히 에스피리디온은 세간의 이미지를 무너뜨리지 않는 대마법사이자 대현자이다.

노마법사는 긴 눈썹이 흔들리도록 이마에 주름을 짓고 생각에 잠겼다가 천천히 입을 열었다.

"그렇군요…… 부끄럽지만 폐하의 기대에 부응할 만한 지식은 저에게도 없습니다. 다만 제 기억이 맞다면, 웁살라 왕국이라는 나라는 북대륙에서도 더욱 북방에 있다고 기억합지요."

대략적인 나라의 위치를 희미하게 기억할 뿐인 노마법사는 송구스럽다는 듯이 고개를 숙였다.

그러나 사실 웁살라 왕국에 대한 정보를 그만큼이라도 가졌다는 건 충분히 칭찬할 만 한 일이다.

이쪽 세계의 정보량과 세상의 넓이를 감안하면 어마어마한 얘기인 것이다.

말하자면 쇄국 전의 일본인에게 동남아시아나 중동의 나라 이름을 묻는 것 같은 일이다.

"북대륙 중에서도 더욱 북쪽의 나라인가. 그렇다면 들은 적이 없는 것도 무리는 아니다, 라는 얘기인가. 하지만 그렇다면 그 북쪽 나라에서 어째서 일부러 우리나라까지 온 것일까? 의문이 남는군."

아우라는 그렇게 질문을 던졌지만 그 물음에 대답할 수 있는 사람은 아무도 없었다.

애초에 북대륙과 남대륙의 대륙간 무역은 그렇게 번성한 편이 아니다. 게다가 지극히 당연한 얘기지만, 얼마간의 대륙간 무역의 주역이 된 것은 남대륙 북쪽 나라와 북대륙 남쪽 나라이다.

카파 왕국은 남대륙에서는 남북의 거의 중간쯤에 있어서 북대륙의 무역선과 직접 거래하는 일이 적다. 카파 왕국보다 북쪽에 있는 나라의 무역항을 매개로 한 중계무역이 카파 왕국이 주로 하는 '대륙간 무역'의 양상이다.

대륙간 무역의 주요 상대국인 북대륙 남측 나라들조차 카파 왕국까지 찾아오는 일이 거의 없는데, 그보다 더욱 북쪽의 나라가 돛대 네 개의 범선을 내세워 일부러 찾아온 것이다.

"북대륙과의 직접 무역은 우리나라의 숙원 사업 중 하나. 그 싹이 틀 수만 있다면야 그대로 놓아 버릴 필요는 없겠습니다만, 저쪽도 저쪽 나름의 목적이 있겠지요. 이쪽의 뜻을 관철시키려면 꽤나 힘든 교섭이 될 거라고 예상합니다만."

중년 비서관의 말에 여왕은 한 번 끄덕이고 대답했다.

"확실히 그렇지. 일단 저쪽의 신원 확인이 필요해. 왕족을 사칭한 사기, 라는 가능성도 없다고는 단언할 수 없으니까. 허나 왕족을 자칭한 이상 왕족으로서 예우하지 않으면 나중에 사실로 밝혀졌을 때 무례가 될 수도 있겠지. 소홀하지 않게끔, 단 저쪽의 말을 있는 그대로 받아들이지 않도록. 어려운 접대가 될 거라는 점은 틀림없겠어."

"폐하, 덧붙이자면 북대륙에는 '혈통마법'을 지니지 않는 왕족이 흔하다 합니다. 그뿐 아니라 처음부터 혈통마법이 없는 왕가도 있다고 들었습니다."

"아, 그래……?"

에스피리디온의 충고에 아우라는 보란 듯이 미간을 찌푸렸다.

북대륙과는 무역에 의한 희미한 연결 고리밖에 없는 탓에 그쪽의 문화와 풍습에 대해서는 거의 알지 못했다. 예를 들면 일본의 전국시대에 남만무역을 하던 다이묘라도 어느 나라가 개신교이고 어느 나라가 카톨릭인지 알지 못했던 것과 같은 얘기다.

북대륙의 왕족 중에서는 '혈통마법'을 구사할 수 없는 왕족도 드물지 않다, 라는 건 아우라로서는 실로 받아들이기 힘든 얘기였다.

남대륙에서는 왕족임을 증명하려면 혈통마법을 실제로 펼쳐 보이는 편이 빠르다. 그러나 그 정석이 통하지 않는다면 왕족임을 증명하기가 하늘의 별 따기만큼 어렵다.

"그렇다면 더더욱 교섭 역할에는 높은 능력이 요구되겠군요. 과연 그런 큰 임무를 누구에게 맡기면 좋단 말입니까? 폐하께서는 누군가 마음에 두신 사람이 있습니까?"

웬일인지 순수하게 질문하는 말투로 파비오 비서관이 말하자 아우라는 작게 고개를 끄덕였다.

"음, 이견이 없다면 나는 '라파엘로 마르케스'에게 이 임무를 맡길까 생각하고 있어."

여왕의 입에서 나온 그 이름에 세 남성은 모두 깜짝 놀라는 반응을 보였다.

"라파엘로 경 말씀입니까. 확실히 그분이라면 역량에 부족함은 없겠지만, 라파엘로 경은 마르케스 후작가의 사람인데요?"

파비오 비서관의 지적은 당연지사 아니냐는 식의 가벼운 느낌이었지만, 그 내용은 실로 무거운 것이었다.

이 경우 문제가 되는 점은 마르케스 후작가가 독자적인 영지를 보유한 영주귀족이라는 점과, 발렌티아 지역이 왕가 직할지라는 점이다.

왕가 직할지의 대관처럼 왕의 수족이 되어 일하는 관직은 원칙적으로 영지를 보유하지 않는 법복귀족이 차지한다. 예외는 왕궁의 대신이나 군의 장군 등, 국정을 직접 좌우하는 최상급 관직뿐이다.

물론 명문화된 법률은 아니다. 아니, 명문화된 법률이 있다손 쳐도 왕의 결정은 법률 위에 서는 것이기 때문에 강제로 밀어붙이는 건 가능하겠지만, 법복귀족들의 강한 반발이 예상된다.

그런 것 정도는 아우라도 충분히 예측했을 것이다.

여왕은 자세 바르게 의자에 앉은 채 가슴 아래에서 팔짱을 끼고는

"알아. 라파엘로는 이 일의 '책임자'가 아니라 임시 '책임자 보좌'

로 임명할 생각이다. 형식적으로는 '책임자'가 될 사람이 사비로 고용한 모양새로 할 거야. 그렇게 하면 법복귀족들의 반발을 회피할 수 있겠지. 물론 실제로는 실무의 대부분을 맡길 생각이지만."

그렇게 자신감 넘치는 말투로 선언했다.

"과연. 그런데 그렇게 되면 비록 이름뿐이더라도 '책임자' 자리에는 라파엘로 경의 머리를 내리누를 수 있을 만한 '무게'가 필요하지 않습니까?"

의문문으로 대답했지만 파비오 비서관은 이미 아우라의 의도를 읽어낸 것이리라. 파비오 비서관은 조금 전부터 줄곧 침묵을 지키는 젠지로에게 흘끗 시선을 향했다.

여기까지 이야기가 진행되니 그다지 총명하지는 않은 젠지로도 대화의 흐름을 간파했다.

(과연, 내가 왕궁의 비공식 회의에 불려 오다니, 뭔가 있을 거라고는 생각했지만 그런 흐름인 건가.)

아우라가 라파엘로 마르케스에게 맡기려 하는 '책임자 보좌'라는 자리는 공식적인 관직이 아니다. 때문에 불문율에 구애받지 않고 자유롭게 다룰 수 있다는 메리트도 있지만, 동시에 관직으로서는 매우 무게가 없다.

말하자면 사설 비서나 마찬가지다. 마르케스 후작가의 후계자 정도 되는 인물이 일시적이라고는 해도 임명될 만한 자리가 아니다.

그러나 그 사설 비서도 누구의 사설 비서인가에 따라 역할의 무게가 크게 달라진다.

카파 왕국에서도 손에 꼽는 대귀족인 마르케스 가의 장남을 사설 비서로 들여도 아무도 불만을 말하지 않을 만한 인물이라면 당연히 '왕족'밖에 없다.

그리고 현재 카파 왕국의 성인 왕족은 여왕인 아우라를 제외하면 젠지로 뿐.

젠지로는 이 자리의 흐름을 정확히 읽어냈지만, 그렇기 때문에 더욱 침묵을 지켰다.

이 자리에 있는 사람들이 아우라의 심복뿐이라고 해도, 국서인 자신이 '업무에 적극적'인 자세는 보이지 않는 편이 좋다.

건너편에서 인자한 노인네 표정으로 앉아 있는 노마법사는 그렇다 치고, 조금 전부터 이쪽으로 노골적인 시선을 향하고 있는 얼굴 갸름한 중년 남자는 젠지로의 조심성 없는 언동을 놓칠 리가 없다.

그런 남편의 속마음을 아는지 모르는지 여왕은 이날 처음으로 시선을 명확하게 젠지로 쪽으로 돌려 천천히 입을 열었다.

"그래, 라파엘로 마르케스를 '책임자 보좌'로 들여도 반발을 사지 않을 입장에 있는 사람이라면 우리 '왕족뿐이지. 경우에 따라서는 내가 직접 지휘를 하는 방법도 있지만, 아무리 '순간이동' 마법으로 당일치기가 가능하다고 해도 왕궁과 정보가 차단된 곳에 머무르는 건 좀 두렵거든."

아우라가 '순간이동' 마법의 술사라 해도 먼 지역에서 일처리를 하는 동안에는 수도에서 일어나는 일을 알 수 없다.

지금은 전시가 아니라고는 해도 대전이 종결된 지 얼마 지나지 않은 현재의 카파 왕국은 예상 밖의 긴급사태가 일어나지 않는다는 보장이 없다.

그리고 애초에 정치가로서도 협상가로서도 안정된 솜씨를 가진 아우라가 발렌티아에 갈 수만 있다면 '책임자 보좌' 따위를 붙일 필요도 없다.

아무리 생각해도 이건 젠지로에게 역할을 부여하도록 이끌어내기기 위한 흐름이다.

평상시의 아우라는 심복만을 불러 여는 비공식 회합에서도 젠지로와 후궁에서 나누는 대화에서도 이런 식으로 빙 돌아가며 뜸을 들이는 일이 없지만, 그 양쪽을 합친 비공식 회합에서는 어느 정도 '자세한 설명으로 바탕을 깔고 모두를 납득시키면서 도리에 맞게 의제를 진행시킨다'는 수완이 필요한 것이다.

여왕은 남편에게서 시선을 떼지 않은 채 결론을 말했다.

"그, 렇, 다면, 남은 사람은 젠지로, 당신밖에 없어."

이름을 불린 젠지로도 역시 그만큼 각오를 다질 시간이 주어졌기에 동요하지 않았다.

"저, 말입니까? 물론 폐하의 명령이시라면 거역할 도리가 없습니다만."

머릿속에 준비해 둔 대사를 술술 읊는 젠지로에게 여왕은 약간 일부러 미간을 찡그려 보였다.

"뭐지? 뭔가 염려스러운 일이라도 있나? 말해 봐."

그런 부분은 역시 부부. 척하면 척이라고나 해야 할까. 미리 말을 맞춘 것도 아닌데 마치 대본이 준비되어 있던 것처럼 두 사람은 거침없이 대화를 나눴다.

"예. 현재 저는 쌍왕국의 프란체스코 왕자와 보나 왕녀를 접대하는 임무를 수행하는 중입니다. 그쪽은 어떻게 되는 건가 싶습니다."

"그야, 프란체스코 전하와 보나 전하에게는 좀 소홀하게 될지도 모르겠군. 그쪽은 내가 인계하게 되겠지. 나는 당신만큼 빈번하게 두 사람을 접대하는 건 불가능하지만 그 점은 양해를 구할 수밖에 없겠어."

"알겠습니다. 저도 떠나기 전에 두 전하를 한번 뵙고 직접 양해를 구해 두겠습니다."

"응. 그렇게 해 주면 고맙겠어."

후궁에서 평소에 나누는 대화와는 완전히 다른, 상하관계가 확연한 말투.

그러나 같은 사람들끼리의 대화일지라도 공과 사를 구분해 말투를 바꾸는 건 일반적인 일이다. 그런 부분은 젠지로도 딱히 위화감을 느끼지 않았다.

젠지로는 이미 결말이 보였지만 일단 만일을 위해 염려되는 사항을 모두 말해 두기로 했다.

"그런데 제가 책임자가 되면 다른 법복귀족들의 반발은 없겠습니까? 법복귀족 중에 그럴 만한 능력을 지닌 사람은 없습니까?"

전제로는 당초에 '공무에는 흥미가 없다'고 말했던 입장을 취하며 후궁에 틀어박혔다.

그러나 최근에 프란체스코 왕자와 보나 왕녀의 응대 역할로서 왕궁에 머무르는 시간이 길어졌는데, 그에 더해 이번엔 아우라 대신 왕령 직할지에 부임하게 되면 여러 가지로 딴지를 거는 사람이 나온다 해도 이상하지 않다.

그런 염려에서 나온 젠지로의 질문에 아우라는 단호하게 고개를 저었다.

"아니, 그런 걱정은 필요 없어. 정확히 말하면 능력 있는 사람은 있지만 그런 인재는 이미 그 능력에 어울리는 지위를 맡고 있지. 이렇게 말하면 뭣하지만 왕궁을 웬만큼 비운다 해도 공무에 거의 영향이 없는 고위 인사는 젠지로, 당신뿐이야."

그건 단적으로 젠지로가 가장 하는 일이 없다, 라고 말하는 것과 같았다.

원해서 얻은 입장이지만 아내의 입에서 분명하게 그런 말을 들은 것이 충격이었을까.

"과연……"

젠지로는 순간 상처받은 것 같은 표정을 지었다. 하지만 젠지로의 심정을 차치한다면 이로서 염려되는 부분에 대한 답이 얼추 정리된 셈이다.

곧 정신을 가다듬은 젠지로는 의자에 깊숙이 앉은 채 배운 대로의 예법으로 깊이 머리를 숙였다.

"분부 받들겠습니다. 재주 없는 몸이지만 전력을 다해 명령을 수행하겠습니다."

"음. 부탁해."

여왕은 호쾌하게 끄덕이며 남편의 충성을 받아들이는 것이었다.

◆

"미안!"

그날 저녁. 후궁의 거실로 돌아온 아우라의 젠지로를 향한 첫 마디는 그런 사죄의 말이었다.

밑도 끝도 없는 짧은 사죄의 말이었지만 아우라가 뭘 사과하는지는 젠지로도 잘 알았다.

"응, 아니야. 아우라가 나한테 귀띔도 없이 그런 결정을 내린 건 그만큼 불가피한 일이었다는 거잖아? 단, 설명은 해 줬으면 좋겠어."

젠지로는 언제나처럼 웃는 얼굴로 그렇게 말하고 소파에 앉았다.

갑자기 왕궁에 불려가서는 강제적으로 먼 지역의 영지로 단신 부임 명령을 받았다.

자신에 대한 아우라의 성실함을 의심하는 건 아니지만 이건 역시 상세한 이야기를 들을 필요가 있다.

아무리 상대방을 신뢰한다 하더라도 이쪽의 행동을 상대가 일방적으로 결정하는 상황은 결코 기분 좋은 일이 아니다.

"응, 물론 설명하고말고."

그렇게 말한 아우라는 남편과 마주보는 자세로 소파에 앉았다.

양손을 가지런히 무릎 위에 올린 그 자세는 평소의 편안한 자세와는 전혀 달랐다. 군이 표현하자면 '반성'이나 '순종'이라는 단어가 어울릴 것 같은 그런 자세였다.

기분 탓인지 고개도 조금 수그러든 것처럼 보였다.

젠지로는 딱히 그렇게까지 숙연해할 얘기는 아니지 않나 생각했지만 일단 그 얘긴 접어 두고 궁금한 것부터 물었다.

"그럼 솔직하게 묻겠는데, 이번 일로 발렌티아에 정말로 보내고 싶은 사람은 라파엘로 마르케스? 아니면 나?"

이것은 그 자리에서 떠오른 의문이 아니다. 자리를 파한 뒤 혼자서 천천히 대화의 내용을 반추해 보았을 때 떠오른 의문이다.

젠지로 쪽에서 그 말을 꺼낸 것이 예상 밖이었는지 아우라는 조금 놀란 듯이 눈을 크게 뜬 다음 솔직하게 대답했다.

"당신이야."

"역시."

아우라의 대답에 젠지로는 납득했다는 표정으로 한 번 숨을 토했다.

"나중에 생각해 보니 이상한 거야. 상대가 북대륙 왕족을 자칭하고 있다면 오히려 수도로 불러들여 영접하는 게 이치에 맞잖아. 그런데도 일손이 부족하다면서 아우라의 남편 후보까지 올랐던 유능한 고위 인사와 단 둘밖에 없는 성인 왕족 중 하나인 나를 동시에 보낸다고 하니 말이야."

좀 더 간단히 끝낼 방법이 있는데 억지스러운 인사를 감행하면서까지 귀중한 인재를 보내려 한다. 뭔가 다른 의도가 있는 게 틀림없다.

"그래. 애초에 이 정보를 들었을 때 처음 든 생각은 어떻게든 내가 직접 발렌티아에 가서 직접 지휘하는 거였어."

"잠깐, 여왕 폐하!? 처지를 생각해야지!"

아내의 예상 밖의 대답에 젠지로는 무심코 핀잔을 던졌다.

그건 예상 범위 안이었는지 아우라는 흐트러짐 없이 한 번 끄덕이고는,

"물론 실현 불가능하지. 그래서 차선책으로 당신을 보낼 생각을 한 거야."

그렇게, 조금 평소의 컨디션을 되찾은 말투로 말을 이었다.

"그래, 아우라가 이번 일을 굉장히 중요하게 여긴다는 건 이해하겠어. 그런데 어째서 그 자칭 왕녀님 일행을 수도로 불러들이지 않는 거야?"

"응, 그 이유를 설명하기 전에 당신의 지식이 어느 정도인지 확인해 볼까. 젠지로, 당신은 발렌티아의 책임자가 누군지 알고 있어?"

아우라의 다소 기묘한 질문에 젠지로는 옥타비아 부인에게 배운 이 나라의 대략적인 역사를 떠올리면서 대답했다.

"그러니까…… 그건 아마도 '발렌티아 공작'이었지. 지금은 아우라 본인?"

모범답안을 내미는 남편에게 여왕은 만족스럽게 한 번 끄덕이고는,

"그래. 세간에서 '왕령'으로 불리는 땅은 모두 왕가의 직할지라고

생각하기 쉽지만, 실제로 왕의 영지로 정해져 있는 곳은 이곳 수도 외에는 작은 요양지 몇 개 정도뿐이야. 그 외의 '왕령'은 각 영지마다 작위가 있어서 그 작위의 계승자가 영주가 돼. 일반적인 지방 영주와의 차이점은 작위 계승자 지명권을 갖는 사람이 작위를 가진 본인이 아니라 그 시기의 국왕이라는 점이지."

요컨대 일반적인 영지가 부모에게서 아이에게로, 또 손자에게로 작위를 물려주는 것에 반해, 왕령으로 불리는 영지의 작위는 왕이 내리는 것이다. 즉 왕이 자신의 근친을 다음 영주로 앉히는 일이 가능한 것이다.

물론 작위를 받는 사람은 근친뿐만이 아니라 자기 자신이라도 상관없다. 때문에 발렌티아같은 요지는 왕이 작위를 겸임하는 게 통례가 된 것이다.

그런 사정은 대략 젠지로도 알고 있었다. 하지만 그 사실이 이번 '자칭 왕녀 일행'을 왕도로 초대하지 않는 이유와 어떤 연관이 있는지 실마리가 보이지 않았다.

고개를 갸웃거리는 젠지로에게 아우라는 한층 꼼꼼한 설명을 들려 주었다.

"이번 건에서 중요한 부분은 왕국 수도는 왕국 그 자체인 데 비해, '발렌티아'는 내가 영주를 맡았을 뿐, 엄연히 지방 영주의 직할지라는 점이야. 지방 영지는 독립성이 강해. 왕국에 대한 납세 의무만 지키면 원칙적으로는 그 이외 부분에 나라가 개입할 여지가 없을 정도니까."

그 독립성이 왕가에게는 불리하기 때문에 아우라는 지방 영주의 권한을 줄이기 위해 여러 가지로 궁리를 하는 것이지만, 이번 일에서는 그 지방 영지의 독립성이 오히려 도움이 된다.

"아아. 혹시 '자칭 왕녀 일행'이 이곳 수도에 들어오면 왕국 관할이 되지만, 발렌티아에 머물면 왕가의 관할이 된다는 얘기?"

손바닥을 내리치며 그렇게 확인해 오는 남편에게 아우라는 한 번 끄덕이며 긍정의 말을 돌려주었다.

"그래. 일반적인 지방 영주라면 아무리 독립성이 강하다고는 해도 나라의 허가 없이 외국과 직접 친분을 맺는 건 위법이지만 우리 왕가는 예외야. 결과적으로 내가 '발렌티아 공작'으로서 그 '자칭 왕녀 일행'과 친분을 맺을 수 있다면 국내의 간섭을 최소화하면서 친교를 깊이 다질 수 있어."

"과연."

젠지로는 가까스로 조금 납득했다.

한 나라의 왕이 왕국의 이익보다 왕가의 권익을 우선한다는 것은 기본적으로 그다지 칭찬할 만한 행동이 아니지만 때와 경우에 따라서는 어쩔 수 없는 일도 있다.

봉건제 왕국이라는 것은 왕가와 지방 영주의 파워 밸런스 위에 성립하는 부분이 크다. 섣불리 국력 증강에만 힘을 쏟아 상대적으로 왕가의 힘이 약해지면 동란을 초래하기 십상이다.

왕에게는 왕국을 풍요롭게 하는 것과 동시에, 부와 번영을 이룬 귀족들의 기를 누를 수 있을 만한 힘을 왕가에 가져다줄 수 있어야 한다.

"알겠어. '자칭 왕녀 일행' 건을 발렌티아에서 대처해야 하는 이유는 납득했어. 그러니까 아우라는 이번 '자칭 왕녀 일행'과의 사이에 커다란 이익이 발생할 거래가 생길 가능성이 높다고 보는 거지?"

"응. 가능성이 높다기보다 거의 확신해. 우리나라까지 직접 북대륙의 배가 오는 일이 거의 없다는 건 낮에 설명했지? 그런데도 일부러 찾아왔다는 이야기는 우리나라에 대해 무언가 큰 목적이 있거나, 뭔가 불행한 사고가 있었거나야."

"응? 그냥 한 번 들러본 것일 가능성은? 실은 직접 발렌티아에 온 게 아니라 남대륙 북부의 항구에 들른 배가 잠깐 이곳까지 들여다본 것이라거나."

젠지로의 소박한 의문을 아우라는 고개를 저으며 부정했다.

"그럴 가능성은 없어. 우리나라와 북쪽 나라는 동맹국까지는 아니지만 우호적인 중립 정도의 관계를 유지하는 중이야. 만약 북쪽 나라에 들른 다음 발렌티아로 향했다면 배가 도착하기 전에 북쪽 나라에서 소식이 왔을 거야."

"그렇군."

젠지로가 납득한 시점에서 아우라는 이야기를 계속했다.

"저쪽이 의도적으로 이쪽에 왔다면 충분히 교섭의 여지가 있고, 사고로 발렌티아에 흘러들어온 거라면 이건 그냥 넝쿨째 굴러떨어진 호박이지. 사고가 있었다면 그 배는 부두에 계류하면서 수리를 받을 필요가 있을 확률이 매우 높으니까. 아무리 돛대 네 개의 대형 선박이라도 자력으로 수리를 해낼 정도로 많은 조선공을 태우지는 않았을 거야. 그렇다면 배를 고치는 데 우리나라의 기술자를 투입해야만 하지. 북대륙의 최신 조선술을 흡수할 수 있는 둘도 없는 기회야."

그렇게 말하며 아우라는 대국의 여왕답게 강인한 미소를 지으며 혀로 입술을 날름 핥았다.

"즉, 아우라의 가장 큰 목적은 대형 범선 건조 기술?"

"그래. 그밖에도 쇠를 대량생산하는 대형 용광로 등, 북대륙에는 이곳에 없는 선진 기술이 많지만 우선은 선박을 원해. 대형 범선만 있으면 장래에 이쪽에서 북대륙으로 직접 무역선을 보내는 일도 가능하니까."

왕족다운 야심의 빛으로 두 눈동자를 빛내는 아내에게 젠지로는 고개를 갸웃거리며 찬물을 끼얹었다.

"으—음, 하지만 그렇게 간단한 얘기일까? 나도 자세히는 모르지만 대형 범선 같은 기술의 집약체를 재현하기 위해서는 전제 조건이 되는 필수 기술이 몇 가지나 있을 것 같은데."

예를 들면 높은 지능을 가진 사람이라면 마차를 분해해서 그 구조를 이해할 수 있을지도 모른다. 그러나 그렇게 마차의 구조를 이해했다 쳐도 마차를 처음부터 끝까지 만들 수 있는가 하면 그렇지 않다.

좌우 균등하게 커다란 바퀴를 만드는 기술. 둥글고 곧게 뻗은 차축을 만드는 기술. 그 차축이 어긋나지 않도록, 그러나 회전을 방해하지 않도록 받치는 축받이(베어링) 결속 기술 등, 그밖에 다양한 기술의 축적을 통해 마차가 만들어지는 것이다.

그것은 범선도 마찬가지다.

"음, 당신이 걱정하는 것도 지당해. 하지만 우리나라도 나름대로의 조선술이 있거든. 모방도 이해도 불가능할 정도로 새로운 기술은 아니다, 라고 생각하고 싶은데."

아우라는 조금 생각한 후에 그렇게 말했다.

"과연 그렇군. 음, 대략 알겠어. 하지만 내가 일단 저쪽으로 가 버리면 간단하게는 연락을 취할 수 없을 테니까 세세한 우선순위나 내가 독자적으로 약속해도 되는 범위 같은 것의 일람표를 만들어 두고 싶은데, 괜찮아?"

"음, 원래는 이런 기밀 정보를 서면으로 남기는 건 그다지 좋은 일이 아니지만, 당신이 쓰는 문자는 어차피 이쪽 세계에 읽을 수 있는 사람이 없으니까 문제없겠지."

"고마워. 만약을 위해 숫자도 아라비아 숫자를 사용하지 않고 한자로 써 둘게."

메모가 제3자나 협상 대상의 눈에 띌 가능성은 없는 것과 마찬가지지만 방심은 금물이다. 왕실 직속 문관들을 중심으로 조금씩 확산되는 중인 아라비아 숫자라면 만에 하나의 일도 있을 수 있지만, 그 외의 일본어는 당연히 이쪽 세계에서 읽을 수 있는 사람이 존재하지 않는다.

"……라는 경우에는 어느 쪽이 우선?"

"물론 그건 배에 관한……"

그 후, 젠지로와 아우라는 이마를 맞대다시피 하며 오랜 대화 끝에 복사용지 십수 장에 아우라가 '자칭 왕녀 일행'에게 원하는 것의 순위표와 그 자리에서 젠지로가 독단적으로 약속해도 좋은 사항의 일람표를 완성한 것이었다.

물론 협상이라는 것은 대개 이런 사전 예측에서 크게 벗어나는 경우가 다반사인 게 사실이지만, 그래도 사전 준비의 유무는 의외로 결과에 큰 영향을 미친다.

특히 애드리브에 약한데다가 소심한 젠지로는 샐러리맨 시절부터 이렇게 사전 준비에 공을 들이는 타입이었다.

"음, 일단 생각해낼 수 있는 한의 것은 전부 들은 것 같아."

볼펜을 테이블 위에 놓은 젠지로는 소파에 앉은 채 크게 기지개를 켜 등뼈와 어깨를 이완시켰다.

일 하나를 마친 충족감에 젖는 남편을 보며 아우라는 저도 모르게 미소를 지었지만 문득 자신이 젠지로에게 해야 할 말을 전하지 않았음을 떠올리고 새삼스럽게 자세를 고쳤다.

"젠지로."

"응? 왜?"

"미안해. 결국 이번에도 국익을 위해 당신에게 부담을 주게 돼 버렸어."

그렇게 말하는 아우라는 젠지로를 향해 작게 고개를 숙였다.

이제 와서 이미 늦었지만 아우라로서는 머리를 숙이는 수밖에 없었다.

확실히 애초에 아우라가 젠지로와 나눈 약속은 '국익에 반하지 않는 범위 안에서 가능한 한 소망을 이루어 준다'는 것이었기에 아우라가 약속을 어겼다고는 할 수 없지만, 이렇게 매번 국정의 여파에 젠지로가 휘말리는 데에는 아우라도 미안한 마음이 들었다.

"아아, 응."

어쩔 수 없잖아, 아우라가 나쁜 게 아니니까, 라는 위로의 말을 건네려 한 순간 젠지로는 문득 생각했다.

(어라? 잘 생각해 보니까 어쩔 수 없다 어쩔 수 없다 하면서 나 점점 노동조건이 나빠지고 있는 것 같은데?)

물론 지금 상태는 악화되었다고 주장할 정도는 아니다.

낮에는 무언가 직무를 수행하는 일이 많아졌다고는 해도 점심식사 전에는 후궁에 돌아올 만큼 여유가 있고, 닷새에 하루 정도 후궁에서 빈둥거릴 수 있는 날도 있다.

무엇보다 야간 조명이 발달하지 않은 이쪽 세계에서는 '야근'이라는 개념이 없다. 다소 오차는 있어도 해가 저물면 일이 끝나기 때문에 젠지로의 감각으로는 일에 붙잡히는 시간이 대단하게 느껴지지 않았다.

그러나 그것도 다 일이 끝난 뒤 가전제품으로 둘러싸인 후궁에서 사랑하는 아내와 달콤한 휴식 시간을 가질 수 있기 때문이다.

하지만 발렌티아 어쩌고에 단신 부임하게 되면 당연하지만 그 동안은 가전제품과도, 아내인 아우라와도, 아들인 카를로스 젠키치와도 헤어져 있게 된다.

그것이 단기간이라면 견딜 수 없는 것도 아니겠지만, 젠지로는 여기서 '어쩔 수 없다'는 말을 양보해 버리면 앞으로 영향이 생길 것 같은 예감이 들었다.

젠지로는 가능한 한 가시 없는 말과 부드러운 표정을 고르며 대답했다.

"그렇네. 아우라의 입장에서 어쩔 수 없었다는 건 알지만 이번 일은 진짜 좀 힘들 것 같아. 어쩌다 보니 거절할 수 없는 지경까지 이야기가 진행돼 버려서 꽤 놀라기도 했고."

언제나처럼 남편에게서 "어쩔 수 없지, 신경 쓰지 마"라는 대답이 돌아오지 않았다는 것에 대해 여왕은 의외일 정도로 강한 놀라움을 느꼈다.

그리고 그 다음 순간, 아우라는 자신의 심리 상태를 깨닫고 수치심으로 얼굴을 붉혔다.

(최악이야, 나는. 미안하다고 말하면서도 젠지로가 무조건 허락하리라 전제하고 있었어.)

만약 젠지로라는 남편이 없었다면 아우라는 '자칭 왕녀 일행'을 왕국 수도로 불러들여 일을 무난하게 처리했을 것이다.

그러나 현실에서 아우라는 소비룡이 가져온 편지를 본 순간 발렌티아 안에서 해결을 봄으로써 왕가가 이익을 독식하기로 결심했다.

그 판단 자체가 틀렸다고는 생각하지 않지만, 그것은 즉 무의식중에 젠지로를 '무조건적으로 자신의 의견에 따르는 장기말'로 취급하고 있었다는 얘기다.

(그렇지 않다면 지금 이렇게 마음이 동요하는 것도 설명이 안 돼.)

자신의 상태를 자각한 아우라는 속으로 깊이 반성하고서 표정을 다잡아 남편을 향했다.

"응. 정말로 미안해. 이번 일은 내가 경솔한 부분이 많았어. 결과적으로 현재 젠지로 쪽으로 무게가 기우는 중인데, 그것도 모두 당신이 그 자리에서 아무 말도 없이 내가 의도한 대로의 언동을 취해준 덕분이야. 고마워. 앞으로는 이런 일이 없도록, 은 불가능하겠지만, 가능한 한 사전에 당신과 상의하도록 할게. 그리고 이번 일이 무사히 처리되면 이번에야말로 물질적인 보상을 하고 싶어. 지금 당장이 아니라도 좋으니까 뭐가 좋을지 생각해 주지 않겠어?"

"아, 응, 그럴게."

아우라의 말에 젠지로는 조금 주저하긴 했지만 수긍의 뜻을 비쳤다.

아우라가 젠지로를 무조건적으로 의지하게 된 원인 중 하나는 틀림없이 젠지로가 보수를 받지 않았다는 점이다.

이제 와서 겨우 그걸 이해하기 시작한 젠지로는 잠시 생각했다.

"내가 원하는 것이라…… 으으음."

하지만 이것만큼은 정말 몇 번을 들어도 좀처럼 떠오르지 않는다. 원래 젠지로는 욕심이 많은 편이 아니다. 이쪽으로 오기 전에 수년 동안 말단 샐러리맨 생활을 하며 300만 엔을 저축했다는 사실이 좋은 증거다.

너무 바빠서 돈을 쓸 시간도 없었다, 라는 것도 사실이지만 반면 너무 바쁜 탓에 밥 해먹고 다닐 여유도 없었던 것이다. 식사의 대부분이 인스턴트나 외식이면서, 중고이긴 해도 자동차도 한 대 굴리며 300만 엔씩이나 저축할 수 있었다는 말은 그만큼 돈을 쓰는 취미가 없었다는 얘기다.

더구나 이쪽 세계에서 원칙적으로 젠지로의 생활공간은 후궁과 왕궁뿐이기에 애초에 물욕을 자극당할 만한 정보가 들어오지 않는다. 지금 생활에서 이렇다 할 부자유를 느끼지 않았기에 더욱 그렇다.

곤란해진 젠지로는 반대로 아우라에게 물었다.

"저기, 그런데 이런 경우에는 일반적으로 어떤 걸 받아?"

젠지로의 질문에 여왕은 시선을 천장으로 향하고 조금 생각한 다음,

"글쎄, 역시 가장 무난한 건 돈인가. 중·하급 귀족이었다면 금화나 은화로 직접 지불하는 경우도 많지만, 고위 귀족이나 왕족의 경우에는 물려줄 수는 없는 영지 딸린 작위나 장원처럼 정기적인 수입을 보장해 주는 경우도 많아."

그렇게 망설임 없는 말투로 대답했다.

한편 대답을 들은 젠지로의 반응은 신통치 않았다.

"으음, 돈인가. 솔직히 내 입장에서 아우라를 통하지 않고 자유롭게 쓸 수 있는 돈이 생긴다는 건 바람직하지 않다고 생각하는데."

능력에서도 그렇고 인격적으로도 젠지로는 자기 자신을 높이 평가하지 않았다. 장래에 자기가 무언가 실수를 범하고 그 실수를 돈으로 얼버무리는 게 가능하다고 하면, 그 유혹에 넘어가지 않을 거라고는 솔직히 생각하지 않았다.

특별히 원하는 것도 아닌데다가 리스크까지 있는 보상. 적어도 지금 당장 혹하는 마음이 들지는 않았다.

젠지로는 판단을 잠시 보류하고 질문을 거듭했다.

"그밖에는?"

"그밖이라면 대개는 직접적인 물품일까. 그 사람이 세운 공적에 따라 여러 가지가 있어. 전쟁에서 공을 세운 자라면 성능 좋은 활이나 창. 문관이라면 장인이 공들여 만든 용골필이나 아름답게 세공한 계산석 등이 일반적이지."

용골필이란 그 이름 그대로 용의 뼈를 깎아 만든 펜이다. 잉크를 찍어서 사용하는 펜의 일종으로, 뼈에 새겨진 홈이 잉크를 빨아올리는 방식인데 구조적으로는 일본의 유리촉 펜에 가깝다.

한편 계산석 또한 그 이름대로 계산에 사용하는 원시적인 계산 도구다. 바둑돌처럼 둥글고 평평한 돌의 앞면과 뒷면에 각각 십자 홈이 새겨져 있어 그것을 나열하는 방법으로 1부터 10까지의 숫자를 표현할 수 있다고 한다.

이쪽 세계의 교양인은 이 계산석을 여러 개 사용해서 사칙연산을 한다지만 젠지로는 사용법을 모른다.

옥타비아 부인의 수업에서 한 번 이용해 보았지만 거의 기억하지 못했다.

"펜과 돌이라…… 음, 그건 좀 그런데."

젠지로의 구미가 동하지 않는 것도 무리는 아니다. 단순히 편리함으로 따지만 용골필은 볼펜보다 못하고, 계산석은 전자계산기나 스프레드시트 프로그램의 발끝에도 미치지 못한다.

물론 그러한 하사품 문구류는 근사한 조각이 세공된 미술품으로서의 가치도 높은 물건이겠지만, 그래도 딱히 뛰어난 심미안이나 콜렉터 기질이 없는 젠지로는 "예쁘네" 정도의 인상밖에 갖지 못하는 것이다.

이것도 일단 보류다. 단, 받아서 곤란한 물건이 아니고 받음으로써 주변에 악영향을 끼치는 것도 아니므로, 경우에 따라서는 그쯤에서 타협하게 될지도 모른다.

그래도 젠지로는 확실히 하기 위해 한 번 더 물었다.

"다른 것은?"

"그 다음은 혼인 허가가 있지. 기본적으로 대귀족의 정식 혼인에는 왕의 허가가 필요해. 대개의 경우 왕의 허가는 형식적인 것에 불과하지만 대귀족끼리 굳건하게 맺어지는 혼인이거나 반대로 극단적으로 가문의 격이 다른 남녀의 혼인을 신청한 경우에는 왕이 허가하지 않는 일도 있어. 그럴 때, 그 가문의 격차나 혼인에 의해 발생할 수 있는 왕가의 불이익을 문무의 공적으로 메우려 하는 거야."

"그건 나하고는 전혀 관계없는 얘기네."

못을 박듯이 뜸을 들이지 않고 그렇게 말하는 남편에게 아우라는 저도 모르게 쓴웃음을 지었다.

"하긴, 지금은 그렇지. 그밖엔 좀 더 단순하게 보상으로 '여자'를 보내는 일도 있어. 그 경우에 여자란 왕후귀족의 정실이 될 만한 여자가 아니야. 무희나 가수처럼 얼굴이나 몸매가 아름다운 여자들이지."

냉정한 말투로 담담히 고하는 아우라에게 젠지로는 조금 질린 표정을 보이며 한숨을 쉬었다.

"필요 없어."

그 간결한 한 마디에 젠지로의 심경이 완전히 드러나 있었다.

물론 젠지로도 심신 공히 건강한 젊은 남자다. 아내 이외의 여성과 관계를 갖고 싶다는 욕구가 밀려올 때도 있다.

하지만 그건 말하자면 '바람기' 같은 것이지 후궁이라는 '가정'에 다른 여자를 들이고 싶다는 의미가 아니다.

여자 문제에 관해서 변함없이 완고한 남편에게 여왕은 약간 쓴웃음을 흘렸다.

"그래? 내가 생각나는 일반적인 상품은 이 정도인데. 어때? 참고가 됐어?"

아내의 질문에 젠지로는 오른손으로 머리를 긁으며 떨떠름한 표정으로 대답했다.

"글쎄, 뭐, 참고는 됐다고나 할까…… 음, 딱히 이거다 싶은 게 없으니까 용골필이나 계산석으로 할까 해."

젠지로의 대답에 아우라는 조금 허를 찔린 것처럼 눈을 크게 떴다.

"오오? 흥미를 느낀 거야?"

그러나 젠지로의 대답은 아우라의 예상을 배반하는 것이었다.

젠지로는 고개를 옆으로 저으며

"아니. 흥미가 생겼다기보다 지금 들은 중에는 그게 제일 무난한 것 같아서."

라며 이도 저도 아닌 대답을 했다.

아우라는 그만 한숨을 쉬었다.

"그래서는 좋게 말해도 상품이라고 할 수 없잖아……."

아무래도 이 욕심 없는 서방님은 눈에 보이는 형태로 상찬을 받을 '의무'를 성실하게 이행하려는 마음뿐인 것 같다. 게다가 가능한 한 주위에 악영향을 미치지 않게끔 최대한 배려하면서.

아우라는 두통을 억누르듯이 오른손 중지와 엄지로 양쪽 관자놀이를 문지르고는 설득조로 말했다.

"젠지로. 칭찬받는 일에까지 주변의 알력을 신경 쓸 필요는 없어. 만약 당신이 정말로 나라에 해가 되는 일을 요구한다면 내가 받아들이지 않을 테니까. 당신은 좀 더 순수하게 자기가 원하는 걸 표현하면 되는 거야. 뭔가 갖고 싶은 건 없어? 당신은 저쪽 세계에서 살았을 때 스스로 돈을 벌었지? 그 땐 어떤 물건을 샀어? 먹고 입는 것만으로도 벅찬 빈궁한 생활을 했던 건 아니지?"

아우라의 추궁에 이번엔 젠지로가 천장으로 시선을 향하고 생각에 잠겼다.

"일본에 있었을 때라…… 으음. 확실히 금전적으로 궁핍하지는 않았지만 시간이 없었지. 갖고 싶은 것에 손을 뻗을 여유조차 없었던 것 같아. 아아, 그래도 잘 생각해 보니 그땐 그런대로 갖고 싶은 게 있긴 했어."

대학 시절부터 사회인이 된 이후에 젠지로가 갖고 싶었던 것.

돌아보면 몇 가지 떠오르는 것이 있다.

가령, 손목시계.

젠지로는 사적인 용도의 전자시계와 정장에 어울리는 아날로그시계, 이렇게 손목시계를 두 개 갖고 있었지만 둘 다 만 엔도 안 되는 싸구려였다.

언젠가는 0이 한 자릿수 많은 비싼 시계를 갖고 싶다고 생각한 적도 있다.

그밖에 새 차도 사고 싶었다.

취직하고 반 년 정도 지나서 중고 하이브리드카를 구입했지만, 그것 역시 타협의 산물이었다. 순수하게 '멋있다', '갖고 싶다'고 생각한 차는 따로 있었다. 하지만 압도적인 연비 성능과 적절한 가격 때문에 중고 하이브리드카를 선택한 것이다.

통근은 전철(회사에 주차장이 없음), 평상시의 쇼핑은 자전거(월 단위로 계약하는 주차장이 근처 편의점과 슈퍼보다 멀었음)라는, 결코 자가용이 효율적이지 않은 환경에 있으면서도 끝까지 차를 포기하지 않았다는 점에서 어느 정도 집착은 있었다고 할 수 있다.

또 생각나는 게 있다면 서포터 클럽에서 활동했던 J리그 팀의 연간 회원권 정도일까.

이건 금전적으로 구하지 못할 건 아니었지만, 야근에 찌든 일상 속에서 축구 경기장으로 발걸음을 옮길 여유 따위 없었기 때문에 사지 않았다.

어쨌든 이것저것 떠올려 보아도 지금 이 자리에서 도움이 될 것 같은 아이템은 없는 듯했다.

"음, 역시 떠오르지 않는데. 저쪽에 있을 때 갖고 싶었던 게 몇 가지 있긴 하지만, 그건 이쪽에서 생활하는 데 딱히 필요한 물건도 아니고, 이쪽 세계에서는 솔직히 물욕을 자극할 만 한 것을 아직 만나지 못했어."

그렇게 말하고 젠지로는 포기했다는 것처럼 양손바닥을 천장으로 향하고 과장스러운 동작으로 어깨를 으쓱했다.

진심에서 우러나온 말임을 알기에 아우라도 곤혹스러웠다.

"으음…… 정말 아무것도 없어? 실현할 수 있을지 어떨지 몰라도 일단 말해 주기만 해도 좋을 텐데."

"아무리 그렇게 말해 준대도 정말 특별히 불편한 게 없다니까. 조금 일이 바빠졌다고는 해도 자유시간은 충분하고. 한가해서 죽을 지경이면 게임이나 DVD도 아직 남아 있고. 굳이 말하자면 인터넷이 되면 좋겠다고 생각한 적은 있지만, 그건 어떻게 할 수 없는 문제니까."

전에 아우라에게 '시간역행'과 '이세계 전이'를 조합해서 짧은 시간이라도 좋으니 인터넷 접속이 가능할지 상담한 적이 있지만 무리라는 말을 들었다.

'시간역행'은 공간이 아닌 물체에 거는 마법이고, '이세계 전이'는 순간적으로만 효과를 발휘하는 마법이기 때문에 젠지로가 생각하는 것처럼 '일정한 공간을 이세계 전이가 발동되는 별자리 시간까지 되돌려 거기서 이세계 전이를 발동시켜 인터넷 와이파이 존에 접속한다'는 방법은 불가능하다는 것이다.

사실 젠지로는 아우라의 그 설명을 납득하지는 않았다. 그냥 어쩐지, 감각적인 얘기지만 가능할 듯한 생각이 든 것이다.

그러나 그렇다고 해도 젠지로가 조금 더 '시공마법'을 깊이 습득한 다음에 해야 할 이야기다. 현재 겨우 두 개의 시공마법을 구사할 수 있을 뿐인 젠지로와는 인연이 먼 얘기인 것이다.

"…………"

"…………"

두 사람 모두 다음 말을 잇지 못했다. 매번 이랬다. 이 화제가 나오면 반드시 끝내 이렇게 둘 다 꿀 먹은 벙어리가 되고 만다.

하지만 침묵을 떨쳐내려는 듯이 젠지로가 억지로 입을 열었다.

"이야, 그래도 이번엔 처음으로 왕궁 밖으로, 아니 이 도시를 벗어나 다른 곳에 가게 됐으니까 어쩌면 거기서 갖고 싶은 것이나 하고 싶은 게 생길지도 모르지."

"그래. 그런 의미에서는 좋은 기분 전환이 될지도 모르겠네. 좋은 곳이야, 발렌티아는. 햇빛은 강렬하지만 해풍이 있어서 여기보다 시원하고 음식도 맛있어. 근데, 아무리 마음에 든다고 해도 '발렌티아 공작' 작위는 양보하지 않을 거야."

아우라의 농담에 젠지로도 웃었다.

"아하하, 알고 있어. 아무렴 그런 황당한 요구는 안 할 테니까."

"그리고 '자칭 왕녀'를 데리고 오는 것도 안 돼. 자칭이 사실이든 거짓말이든 귀찮아지니까."

"괜찮아. 걱정할 것 없어."

이윽고 여왕 부부 사이에서 온화한 웃음소리가 울려 퍼지는 것이었다.

———◆———

그로부터 며칠 뒤.

젠지로는 프란체스코 왕자, 보나 왕녀 두 사람과 왕궁의 한 방에서 환담의 자리를 마련했다.

언제나처럼 햇살이 들어오는 밝은 방에서 마주보며 소파에 앉아 냉차와 말린 과일을 들며 이야기를 나눴다.

오고가는 대화의 내용이 일시적인 이별을 고하는 것이라는 점이 달랐을 뿐.

"아아, 소문으로는 들었지만 정말로 떠나시는군요, 젠지로 폐하."

젠지로의 입으로 발렌티아에 간다는 말을 들은 금발의 왕자는 세련된 동작으로 찻잔을 테이블에 놓으며 그렇게 말했다.

"갑작스러운 얘기라서 솔직히 놀랐습니다. 무사히 돌아오시길 기도하겠습니다."

한편 밤색 머리카락의 왕녀는 동요를 감추지 못하고 무릎 위에 놓은 양손을 무의식중에 비비고 있었다.

놀라면서도 동요의 기색이 없는 프란체스코 왕자와 놀라움과 동시에 동요를 드러내는 보나 왕녀.

두 사람의 차이는 정신적인 강인함에 차이가 있기 때문이기도 하지만 그 이상으로 입장 차이가 크기 때문이다.

프란체스코 왕자의 경우 젠지로의 부재는 '마음이 맞는 즐거운 놀이 상대'가 없는 것일 뿐인데 반해, 보나 왕녀에게는 프란체스코 왕자의 감시역인 자기에게 '가장 동정적이고 가장 협력적인 사람'이 없어진다는, 거의 사활이 걸린 문제이기 때문이다.

프란체스코 왕자의 평소의 언동이 본심이든 연기이든, 민폐인 것은 틀림이 없다.

그 민폐를 언제나 직접 당하는 사람이 보나 왕녀이고, 결과적으로 보나 왕녀를 제일 많이 구해 주는 사람이 젠지로인 것이다.

보나 왕녀가 눈물이 그렁그렁해지는 것도 무리가 아니다.

젊은 왕녀의 애원하는 시선에 순간 뒤통수가 켕기는 느낌이 들었지만, 젠지로는 그런 감상에 굴할 정도로 속없는 사람은 아니었다.

"고맙습니다. 저도 처음 방문하는 곳이라서 조금 긴장하고 있답니다."

라며, 부드러운 표정을 유지한 채 무난하게 대응했다. 하지만 이쪽이 아무리 무난하게 대응해도 상대가 그에 따라 주지 않으면 그런 노력은 헛수고가 된다.

"좋겠다~ 젠지로 님은. 아, 선물 기대하고 있을게요."

프란체스코 왕자는 아무렇지도 않게 타국의 왕족에게 마치 출장 가는 아버지에게 선물을 조르는 아이처럼 말하는 것이었다.

"프란체스코 전하!"

이런 언동은 늘 있는 일이지만 이번에도 얼굴에 핏기가 가신 보나 왕녀는 대체 얼마나 고지식한 건지, 아니면 신경이 예민한 건지.

그러나 아무리 익숙해져도 프란체스코 왕자의 언동에 예의가 없는 건 사실이므로, 늘 위기감을 갖고 나무라는 사람이 곁에 있는 건 좋은 일일 것이다.

물론 온종일 신경을 곤두세우고 주의를 주지 않으면 안 되는 보나 왕녀의 정신 상태는 결코 양호하지 않겠지만.

"자, 보나 전하. 여긴 비공식적인 자리니까 너무 딱딱하게 생각하지 마시고. 알겠습니다. 무언가 프란체스코 전하의 마음에 들 만한 것을 구해 오도록 하지요. 그렇군요. 발렌티아는 본격적인 사업을 벌일 정도로 많지는 않지만 항구 도시인 만큼 질이 좋은 산호나 모양이 예쁜 진주도 가끔 올라온다는군요. 운 좋게 손에 넣게 되면 가져오지요."

"정말입니까!? 꼭 부탁드립니다. 이야, 벌써부터 기대되네요."

산호와 진주. 둘 다 내륙 지역인 샤로와·지르벨 쌍왕국에서는 구하기 힘든 보물이다.

일류 부여마법사이자 일류 보석 장인이기도 한 프란체스코 왕자가 진귀한 보석 얘기에 눈빛을 바꾸는 것도 당연하다.

그리고 그것은 프란체스코 왕자 이상으로 보석 세공에 인생을 건, 옆에 앉은 밤색 머리카락 소녀도 마찬가지였다.

"프란체스코 전하, 그러니까 아무리 비공식적인 자리라고 해도 지나치게 가벼운 발언은 삼가해 주세요."

라고 겉으로는 자국의 왕자를 나무라면서도 보나 왕녀는 그 갈색 눈동자를 반짝반짝 물욕으로 빛내며 젠지로를 바라보았다.

"고, 고맙습니다, 젠지로 폐하. 저 또한 거듭 감사 말씀 올립니다. 산호는 여러 가지로 다양한 세공을 할 수 있는 우수한 소재이고, 진주는 마법도구의 매개체로서도 더할 나위 없지만 그 빛깔과 모양은 장신구로서도 대단한 가치가 있습니다. 프란체스코 전하라면 훌륭하게 가공하실 것이 틀림없습니다."

말만 들으면 프란체스코 왕자의 말에 인사를 보탠 것뿐이지만 그 반짝거리는 시선과 유독 힘이 들어간 말투에서 보나 왕녀의 본심을 꿰뚫지 못할 만큼 젠지로도 둔하지는 않았다.

"네. 완성되면 꼭 보고 싶군요. 프란체스코 전하의 작품은 물론, 보나 전하의 작품도요."

그렇게 '선물'의 대상에 프란체스코 왕자뿐 아니라 보나 왕녀도 포함되어 있음을 명백히 했다.

"고, 고맙습니다!"

그 의미를 이해한 왕녀는 밤색 머리카락에 흩뿌려진 은가루가 우수수 떨어져 내릴 것 같은 기세로 머리를 숙이는 것이었다.

젠지로의 발렌티아 행은 그로부터 며칠이 더 지난 후에 이루어
졌다.

시간이 지체된 이유는 지극히 간단해서, 주역인 젠지로가 발렌티
아에 '보내지기' 전에 먼저 그쪽으로 건너가서 받아들일 준비를 갖출
인원을 먼저 보내야했기 때문이다.

여왕 아우라는 하루에 여러 번 '순간이동'을 발동시킬 수 있는 마
력을 지녔지만 여왕의 마력은 카파 왕국 비장의 카드이다. 만에 하
나의 일을 생각하면 비록 단 하루일지라도 아우라의 마력이 고갈되
는 상황은 리스크가 크다.

때문에 아우라가 '순간이동' 마법으로 수도에서 발렌티아로 보낼
수 있는 사람은 하루에 한 명뿐이었다.

"준비는 됐어? 젠지로. 됐으면 이제 '보내줄'게."

아우라의 말에 젠지로는 등에 멘 배낭을 내려 그 안을 펼쳐 보
았다.

"잠깐만. 마지막으로 한 번 더 확인할게. 어디 보자, 회중전
등…… 좋아, 멀티툴…… 좋아, 선물할 증류주……"

젠지로의 배낭에 들어 있는 물품들은 젠지로가 지구에서 가져온
개인 물건이 대부분이다.

갈아입을 옷처럼 일반적인 생활용품은 발렌티아에서도 손에 넣

을 수 있고, 왕족의 정장 같은 물건은 먼저 발렌티아에 '보내진' 사람들이 이미 갖고 갔다.

극단적인 얘기로 젠지로 본인은 빈손으로 가도 무방한 것이다.

"……좋아, 괜찮아. 잊은 건 없어."

확인을 마친 젠지로는 배낭 입구를 여미고 그걸 손에 들었다.

지금 젠지로는 제3 정장 차림이다.

이곳은 자신과 아우라밖에 없는 후궁이지만, '순간이동'으로 보내질 곳에서는 발렌티아의 대관을 비롯한 고관들이 기다리고 있을 터이다. 젠지로도 왕족으로서 그만한 복장을 갖추어야 하는 것이다.

이 복장에 배낭을 메는 건 좀 그렇다. 사복에 가까운 정장이긴 해도 매무새가 흐트러질 것이고, 그렇지 않다고 치더라도 보기 흉하다.

손에 배낭을 늘어뜨리고 걷는 것도 그닥 좋아 보이지는 않겠지만 그 정도는 눈감아주길 바라는 수밖에 없다.

새삼스럽게 배낭을 한쪽 손에 들고 자기 앞에 서는 남편을 붉은 드레스 차림의 여왕은 정면으로 응시하고는 천천히 입을 열었다.

"그럼 이제부터 당신을 '발렌티아'로 보낼게. 그쪽엔 이미 라파엘로 마르케스를 보내 두었으니 공무는 죄다 그 녀석을 시키도록 해. 결단력은 약하지만 명령을 수행하는 일만큼은 유능한 남자야."

라파엘로 마르케스.

여왕 아우라의 신랑 후보였던 두 사람 중 하나.

당연히 젠지로는 그다지 좋은 감정을 갖기가 어려운 사내다.

"알았어. 나는 명목상 역할에만 충실할 테니까, 세세한 업무는 전부 라파엘로 경을 통하게 될 거야."

아내의 전 신랑 후보를 의지해야 한다는 사실에 대해 복잡한 감정을 애써 누르면서 무표정을 가장하는 남편에게 여왕은 웃으며 끄덕여 보였다.

"응. 그걸로 됐어. 당신은 왕족이고 라파엘로는 신하야. 부디 편리하게 써먹어 줘."

"응. 솔직히 자신 있는 분야는 아니지만 어떻게든 해 볼게."

젠지로는 사회인 시절에도 '부하'를 가져 본 적이 없다. 때문에 사람을 부리는 일은 미지의 영역이었지만, 아우라의 말대로 '왕족'이라는 입장이 된 이상 못한다고만 할 수는 없는 노릇이다.

특히 젠지로는 능력도 의욕도 없는 무능한 왕족이어야만 하는 것이다. 앞으로 '알아서 하게'를 빈번히 사용하게 될 것은 자명하다.

"그리고 후궁에서는 시녀 이네스가 먼저 가 있어. 발렌티아 공작 저택에도 전속 시녀들이 있지만 당신 성에 차지 않을 게 뻔하니까. 그게 아니더라도 당신이 후궁이 아닌 곳에서 숙박하는 건 이번이 처음이야. 심신의 건강을 위해서라도 가능한 한 이네스를 곁에서 멀어지지 않게 해."

이어서 아우라는 그렇게 경고 비슷한 주의를 주었다.

젠지로가 사용인을 대하는 태도는 이 세계에선 완전한 이단이다.

현대의 일반인이라면 지극히 당연한 얘기지만, 젠지로는 같은 공간에 사용인이 말없이 대기하는 상태에서 긴장을 풀 수 있을 만큼 신경줄이 무디지 않다.

그런 젠지로의 신경에 거슬리지 않는 '거리감'을 이해하는 사용인은 후궁에서 일하는 시녀들뿐이다.

　시녀들과의 접촉 문제 정도라면 참을 수 없을 정도의 불쾌감은 아니겠지만, 앞으로 젠지로는 난생 처음 가전제품이 없는 공간에서 생활하지 않으면 안 되는 것이다.

　지금이 혹서기가 아니라는 것이 그나마 다행이지만, 에어컨은커녕 냉장고도 선풍기도 없는 생활은 젠지로의 각오보다 훨씬 힘들 것이다.

　"어쨌든 이네스 곁에서 떨어지지 말도록 해. 개인적인 일은 전부 그녀에게 맡기면 무리 없을 거야. 반대로 말하면 이네스가 안 된다고 하면 그건 안 되는 일이야. 괜한 걱정인지도 모르지만 무리한 요구는 삼가해 주면 고맙겠어."

　애초에 무리한 요구는커녕 최소한의 요구조차 좀처럼 하지 않는 젠지로에게 이런 말까지 하는 게 실례라고 생각하면서도 아우라는 일단 그렇게 다짐을 받았다.

　익숙한 후궁을 떠나서 생활하다 보면 지금까지 당연하게 손에 넣을 수 있던 것도 손에 넣을 수 없게 되거나 하는 법이다. 그럴 때는 아무리 젠지로라고 해도 '자각 없는 이기적인 요구'로 시녀들을 곤란하게 만들지도 모른다.

　"알았어. 가능한 한 품행 바르게 행동할게."

　젠지로는 거듭 '이네스 곁에서 떨어지지 말라'고 다짐을 두는 아우라가 약간 마음에 걸렸지만, 애써 추궁하지는 않고 그렇게 수긍하는 대답을 들려주었다.

앞으로 진정한 의미에서 현대문명과 완전히 분리된 '이세계의 생활'이 기다리는 것이다. 그런 만큼 남편을 걱정해 주는 것이리라. 그렇게 젠지로는 납득했다.

"지시서는 갖고 있지? 그것만큼은 절대로 잃어버리지 말아 줘. 일단 저쪽으로 넘어가면 연락을 취할 수단이 거의 없는 거나 다름없으니까. 소비룡을 날려도 하루 이틀에 편지가 도착할 수 있는 거리가 아니야."

젠지로가 제안해서 만든 그 지시서에는 아우라가 '자칭 왕녀 일행'에게 원하는 것과, 그 대가로서 약속해도 되는 것을 상세하게 순위를 매겨 적어 놓았다.

물론 일본어를 사용했기 때문에 다른 사람 손으로 넘어가도 큰 불상사는 없을 것이다.

"응, 괜찮아. 여기 들어 있어. 내용도 일단 다 외워 두었고."

젠지로는 그렇게 대답하며 지시서를 넣은 배낭을 팡팡 두드려 보였다.

"…………"

"…………"

더 이상 나눌 말이 없어진 두 사람은 말없이 서로를 바라보았다. 서로 해야 할 말은 다 했다. 남은 건 이제 이대로 '순간이동'으로 발렌티아로 가는 것뿐이다. 그러나 둘 다 그 말은 꺼내지 않고 침묵을 지켰다.

젠지로가 이쪽 세계에 온 그날부터 오늘까지 떨어져 지낸 적이 한 번도 없었던 두 사람이다. 용건이 끝나는 대로 돌아온다는 것을 알면서도 이별을 아쉬워하는 마음을 지울 수가 없다.

"……아우라."

침묵을 깬 젠지로는 붉은 드레스로 몸을 감싼 아내의 허리로 오른손을 뻗어 살며시 끌어안았다.

"응……"

그것만으로도 남편의 의도를 알아챈 아우라는 남편의 손에 이끌리듯이 그 품 안으로 쓰러졌다.

서로를 만지고 껴안고 입맞춤을 나눴다.

양팔을 서로의 등에 두르고 단단한 포옹을 나누면서 입맞춤을 계속했다.

"으음……"

"음, 으음, 음……"

오늘부터 당분간 이 감촉을 맛볼 수 없다고 생각하니 젠지로는 몹시 아쉬웠다.

평소의 가벼운 스킨십과는 다른, 굳은 포옹과 농후한 입맞춤은 어느 쪽이 먼저랄 것도 없이 천천히 풀렸다.

"그럼, 다녀올게."

발밑에 떨어진 배낭을 주워 든 젠지로는 이번에야말로 헤어짐을 결심한 표정으로 아우라에게 그렇게 고했다.

그러나 그 순간에도 아직 미련이 남은 듯 아내의 어깨에 올려놓

은 왼손이 젠지로의 마음을 대변하고 있었다.

아우라는 미소를 무너뜨리지 않은 채 어깨에 놓인 젠지로의 왼손을 오른손으로 살며시 떼어내고 그대로 오른손바닥을 젠지로의 가슴에 댔다.

"알았어. 그럼, 간다."

그렇게 대답한 아우라는 눈을 감고 깊은 집중 상태에 들어갔다. 동시에 아우라의 온몸에서 압도적인 마력이 솟아오른다.

"…………"

젠지로는 무의식중에 눈을 감고 그 순간을 기다렸다.

눈을 감은 젠지로의 귀에 아내의 입에서 흘러나온 '주문'이 와 닿았다.

'나의 뇌리에 그리는 공간으로 내가 의도하는 것을 보내 다오. 그 대가로 나는 마력……'

열기도 압력도 없는, 그러나 명백한 '힘'이 젠지로의 전신을 감쌌다.

그리고 다음 순간, 가벼운 현기증에 머리를 흔들며 젠지로가 반사적으로 눈을 뜨자,

"기다리고 있었습니다, 젠지로 님."

그곳에는 여왕 아우라가 아니라

"발렌티아에 어서 오십시오. 환영합니다, 젠지로 님."

한쪽 무릎을 꿇은 낯선 사내들의 모습이 있었다.

[제2장] 항해왕녀 프레야 공주

"굉장해. 정말 순간이동을 했네……."

그 후, 엎드려 절하는 발렌티아 대관을 비롯한 귀족들과 가벼운 인사를 나눈 젠지로는 안내된 개인실에서 창밖을 내다보며 감탄의 말을 중얼거렸다.

이곳은 항구도시 발렌티아의 중심부라고 해야 할 발렌티아 공작 저택이다.

널리 알려져 있듯이 발렌티아 공작은 대대로 국왕이 겸임하기 때문에 실제로 이 건물이 사용되는 일은 지극히 드물다. 평소 행정의 중심은 대관소지만 지금은 젠지로를 환영하기 위해 저택에 만반의 준비가 갖춰져 있다. 불과 얼마 전까지 빈집이었다는 게 믿어지지 않았다.

활짝 열린 창을 통해 눈부신 태양광과 함께 소금기가 다분한 항구 특유의 바람이 불어 들어왔다.

그리고 시야 한가득 펼쳐진 것은 그 옛날 TV에서나 보았던 유럽의 고도를 연상케 하는 석조 항구와 눈이 시릴 정도로 파란 바다다.

항구를 만드는 데 사용한 돌의 대부분이 흰색이라 항구의 흰색과 바다의 파랑이 멋진 대비를 이루고 있었다.

"오오, 여기에 카파 왕가의 상징색인 빨강을 더하면 완벽한 트리콜로르(*삼색기)네. 왠지 오랜만에 노래를 부르고 싶어지는걸."

파랑, 흰색, 그리고 빨강. 그 세 가지 색깔에서 일본에 있던 시절 서포터로 활동했던 축구 클럽을 추억한 젠지로는 저도 모르게 그렇게 중얼거리며 수면에 반사된 항구도시의 태양빛에 눈을 가늘게 떴다.

그러고 있으려니 입구의 문에서 노크 소리가 들리고 익숙한 여성의 목소리가 들렸다.

"젠지로 님, 조금 시간을 내주실 수 있으십니까?"

"아, 들어와."

반사적으로 그렇게 허락하자 들어온 사람은 예상대로 잘 아는 여인이었다.

"실례합니다, 젠지로 님."

연지색 시녀복을 갖춰 입은 중년 여인이다.

후궁의 청소 담당 책임자 이네스. 그것이 그녀의 이름이다.

후궁의 나이든 시녀들 중에서 예외적으로 몸매가 날씬하고 품위 넘치는 여자다.

후궁에서는 그 직함 그대로 청소만을 담당했지만, 당연히 그 일만 가능한 건 아니다.

그럴 마음만 먹으면 시녀장인 아만다 대신 후궁 전체의 시녀를 지휘할 수 있는 능력의 소유자다.

창을 등지고 선 젠지로 앞으로 다가온 이네스는 세련된 동작으로 작게 고개를 숙이고는 용건을 꺼냈다.

"라파엘로 마르케스 경이 만나뵙길 청하고 있습니다. 어떠십니까?"

"아, 그래?"

어떡하면 되지? 라고 물을 뻔했지만 젠지로는 황급히 그 말을 삼켰다.

(안 돼. 판단을 일체 아우라에게 맡기던 버릇이 나올 뻔 했어.)

반성하며 젠지로는 재빨리 생각했다.

젠지로가 지금 막 발렌티아에 도착했다고는 해도 아우라의 '순간이동'으로 왔다. 여행의 피로 운운할 계제는 없었다. 창밖의 경치를 확인할 때까지 자기가 머나먼 서해안까지 이동했다는 자각조차 갖지 못했을 정도다.

구태여 말하자면 내륙에 있는 수도에서 항구도시인 발렌티아로 이동한 탓에 이쪽의 기후나 풍습에 적응할 시간이 필요하긴 했지만, 젠지로는 여기에 바캉스를 온 게 아니다.

일하러 왔으니 일을 우선하는 것은 지극히 당연한 일이다.

(문제는 청을 즉각 받아들임으로써 '가볍게' 보일 염려가 있는가 아닌가, 인가.)

젠지로는 옥타비아 부인의 수업을 떠올렸지만 안타깝게도 지금 젠지로가 처한 상황에 딱 들어맞는 이야기는 생각나지 않았다.

그렇다면 스스로 판단을 내릴 수밖에 없다.

잠시 고민하고 나서 젠지로는 입을 열었다.

"알았다. 만나지. 회담 자리를 준비해 줘."

만날 것인가 만나지 않을 것인가. 어느 쪽이 정답인지 알 수 없다면 취향으로 선택한다. 할 일을 가능한 미루지 않는 것이 젠지로의 방식이다.

"네, 알겠습니다."

주인의 지시를 받고 중년의 시녀는 공손하게 머리를 숙이는 것이었다.

그로부터 약 한 시간 후.

공작 저택의 한 곳에서 젠지로는 라파엘로 마르케스라고 이름을 밝힌 사내와 대면했다.

"처음 뵙겠습니다, 젠지로 님. 마르케스 백작가의 당주이자 마르케스 가의 장남, 라파엘로입니다. 오늘은 갑작스러운 면담을 수락해 주셔서 어떤 말로 감사드려야 할지."

유창하게 말을 늘어놓으며 세련된 동작으로 절하는 남자를 젠지로는 의자에 앉은 채 관찰했다.

(이 사람이 라파엘로 마르케스. 아우라의 신랑 후보 중 또 한 사람……)

연령은 30대 초반 정도일까. 체형은 중간 몸집에 중간 키. 용모는 비교적 단정한 편이었지만 기억에 남을 만한 미남은 아니다.

오히려 대충 잘생긴 탓에 인상이 옅은 편이다. 적어도 푸죠르 기젠 장군처럼 한 번 만나면 절대 잊을 수 없는 존재감은 없다.

"괜찮다. 나도 자네와는 빨리 이야기를 나눌 필요가 있다고 판단했으니까. 일단 앉지."

일 년이 지나도 여전히 익숙해지지 않는 거창한 어법이었지만, 이럴 때는 도움이 된다.

사랑하는 아내의 전 신랑 후보를 대하는 찜찜한 감정 때문에 저도 모르게 날카로워지는 말투도 거만한 하대 속에서는 오히려 자연스럽게 들리는 것이다.

"네, 실례하겠습니다."

커다란 사각 테이블을 사이에 두고 젠지로의 맞은편 의자에 라파엘로가 앉았다.

의자를 끌어당겨 앉는 동작도 불가사의할 정도로 사람의 이목을 끌지 않았다. 그것도 일종의 '세련된 움직임'일 것이다. 보는 사람을 불쾌하게 만들지 않는, 흐르는 듯한 동작이 몸에 배어 있는 것이다.

"보고를 듣지, 라파엘로 경. 귀공은 '북대륙의 왕녀'를 자칭하는 인물과 이미 대면한 것인가?"

팔짱 낀 양팔을 테이블 위에 얹고 묻는 젠지로에게 라파엘로 마르케스는 작게 고개를 끄덕여 보였다.

"네. 저도 아우라 폐하께서 불과 사흘 전에 '보내 주셨기' 때문에 아직 단 한 번 간단하게 인사를 나누었을 뿐입니다만."

돛대 네 개의 대형 범선을 타고 온, 웁살라 왕국의 왕녀를 자칭하는 일행에 대한 소문은 발렌티아 안에 이미 모르는 사람이 없을 정도로 퍼져 있었다.

당연하다면 당연한 얘기다. 돛대 네 개의 대형 범선이 항구에 정박한 이상 그 모습을 감출래야 감출 길이 없는 것이다.

"간단한 것이라도 상관없어. 자네가 본 왕녀의 인상을 들려주게."

"네. 책임자는 프레야 웁살라라는 17, 18세쯤 되는 소녀입니다. 본인의 말에 의하면 북대륙에 존재하는 웁살라 왕국의 첫째 왕녀라고 합니다."

"신빙성은?"

짧게 묻는 젠지로에게 라파엘로 마르케스는 마치 준비해 두었다는 것처럼 술술 대답했다.

"저의 사견이라도 괜찮으시다면, 틀림없다고 단언할 수 있습니다. 우리나라와는 풍습이 다른 탓인지 세세한 예법에 차이는 있지만, 세련된 행동거지나 말투에 익숙한 느낌이었습니다."

이 경우 프레야 공주의 어린 나이가 오히려 신빙성을 높인다.

세상에는 진짜 왕후귀족의 눈조차 속일 만큼 귀족적인 언동을 연기할 수 있는 베테랑 사기꾼도 존재하지만, 그런 자는 필연적으로 그 세계에서 수십 년씩 경험을 축적한 인간이다. 프레야 공주 같은 젊은 나이에는 어림도 없다.

"그런가."

젠지로는 굳은 표정으로 한 번 끄덕였다.

돛대 네 개의 대형 범선을 움직이고 있다는 점에서 거짓은 아닐 거라고 아우라도 말했지만 역시 틀림없는 듯했다. 물론 진짜 왕녀라고 해서 사기꾼이 아니라는 보장은 없다.

사실 나라를 등에 업고 외교에 나서는 왕족의 일이란 게 반쯤은 사기 행각에 다름없다.

나이 어린 소녀라고 해서 얕봤다가는 두 눈 뜨고 코 베일 수 있다.

"아직 인사만 나눴을 뿐이면 상대편의 도항 목적은 듣지 못했겠군."

"네. 그 부분은 아직 듣지 못했습니다. 단, 이곳에 온 것은 거의 우연이라고 했습니다. 남대륙을 향해 배를 몰았음은 확실한 듯하지만, 아무래도 바다 위에서 폭풍을 만나 여기까지 흘러온 모양입니다."

"호오……?"

라파엘로의 보고에 젠지로는 놀라움을 감추지 못하고 약간 눈을 크게 떴다.

다소 방정맞은 말투가 허락된다면 '낭보'라고 해도 좋았다.

폭풍에 휩쓸려 이곳까지 흘러왔다는 이야기는 틀림없이 배가 파손되었음을 뜻한다. 즉 교섭 조건으로 이쪽이 무언가를 제시하지 않더라도 '선의'로 배를 수리할 기술자를 빌려주면 돛대 네 개의 대형 범선의 노하우를 어느 정도 흡수할 수 있다는 얘기다.

또한 아우라가 예상한 범위 내라면 이미 지시를 받은 내용이기 때문에 젠지로도 판단을 주저할 필요가 없다.

"그렇다면 기술자를 파견해서 배 수리를 도와줘야겠군. 만약 프레야 공주의 배가 파손당한 경우에는 전면적으로 수리에 협력한다. 이것은 왕도에 계신 아우라 폐하의 의향이기도 하다."

"예, 알겠습니다. 바로 준비하겠습니다."

이 조치가 아우라의 의향임을 강조하는 젠지로에게 라파엘로는 숨겨진 뜻을 아는지 모르는지 온화한 표정을 무너뜨리지 않고 그렇게 대답했다.

(바로 준비하겠다…… 라, 역시 아우라가 말한 대로인 사람인 건가. 라파엘로 마르케스는.)

대답을 들은 젠지로는 속으로 그런 생각을 하면서 마주보고 앉은 사내의 능력을 가늠해 보았다.

아우라는 라파엘로 마르케스라는 남자를 '지극히 유능한 문관. 그러나 지극히 수동적인 성격'이라고 평했다.

말하자면 명령만 내리면 최선의 결과를 내는 능력을 가진 반면, 자주적으로 행동하는 적극성이 없다는 이야기다.

추진력이 강한 남자가 많은 카파 왕국에서는 드문 타입이라고 할 수 있다.

아마도 라파엘로의 충성심이 마르케스 가문만이 아니라 카파 왕국 그 자체로 향했더라면 솔직히 아우라는 그를 신랑으로 맞았을지도 모른다.

"그렇지만 발렌티아의 기술자들은 모두 이미 일거리가 있습니다. 물론 그들에게도 가능한 한 일손을 보태도록 할 생각입니다만, 저 대형 범선을 수리하기에는 부족할 가능성이 있습니다. 허락해 주신다면 '외부'에서도 기술자를 불러들이고 싶습니다만."

라파엘로 마르케스는 온화한 표정을 털끝 하나 무너뜨리지 않고 침착한 목소리로 제안했다.

그 제안에 젠지로는 가까스로 평정을 가장하며 일부러 콕 집어 물었다.

"호오, 혹시 그 외부 기술자란 건, 마르케스 백작령의 사람들인가?"

그건 젠지로에게는 흔치 않은, 알기 쉬운 핀잔이 섞인 화법이었지만 마르케스 백작령의 차기 당주는 부드러운 미소를 잃지 않고 긍정했다.

"네. 부끄럽습니다만 저는 이 나이가 될 때까지 거의 제 영지 안에서 지내 왔기 때문에 다른 지역에 인맥이 약합니다. 다행히 이곳 발렌티아와 마르케스령은 비교적 가깝기에."

"과연……"

"이해해 주신다면 복에 겨운 일입니다."

"허나 발렌티아령의 문제에 다른 영지의 사람을 끌어들이려면 수도에 계신 폐하의 허가가 필요하네."

"그 점이라면 염려 마십시오. 수도에 있는 아버지와 폐하 사이에 이미 이야기가 되어 있습니다. 이것이 그 서한입니다."

라파엘로는 그렇게 말하고 주머니에서 꺼낸 접힌 용피지를 테이블 위에 올려놓았다.

젠지로가 곁에 대기하는 시녀 이네스에게 시선을 향하자, 그 의도를 알아챈 중년의 시녀는 미끄러지는 듯한 걸음걸이로 테이블로 다가와 용피지를 집어 젠지로에게 내밀었다.

"으음……"

젠지로는 용피지를 펼치고 대충 훑어봤지만, 애석하게도 젠지로가 읽을 수 있는 단어는 전체의 반도 되지 않았다. 매일 밤 조금씩 공부하고는 있지만, 젠지로가 카파 왕국 문자를 이해하는 수준은 일본 중학생의 영어 독해력 정도밖에 되지 않았다.

일단 서명란에 아우라의 이름과 마누엘 마르케스 백작의 이름을 확인한 젠지로는 펼친 용피지를 시녀에게 돌려주었다.

용피지를 받아든 시녀는 그 용피지를 젠지로에게도 보이게끔 테이블 위에 놓고 차분한 목소리로 읽어 내려갔다.

"그러면 읽겠습니다. 젠지로 카파의 보좌관으로 취임 중인 라파엘로 마르케스는 공무에 있어서 재량의 범위를……"

시녀 이네스가 소리 내 읽은 용피지 서한의 내용은 대략 라파엘로가 앞서 말한 대로의 것이었다.

요컨대 이번 건을 해결함에 있어서 사태 해결을 위해 인력이 부족한 경우에 라파엘로 마르케스는 외부에서 인원을 부를 권한이 있다, 라고 적힌 것이다.

단, 그럴 경우 외부에서 부른 인원에 대한 비용은 마르케스 가문이 책임진다.

(과연 그렇군. 그러니까 이번 건에 마르케스 백작가도 숟가락 하나 얹겠다. 대신 원칙적으로 라파엘로 마르케스는 현지에서 나의 충실한 부하로 행동하며 재정적인 부담에 관해서는 마르케스 백작가도 일부를 부담한다 이건가.)

당연하다면 당연한 얘기지만, 이번 건에 관해서 여왕 아우라와 마르케스 백작은 뒷거래를 어느 정도 마친 뒤다.

아우라가 젠지로에게 그 내용을 직접 전하지 않은 것은 '젠지로는 형식적인 존재. 실무는 라파엘로에게 일임한다'는 어필을 마르케스 백작가에 전하는 일환일 것이리라.

젠지로 입장에서는 사전에 알려주었으면 좋았을 걸 하는 마음도 물론 있지만, 이런 종류의 판단에 있어서는 자신보다 아우라 쪽이 훨씬 뛰어나다는 것도 자각하고 있다.

"알겠다. 확실히 자네가 말한 대로다. 폐하의 허가가 내렸다면 난 반대하지 않겠다. 알아서 하게."

젠지로는 더 이상 생각하지 않겠다는 것처럼 무뚝뚝한 말투로 그렇게 말하는 것이었다.

◆

"으음. 진짜 잠자리가 불편하네……"

다음날, 발렌티아 공작 저택에서 하룻밤을 보낸 젠지로는 일어나자마자 그런 솔직한 감상을 토했다.

굳게 닫힌 나무 창문 틈으로 살짝 비쳐 들어오는 햇살 아래, 젠지로는 침대 위에서 크게 기지개를 켜고 막 잠에서 깬 몸에 기운을 불어 넣었다.

"으…… 크윽……!"

수면시간은 평소보다 길었지만 감각적으로는 잠이 부족한 느낌이었다.

후궁 밖에서의 생활에 어느 정도 불편이 있을 거라고 예상은 했지만, 아무래도 그 각오가 약했던 모양이다.

이미 혹서기는 지났지만, 그래도 카파 왕국의 밤은 후덥지근하다. 요즘은 후궁의 침실에 에어컨을 설치한 탓에 열대야에 몸이 적응하지 못했다.

제대로 된 조명이라곤 젠지로가 왕궁에서 가져온 회중 LED 전등뿐이었기에 밤에 무언가를 하기도 어렵다.

회중전등으로 충전이 가능한 휴대전화는 시계 대신 가져왔지만, 게임기 따위는 일절 가져오지 않았다. 젠지로는 지금 그것을 약간 후회하고 있다.

최근엔 게임기를 만지는 일도 거의 없어서 챙겨 올 필요성을 느끼지 못했지만, 발렌티아에서 하룻밤을 보내고 나니 예상보다 심심해 죽을 지경이었다.

생각해 보면 요즘 밤에 게임을 하지 않게 된 이유는 아우라와 대화를 나누거나 마법 연습에 시간을 빼앗겼기 때문이었다.

그러나 당연하지만 이곳에는 아우라는 없고, 마법 주문을 정확히 재생해 줄 컴퓨터도 디지털 카메라도 가져오지 않았다.

마력 출력 조절 훈련이라면 그러한 음성 재생 도구가 없어도 가능하지만, 언제까지고 자기 손을 쳐다보면서 끝없이 마력 방출량을 늘리거나 줄이거나 하고 있을 수 있을 정도로 젠지로는 집중력이 탁월한 인간이 아니다.

결국 지루함에 지쳐 졸리지도 않는데 이른 시간에 조명을 끄고 침대에 들었던 것이다.

"아아, 좀 쉽게 생각했나 봐. 어떻게든 죽어라 여기 생활에 적응해야겠어."

푸른색 잠옷 차림의 젠지로는 그렇게 말하고 맨발로 침대에서 마루로 내려섰다.

잠옷, 평상복, 속옷류는 모두 지구 물건을 이곳까지 가져왔다.

아우라의 '그쪽에 가면 낮엔 공무의 연속으로 줄곧 정장을 해야 할 테니, 개인 방에 돌아갔을 때만이라도 편한 복장으로 쉬지 않으면 힘들 것이다'라는 충고에 따라 꽤 많은 양의 의류를 가져온 것인데, 아무래도 정답이었던 모양이다.

몸에 익숙한 편한 잠옷을 입고서도 이렇게 잠자리가 불편한 것이다. 잠옷까지 현지 조달이었다면 제대로 수면을 취할 자신이 없다.

"사회인 시절엔 출장지의 비즈니스 호텔에서도 방에 딸린 잠옷을 입고 푹 잘 수 있었는데. 역시 국내 호텔이랑 이세계의 별장을 똑같이 생각하는 건 무리인가."

그런 말을 중얼거리며 젠지로는 손을 더듬어 목제 창문을 열었다.

"윽! 역시 해변의 태양은 너무 강해."

한꺼번에 쏟아져 들어오는 아침 햇살에 젠지로가 눈을 찌푸린 그때였다.

입구에서 노크 소리가 났다.

젠지로는 무의식적으로 평소처럼 "네, 들어오세요."라고 말할 뻔

했지만 직전에 삼켰다.

이곳은 후궁이 아니다. 젠지로가 평소에 후궁에서 허물없는 말투를 쓸 수 있는 건, 그런 젠지로의 태도를 후궁의 시녀들이 절대로 밖으로 누설하지 않는다는 신뢰가 있기 때문이다.

일반적으로는 왕족인 젠지로가 시녀를 상대로 허물없는 언동을 취하는 건 결코 칭찬받을 행동이 아니다. 젠지로 자신의 평가를 낮추는 것에 그치지 않고, 그런 남자를 배우자로 맞이한 여왕 아우라까지 악평을 당할 소지가 있기 때문이다.

"뭔가."

젠지로는 대외적인 말투와 표정으로 가다듬고 그렇게 문 저편을 향해 말했다.

"예, 예! 쉬시는 중에 죄송합니다. 갈아입을 옷을 가져왔습니다."

아니나 다를까 문 밖에서 들어본 적 없는 젊은 여자의 긴장한 목소리가 들려왔다.

"들라."

개인 침실에서조차 이런 대외적인 말투를 유지하지 않으면 안 되는가, 하고 내심 낭패감을 느끼면서 젠지로는 입실 허락을 내렸다.

"예, 실례하겠습니다."

그런 대답과 함께 문을 열고 들어온 것은 세 명의 젊은 시녀들이었다.

맨 앞에 선 시녀가 문을 열고 뒤를 이은 시녀가 그 손에 남자 왕족용 제3 정장을 들고, 또 그 뒤의 시녀가 들어오며 문을 닫았다.

그 일련의 동작에서는 나이에 비해 세련된 능숙함이 엿보였지만, 소녀들의 다갈색 얼굴에는 안쓰러울 정도로 긴장감이 감돌았다.

하긴, 무리도 아니다. 젠지로는 왕국에서 2, 3위를 다투는 귀인인 것이다. 젠지로의 사람됨을 아는 후궁의 시녀들이라면 몰라도, 그 존재를 소문으로밖에 들은 적 없는 발렌티아 사람에게 젠지로는 '기분에 따라 자기들을 쉽게 처형해 버릴 수도 있는 권한을 가진 남자' 일 뿐이다.

물론 카파 왕국에 장난삼아 사용인에게 벌을 주거나 하는 막돼먹은 귀족은 지극히 소수에 불과하지만, 이 시점에서 그녀들에게는 젠지로가 그 소수에 속하는지 다수에 속하는지 판단할 재료가 아무것도 없었다.

"안녕히 주무셨습니까, 젠지로 님. 탈의착복을 도와드리러 왔습니다."

새삼스럽게 이쪽을 향해 머리를 숙이는 젊은 시녀 세 명에게 젠지로는 허물없이 대하지 않기 위해 신경을 쓰면서 대답했다.

"수고한다. 그럼 부탁하마."

왕족으로서 상식 밖이다, 라는 말을 듣지 않게끔 엄격함을 유지함과 동시에 그녀들의 괜한 긴장감을 풀어주기 위해 온화하고도 너그러운 태도를 취하고자 했다.

무척이나 피곤한 일이지만, 이 또한 업무의 일환이라고 마음을 다잡은 젠지로는 잠옷 차림 그대로 양팔을 약간 옆으로 벌리고 시녀들이 다가오기를 기다렸다.

젊은 시녀들의 도움을 받으며 옷을 갈아입는다는 건 젠지로에게 있어서는 상당히 쑥스러운 일이지만, 어차피 복잡하게 몸을 감싸고 끈으로 묶는 '제3 정장'은 혼자서 입을 수 없는 옷이다.

물론 잠옷을 벗는 정도라면 혼자서 할 수 있지만, 그 다음을 계속할 수 없을 바에야 벗는 것만 혼자 하겠다고 고집을 피울 의미가 없다.

체념한 젠지로가 무표정하게 양팔을 벌리고 있자 세 명의 시녀들은 익숙한 손놀림으로 젠지로의 잠옷을 벗기고 제3 정장을 입혀 나갔다.

왠지 말없이 인형처럼 서 있는 게 머쓱해진 젠지로는 무난할 것 같은 화제를 꺼냈다.

"그런데 이네스는 어디 있지?"

갑자기 임시 주인이 말을 걸어오자 시녀들은 순간 움찔 몸을 떨었지만 이내 그 중의 한 명이 질문에 대답했다.

"네, 이네스 님은 조리장에게 지시를 내리러 가셨습니다. 그 다음엔 라파엘로 님, 다이안 님과 오늘의 일정을 조율하러 간다고 하셨습니다."

후궁에서 이네스는 '청소 담당 책임자'에 불과했지만, 이곳 발렌티아 공작 저택에서는 사실상 시녀장이면서 동시에 젠지로의 개인 비서 역할도 겸하고 있다. 어떤 의미에서는 명목상의 책임자인 젠지로는 물론이고, 사실상의 책임자인 라파엘로 마르케스보다 바쁜 위치다.

시녀들의 손에 의해 재빠르게 제3 정장을 갖춰 입은 젠지로는 후궁에서 가져온 커다란 유리 거울에 대충 자신의 모습을 확인하고는 시녀들의 확인을 구했다.

　"오늘은 아침식사 후에 프레야 공주와의 회합이 있는 줄 아는데, 나는 언제까지 식당으로 가면 되지?"

　"네. 지금 주방 담당자들이 준비 중입니다. 준비되는 대로 모시러 올 것이니 그 때까지는 여기서 기다리시면 되는 줄로 압니다."

　젠지로의 온화한 말투와 표정에 어느 정도 긴장이 풀렸는지 젊은 시녀들은 이번엔 거침없이 대답했다.

　"그런가. 알았다. 그러면 그때까지 너희들은 나가 있도록."

　그러나 젠지로의 그 말에 시녀들은 약간 곤혹스러워하며 서로의 얼굴을 쳐다봤다. 시녀를 부리는 높은 사람은 보통 방 안에 시녀가 있는 것을 개의치 않는다.

　오히려 용무가 생겼을 때 바로 지시할 수 있게끔 최소한 한 명은 곁에 두는 것이 일반적이다.

　그러한 상식에 비추어 보면, 여기서 퇴실을 명하는 건 그다지 바람직한 일이 아니다. 젠지로도 그건 이해하고 있었지만 시종일관 시녀가 붙어 있으면 도무지 숨을 돌릴 수가 없다.

　다소 이상하게 여겨질지라도 이것만큼은 밀어붙일 수밖에 없다.

　"물러가라."

　"아, 예."

　"알겠습니다."

"필요하시면 언제라도 불러 주십시오."

거듭 명령하는 젠지로에게 시녀들은 당혹해 하면서도 순순히 따르는 것이었다.

발렌티아 대관과 라파엘로 마르케스가 동석한, 맛을 음미할 여유도 없는 아침식사를 마친 젠지로는 그 후에 드디어 '자칭 왕녀 일행'과 대면하게 되었다.

장소는 발렌티아 공작 저택의 대응접실. 왕궁으로 치면 알현의 방에 상당하는 곳이다.

왕궁에 있는 알현의 방처럼 단상 위에 옥좌가 있거나 하지는 않지만, 발렌티아 공작의 권위를 나타내는 의자가 방 안쪽에 마련되어 있다.

당연히 이 의자에 앉을 수 있는 사람은 발렌티아 공작뿐이다.

평소에 발렌티아의 정무를 맡는 대관은 옆 건물인 대관소에서 업무를 수행한다. 물론 이번에 특별 권한을 부여받고 온 젠지로라도 그 의자에 앉을 수는 없다.

그렇다곤 해도 왕의 배우자라는 귀인을 세워 두는 것도 실례인 노릇이라서, 급하게 발렌티아 공작의 의자 옆에 비슷한 정도로 근사한 다른 의자를 갖다 놓았고, 젠지로는 거기에 앉았다.

있는 힘껏 위엄을 갖추며 최대한 몸가짐을 다잡고 앉아 있는 젠지로의 오른편에는 라파엘로 마르케스가, 왼편에는 시녀 이네스가 서 있다.

막말로 국내 굴지의 대귀족 후계자인 라파엘로와 일개 시녀에 지나지 않는 이네스가 나란히 서 있는 말도 안 되는 형국이지만, 이 자리에 있는 라파엘로의 직함이 '젠지로가 사적으로 고용한 보좌관'이기 때문에 어쩔 수 없는 일이다.

그런 와중에 입구의 문이 열리며 문제의 인물이 들어왔다.

발렌티아 공작령에 소속된 병사 둘이 열어젖힌 거대한 양문형 입구 저편에서 모습을 드러낸 것은 두 명의 여자였다.

(저 사람이 '자칭 왕녀님'인가. 확실히 라파엘로가 말한 대로 분위기는 틀림없는 왕족이라는 느낌이군. 그런 것치고는 몸에서 피어오르는 마력량이 적지만. 뒤에는 호위 담당 여전사인가? 마력량만큼은 거의 '자칭 왕녀님'하고 다를 게 없어 보이는데, 설마 저 왕녀님, 의도적으로 마력량을 줄인 건가?)

정밀한 조각이 새겨진 목제 의자에 앉은 채 젠지로는 이쪽을 향해 걸어오는 두 여인을 쉴 새 없이 관찰했다.

앞서서 걷는 여자가 라파엘로가 보고한 '자칭 웁살라 왕국 제1 왕녀'인 프레야 웁살라일 것이다.

보고받은 대로 연령은 십대 후반 정도로 보인다.

프레야 공주를 봤을 때 맨 처음 눈길이 간 곳은 역시 그 머리 모양이었다.

불가사의한 느낌을 주는 푸른빛이 도는 은발머리를 그녀는 옷깃에 닿을락 말락 하는 곳에서 싹둑 잘라 놓았다.

북대륙에서는 어떤지 몰라도 남대륙에서는 단발머리 여성이 지극히 드물다. 젠지로가 사는 후궁에도 한 명의 단발 소녀가 있지만, 그녀는 곱슬이 강해서 길러도 정리가 안 되는 탓에 하는 수 없이 짧게 하고 있는 것이다.

그러나 프레야의 머리카락은 한 눈에도 알 수 있을 만큼 윤기 있는 직모다. 짧게 자른 게 아까울 정도다.

(북대륙에서는 쇼트커트도 드물지 않은 걸까?)

젠지로는 순간 그렇게 생각했지만, 그렇다고 하기엔 프레야 공주의 복장도 이상했다.

지금 프레야 공주가 입은 옷은 한 마디로 '선장복'이다. 아래는 흰 바지에 긴 부츠, 위는 와이셔츠 같은 흰 옷 위에 블레이저처럼 보이는 긴 외투를 걸친 뒤 허리의 가죽 벨트로 여몄다.

흡사 대항해시대의 상급 선원복과 현대의 해군 사관복을 섞어서 둘로 나눈 듯한 이상한 옷이기도 하지만, 만듦새 또한 명백히 남자 옷으로 보였다.

(머리를 짧게 자르고 남자 옷을 입었으니, '남장'을 했다는 건가? 아니, 그런 것치고는 분명하게 '프레야 공주'라고 신분을 밝혔고, 남자인 척한다고 보기에도 영 애매한데.)

젠지로가 관찰한 바와 같이 프레야 공주가 몸에 두르고 있는 옷은 틀림없는 남성복이지만, 그렇다고 해서 그녀가 스스로 성별을 위장하려 든다고는 여겨지지 않았다.

목에 두른 파란 스카프가 흘러내린 가슴께는 풍만하다고는 못해도 남자를 사칭하기엔 무리가 있을 만큼 부드러운 곡선을 드러냈고, 허리를 세게 조이고 있는 벨트 탓에 허리에서 엉덩이에 걸쳐 여자다운 몸매가 확연히 드러난 것이다.

그런 남장소녀의 발걸음은 옆에 서 있던 발렌티아 대관 다미안의 한 마디에 멈춰야 했다.

"실례, 거기까지입니다. 송구하지만 거기서 한 번 몸을 수색하겠습니다."

발렌티아 대관의 말에 왕녀의 뒤를 따르던 장신의 여전사가 발끈했다.

"무례한! 공주님을 어찌 보고!"

갑자기 그 자리가 살벌한 분위기에 휩싸였다.

그러나 이건 어느 쪽이 나쁘다 할 수 없는 일이다. 굳이 말하자면 둘 다 옳다.

어쨌거나 한 나라의 제1 왕녀인 프레야 공주에게 '신체검사'를 요구했으니, 호위 전사가 분기탱천하는 게 당연한 반응이다.

그러나 발렌티아 대관의 입장에서 보면 신분이 모호한 '자칭 왕녀'가 자국에 세 명뿐인 왕족 중 한 사람에게 접근하는 것이기에, 그 전에 수상한 점이 없는지 확인하는 일이 필수라 해도 과언이 아니다.

"무례임은 알고 있습니다. 허나 우리는 젠지로 님께 만에 하나라도 위험을 허용할 수 없습니다. 이에 대한 대가는 후일 어떤 식으로든 치르겠으니, 모쪼록 양해해 주십시오."

"그렇다면 옆방에서 대기중이었을 때 했으면 됐지 않은가! 이 자리에서 공주님께 모욕을 줄 필요는 대체 무엇인가!"

"그래서는 위험을 완벽하게 배제할 수 없기 때문입니다."

옆방에서 신체검사를 통해 이상이 없었다고 해도 이곳으로 오는 사이에 흉기를 손에 넣지 못하리라는 보장은 없다, 라고, 발렌티아 대관은 말하고 싶었겠지만, 젠지로에게도 그건 다소 억지로 들렸다.

(혹시 이 자리에서 신체검사를 해서 처음부터 저쪽에게 '상하관계'를 명확히 알리려는 의도인가?)

거기에 생각이 미친 젠지로는 옆에 선 라파엘로 마르케스에게 슬쩍 시선을 향했지만, 임시 보좌관은 평온한 표정으로 전혀 개입할 기색을 보이지 않았다.

그렇다면 최종 판단 외에는 명목으로 존재하는 것이 바람직한 자신이 참견할 상황이 아닐 것이다. 그렇게 생각한 젠지로는 어깨의 힘을 빼고 당분간 상황을 지켜보기로 했다.

문제의 중심에 있는 프레야 공주가 침묵을 지키는 가운데 호위 여전사가 비난의 말을 쏟아냈다.

"그렇게 말한다면, 나는 공주의 호위다. 공주에게 닥치는 모든 위험을 배제할 의무가 있다!"

장신의 여전사가 그렇게 말한 뒤 여자로서는 파격적으로 거대한 주먹을 꽉 움켜쥔 그때였다.

"죄송합니다. 공주님의 몸수색은 제가 하겠습니다."

라고, 여전사가 전투 자세를 갖추는 것보다 한 발 앞서 그 앞으로 미끄러지듯 나아가서 깊숙이 머리를 숙인 사람은 방금 전까지 젠지로의 옆에 서 있던 시녀 이네스였다.

"뭣이!?"

과장스러울 만큼 경악을 드러내는 여전사에게 이네스는 고개를 숙인 채 호소했다.

"물론 공주님의 심신에 부담이 가지 않도록 최선의 주의를 기울이겠습니다. 모든 것은 저 안에서 행할 것입니다. 물론 당신도 함께 안으로 들어가서 공주님을 보호하셔도 됩니다."

이네스가 옆으로 시선을 향한 곳에는 커다란 암막처럼 보이는 천을 네 명의 시녀가 들고 있었다.

그 암막으로 바깥의 시선을 차단하고 그 안에서 신체검사를 하겠다는 것이다.

물론 신체검사라고 해서 그 자리에서 발가벗기는 게 아니다. 기껏해야 상의를 벗기고 무기를 감추지 않았는지 몸을 톡톡 두드려 보는 정도겠지만, 아무리 상대가 여자라 할지라도 사람들 앞에서 온몸을 수색당하는 일은 충분히 굴욕적인 행위다.

"하, 하지만!"

그때까지 줄곧 침묵을 지키던 프레야 공주가 그래도 역시 양보하려 하지 않는 여전사를 나무랐다.

"그만 두세요, 스카디."

"공주님, 그렇지만."

프레야 공주는 오랜 뱃길 여행을 했다고는 여겨지지 않는 백설 같은 흰 피부에 약간 홍조를 띤 표정으로 심복 여전사에게 눈길을 주며 침착한 목소리로 설득했다.

"나는 지금 신분 증명 수단을 아무것도 지니지 않은 채 이 자리에 있는 거예요. 저들의 대응에는 잘못이 없어요."

정확하게는 신분을 증명할 수단을 지니지 않았다기보다, 증거물의 진위를 확인할 수 있는 사람이 없다는 것이다.

프레야 공주 일행이 타고 온 '황금나뭇잎호'에는 웁살라 왕국의 문장이 새겨진 보검이나 여자 왕족에게만 허용된 블루 사파이어가 세공된 왕관 등이 있다. 그러나 그걸 봐도 웁살라 왕가의 문장도 풍습도 알지 못하는 카파 왕국 사람은 고개를 갸웃거릴 수밖에 없다.

물론 보검에 아로새겨진 훌륭한 금은 장식이나 커다란 블루 사파이어의 광채를 보면 그 물건들은 일반인이 지닐 수 있는 물건들이 아니라는 것은 알 수 있다. 하지만 구체적인 '신분의 증명'이 될 수는 없다.

"이해해 주셔서 황공하옵니다. 그러면 실례하겠습니다. 얘들아."

"예!"

이네스의 명령을 받은 네 명의 시녀들은 장대한 암막을 들고 이네스와 프레야 공주, 여전사 주위를 감싸서 가렸다.

"…………"

자연스럽게 젠지로를 비롯한 암막 바깥의 사람들은 침묵을 지켰다.

때문에 안에서 프레야 공주와 여전사가 상의를 벗는 희미한 옷감 스치는 소리나 톡톡 가볍게 손으로 몸을 두드리는 소리가 바깥까지 들렸다.

이윽고 안에서 이네스의 "네, 됐습니다. 협력해 주셔서 감사합니다."라는 말이 들리자 시녀들은 재빨리 암막을 걷었다.

안에서 나타난 이네스는 한 발짝 앞으로 나가 공손하게 머리를 숙였다.

"무례를 용서하십시오. 아무런 문제도 없습니다."

그 말에 이어 발렌티아 대관도 사죄했다.

"실례했습니다. 프레야 전하. 그대로 나아가 주십시오."

"아니요, 수고하셨습니다."

프레야 공주는 의연한 표정을 지키며 시선도 흐트리지 않고 그렇게 말하고는 정숙하게 발을 내딛었다.

그 움직임에, 잠시 생각한 젠지로는 일부러 의자에서 '일어서서' 다가오는 이국의 왕녀를 맞이했다.

젠지로는 국서. 프레야 공주는 제1 왕녀. 격으로 따지자면 프레야 공주가 제1 왕녀라는 주장이 사실이라고 해도 젠지로가 의자에서 일어설 필요는 없다. 일어서서 맞이하면 문제가 생길 정도로 격차가 있는 것도 아니지만, 본래는 필요 없는 환영의 예를 갖춤으로써 젠지로는 말로는 표현하기 어려운 미안함을 전하고자 했다.

젠지로는 일어선 채 지정된 위치에서 발을 멈춘 남장 왕녀와 장신의 여전사를 응시하고서, 목소리가 갈라지지 않게 세심한 주의를 기울이며 입을 열었다.

"카파 왕국의 여왕 아우라 폐하의 남편, 젠지로 카파다. 본디 발렌티아에서 생긴 일은 발렌티아 공작인 아우라 폐하의 관할이지만,

공사다망하신 폐하는 자리를 비우실 수 없기에, 내가 폐하를 대신하여 왔다. 어서 오시게."

어젯밤에 정해 놓은 대사를 그대로 읊는 젠지로에게 남장 왕녀는 왼쪽 발을 한 발짝 뒤로 빼고 머리를 숙였다.

"웁살라 왕국 해군 8번선 '황금나뭇잎호'의 선장 프레야라고 합니다. 젠지로 폐하의 존안을 알현할 기회를 얻어 황공하기 그지없습니다. 또, 웁살라 왕국의 국왕 구스타프 5세의 제2 자이자 제1 왕녀인 프레야 웁살라로서도, 이 만남이 양국의 가교가 되기를 바라마지 않는 바입니다."

"음, 그리 되길 바라네."

적당히 대답하면서 젠지로는 머릿속에서 방금 프레야 공주의 인삿말을 정리했다.

(처음에 왕녀가 아니라 선장이라고 소개했지? 즉 적어도 이 자리에서는 왕족이라는 위치보다 선장이라는 위치를 우선하고 싶다는 걸까?)

애드립에 약함을 자각하고 있는 젠지로는 이런 예상 밖의 사태를 결코 환영할 수 없었다.

(이런, 계획대로라면 상대방을 왕녀로 인정한 시점에서 말투를 바꿀 예정이었는데, 한동안은 이대로 가는 게 좋겠어.)

그렇게 결론을 내린 젠지로는 시선을 프레야 공주 뒤에 선 장신의 여전사에게로 향했다.

"그러면 뒤에 있는 전사 양반도 소개해 주시겠는가? 상당한 실력파로 보이네만."

물론 대충 넘겨짚은 것이다. 젠지로에게 한눈에 전사의 역량을 알아볼 수 있는 안력이 있을 리 없다.

오늘 아침식사 때 다미안 경에게 '프레야 공주의 측근 여전사는 창 하나로 해룡을 물리쳤다'는 이야기를 들은 것이다.

듣자하니 해룡이란 건 가죽도 두껍고 생명력도 강해서 웬만한 기세로 던지지 않는 한 운좋게 급소를 찔렀다 하더라도 일격에 숨통을 끊는 것이 불가능하다고 한다.

그걸 당당히 해낸 저 여전사는 틀림없이 일류라는 얘기다.

"예. 그러면 소개하겠습니다. 빅토리아 크론크비스트. 우리나라가 자랑하는 전사 중 하나이자 저의 호위입니다."

"…………"

소개를 받은 여전사는 말없이 몸을 반으로 접듯이 머리를 숙였다.

"과연, 믿음직한 호위일세."

그렇게 말하며 젠지로는 새삼스럽게 여전사──빅토리아 크론크비스트를 쳐다보았다.

나이는 20대 중반쯤일까. 긴 금발을 포니테일로 묶어 올렸다. 눈동자는 다갈색, 피부는 원래 북대륙 사람다운 흰색일 터이지만 바다 위에서 태양에 그을려 검붉게 탔다. 그러나 그녀를 처음 본 사람은 피부색 따위엔 눈도 가지 않을 것이다.

(크구나……)

젠지로는 저도 모르게 여전사의 얼굴을 올려다보았다.

꽤나 거리가 있는데도 의식적으로 고개를 들지 않으면 얼굴이 보이지 않을 정도로 키가 컸다.

(아우라는 저리가라고, 파티마보다도 키가 크네. 게다가 파티마처럼 가냘프지도 않고.)

젠지로의 눈대중이 맞는다면 앞에 서 있는 프레야 공주가 167센티이리라. 그 프레야 공주보다 뒤에 있는데도 머리 하나 반 정도 커 보이니까 최소한 185센티는 될 것이다.

더욱이 갑옷을 입었어도 확연히 알 수 있을 만큼 몸이 잘 단련되어 있다. 어깨가 아래로 처진 편이라 키에 비해서는 어깨 폭이 좁아서 아우라처럼 위압감 있는 체형은 아니지만, 저 팔, 허벅지, 엉덩이 부근은 명백히 완벽하게 단련된 전사의 몸이다.

현대 지구에서 그녀와 비슷한 수준의 체형과 체격을 한 여성을 만나려면 세계 여자 배구나 여자 농구 선수권 대회를 보러 가야 할 것이다.

(그런데 저 체격치고는 그다지 눈에 띄지 않는 편이네. 이렇게 서 있어도 오히려 프레야 공주 쪽이 눈에 띌 정도야.)

그건 여전사가 수수해서라기보다 프레야 공주에게 유난히 사람의 이목을 끄는 무언가가 있기 때문이라고 할 수 있다.

아무튼 젠지로는 방금 소개를 들으며 약간 의아했던 점을 지적했다.

"빅토리아 크론크비스트, 인가. 헌데 조금 전에 프레야 공주는 그녀를 다른 이름으로 불렀던 것 같은데?"

젠지로의 질문에 프레야 공주는 마치 그 질문을 기다렸다는 듯이 자랑스러운 표정으로 대답했다.

"그건 그녀의 칭호입니다. 우리나라에는 뛰어난 전사에게 과거에 존재했던 영웅의 이름을 부여하는 풍습이 있습니다. '스카디'는 오랜 옛날에 살았던 출중한 마녀이자, 무예와 용맹함으로도 이름을 떨쳤던 여전사의 이름입니다."

"호오."

특정 이름을 칭호로서 뛰어난 전사에게 선사하는 풍습은 지구에도 예전에 종종 있던 얘기다.

그 '스카디'라는 이름에 얼마만큼의 무게가 있는지는 모르지만, 왕녀의 호위를 맡았다는 점만 보아도 그녀가 국내에서 손에 꼽는 전사임에는 틀림없는 것 같았다.

"…………"

하지만 이 자리에서는 어디까지나 '프레야 공주의 호위' 역할에 철저할 셈인지, 프레야 공주에게 위해가 미치지 않는 한 침묵을 관철할 태도를 보이고 있기 때문에 일단 그다지 의식할 필요는 없을 것 같다.

그렇게 판단한 젠지로는 다시금 시선을 장신의 여전사로부터 남장 왕녀에게로 향했다.

"알았네. 프레야 전하. 그대들 일행을 카파 왕국 발렌티아 공작령을 방문한 손님으로 인정한다. 공작 저택의 별채를 준비해 두었으니 오늘부터는 그곳에서 머물러도 좋다. 카파 왕국 국왕인 아우라 폐하의 대리인으로서 나, 젠지로 카파가 그대들의 신변 안전을 보증한다. 자세한 사항은 보좌관과 이야기 나누시게. 라파엘로."

그렇게 말하고 시선을 옆으로 향하자 옆에서 대기하던 마르케스 백작가의 장남은 공손하게 절했다.

"네, 분부 받들겠습니다. 프레야 전하, 이후는 저 라파엘로 마르케스가 창구가 되어드리겠습니다. 무엇이든 말씀해 주십시오."

"잘 부탁합니다."

깊숙이 머리를 조아리는 라파엘로에게 프레야 공주는 정중한 말투로, 그러나 고개는 숙이지 않고, 아니 어쩐지 조금 턱을 들어올리는 자세로 그렇게 대답하는 것이었다.

◆

"후우……."

젠지로는 공작 저택의 개인 방에 돌아와 실내에 자신과 이네스밖에 없다는 것을 확인한 후에야 안도의 한숨을 내쉬었다.

"괜찮으십니까, 젠지로 님. 복장이 불편하시면 조금 풀고 계셔도 됩니다. 저 혼자서도 다시 갖춰드릴 수 있으니까요."

"미안, 부탁할게."

그 유혹을 뿌리치지 못한 젠지로는 거칠게 허리띠와 바지 끈을 풀고 소파에 털썩 주저앉았다.

왕족다운 위엄을 풍기는 언동을 그만 둬도 괜찮은 건 혼자 있을 때나 곁에 이네스밖에 없을 때뿐이다.

밤에 취침 직전이라면 몰라도 낮에 젠지로가 혼자가 될 기회는 적다. 임시 시녀장으로서 바쁜 업무의 와중에서도 이렇게 가능한 한 젠지로 곁을 지켜 주는 이네스에게 솔직히 고개가 숙여졌다.

"프레야 공주 일행은 무사히 공작저 별채에 들었다고 합니다."

"그래, 나중에 라파엘로 경에게 수고했다고 말해줘야겠네. 공주 일행이 불편하다고는 않던가?"

"불편하답니다."

"뭐? 불편하다고?"

거침없이 긍정하는 중년의 시녀에게 젠지로는 놀라서 목소리를 높였다.

당연하다. 조금 전이라면 몰라도 이제 프레야 공주 일행은 젠지로가 '북대륙의 왕족'이라고 인정한 내빈인 것이다. 불편함을 끼치는 건 곤란하다. 적어도 개선의 가능성이 있다면 즉각 대처할 의무가 젠지로에게 있는 것이다.

"어떤 불편?"

소파 등받이에서 몸을 일으키고 묻는 젠지로에게 이네스는 살짝 쓴웃음을 짓고 대답했다.

"네, 여러 가지로 에둘러 말하기는 합니다만, 종합하자면 '더워서 죽겠다'는 것 같습니다."

"아, 아아…… 그건 어쩔 도리가 없지."

시녀의 대답에 젠지로는 납득했다는 듯이 다시 등받이에 등을 기댔다.

"에스피리디온의 설명으로는, 북대륙 중에서도 더욱 북쪽 나라라고 하던걸. 지구로 말하자면 북유럽이나 그린랜드 부근 출신이라는 느낌일까? 그런데 여긴 아프리가 적도 근처 아니면 인도 남부쯤?"

상당히 난폭하게 웁살라 왕국과 카파 왕국의 기후 차이를 예로 든 젠지로는 진심으로 프레야 공주 일행을 동정했다.

그러나 젠지로의 지식도 꽤나 조잡한 편이다. 실제로는 북유럽이라도 여름에 30도가 넘는 도시가 드물지 않지만, 다행이라고 해야 할지, 젠지로가 북유럽에 빗댄 이쪽 세계의 '웁살라 왕국'은 실제로 한여름에도 최고 기온이 20도를 넘는 날이 거의 없는 한랭한 지역이다.

때문에 젠지로의 염려는 정곡을 찔렀다.

혹서기는 지났다고 해도, 이 부근은 아직 한낮의 최고 기온이 35도를 웃도는 날이 많은 것이다.

프레야 공주 일행이 덥다고 불평하는 것도 무리는 아니다.

"최소한 물만이라도 부족함이 없도록 해 줘. 그리고 식사도 가능한 한 요망에 응해 주고."

젠지로가 생각해 낼 수 있는 건 기껏 그 정도였다. 후궁의 가전제품들에서 떠나온 젠지로가 할 수 있는 일은 별로 없었다.

"네. 물통의 물도 가능한 한 자주 채워 넣도록 지시해 두었습니다. 가능하면 일손도 더 늘렸으면 해서 나중에 다미안 경께 말씀드릴 생각입니다."

이네스는 작게 고개를 숙이며 그렇게 대답했다.

별채에도 우물은 몇 개 있지만 건물의 규모에 비해 턱없이 부족하기 때문에 우물에서 먼 곳에는 물통에서 물을 길어 쓸 수 있도록 배려한 것이다.

그러나 지하수를 직접 퍼올릴 수 있는 우물물에 비해 한 번 길어 물통에 옮겨 담은 물은 아무래도 금세 미지근해진다. 때문에 자주 갈아줄 필요가 있는데, 말할 필요도 없이 커다란 물통을 비우고 담는 작업은 성인 남자에게도 간단한 일이 아니다. 이네스가 사람을 늘리길 바라는 것도 무리는 아니다.

"음, 알았어. 힘들겠지만 가능한 한 쾌적하게 지낼 수 있도록 최선을 다해 줘. 적어도 성의만은 전해질 수 있게."

"네. 잘 알겠습니다."

프레야 공주와의 거래가 앞으로 어떻게 전개될지는 미지수지만, 젠지로의 입장에서는 처음엔 상대방의 환심을 사 두고 싶었다. 안 그래도 조금 전의 '신체검사' 때문에 마음을 상하게 한 판국이다.

그런 사소한 일들도 밀고 당기기의 일환일 터이지만, 그런 방면에 문외한임을 자각하는 젠지로는 가급적 간섭을 피하려 하고는 있다. 그래도 개인적으로 협상에는 성의를 다하는 편이 젠지로의 성격에 맞았다.

"잘 부탁해. 그런데 내 이후의 일정은 어떻게 돼 있지?"

"이후는 당분간 실무 단계에서 요구와 보상을 조율할 예정이기 때문에 젠지로 님이 직접 프레야 공주와 만나실 기회는 없는 것으로 압니다. 협상의 전면에는 라파엘로 경이 서실 것이므로, 일과 시간 후에 라파엘로 경으로부터 진척 상황을 듣는 것 외에는 당분간 자유롭게 시간을 보내셔도 될 듯합니다."

젠지로에게는 일 전체의 결정권만이 있을 뿐, 상대편의 심중을 모색하거나 쌍방의 이익을 조율하는 능력을 갖출 필요는 없었다.

때문에 실무자 회담이 계속되는 동안에는 비교적 비는 시간이 많다.

"큰일이네. 역시 시간을 죽이기 위해 게임기 정도는 가져올걸 그랬어."

아무리 시간이 남아돌아도 자신이 시간을 죽이기 위해 밖으로 돌아다니면 그것만으로도 모두에게 민폐가 된다는 것쯤 젠지로도 알았다.

'심심하다'는 상황은 거듭되면 거듭될수록 고통스러워지는 법이다. 뭔가 주위 사람들을 번거롭게 하지 않고 시간을 보낼 수단을 생각해 두는 편이 좋을지도 모른다.

일단 젠지로는 오늘 아침 식탁에서 떠올린 일을 이네스에게 제안했다.

"저기, 그러고 보니 이곳 식사에는 꽤 '조개류'가 많이 나오는 것 같은데. 그 조개껍질은 어떻게 처리하는지 알아?"

뜬금없이 들리는, 의도를 알 수 없는 주인의 질문에 중년의 시녀는 품위 있게 고개를 갸웃하면서도 솔직하게 대답했다.

"그건 그대로 버리지 않겠습니까? 딱히 용도는 없으니까요."

예상했던 대답이 돌아오자 젠지로는 살짝 웃고는,

"좋아, 그렇다면 그 껍질을 얻을 수 있을까? 그리고 쇠망치하고 맷돌하고 그걸 잘 다루는 자 몇 사람을 구해 줬으면 좋겠는데. 아, 그리고 또 모래사장의 모래도 필요해. 가능한 한 하얗고 반짝이는 걸로."

그렇게 제안했다. 젠지로가 만들려 하는 것은 다름아닌 유리 재료가 되는 '소석회'와 '규사'이다.

지금까지 유리 제조 실험에 사용했던 소석회와 규사는 대부분 근처의 담수호에서 채취한 조개껍질과 내륙부의 모래였다. 발렌티아에서 조개껍질과 모래를 공수한 적은 없다.

젠지로는 시험해 볼 가치가 있다고 생각했다.

그런 젠지로의 속뜻은 알지 못했지만 그 정도라면 문제없이 준비할 수 있다고 판단한 이네스는 가볍게 분부를 받아들였다.

"알겠습니다. 곧 준비하겠습니다. 하지만 체류가 길어지게 되면 소비룡을 날려서 아우라 폐하께 후궁의 시녀를 몇 사람 보내 달라고 하는 편이 좋을지도 모르겠습니다."

이네스의 아이디어에 젠지로는 전면적으로 찬성했다.

"그래, 아우라에게도 후궁의 시녀들에게도 폐가 되겠지만 가능하면 그렇게 해 준다면 고마운 일이지. 이곳 시녀 아이들이 가까이에 있으면 불편해서."

그건 이네스에게도 다행한 이야기다. 단순한 노동력으로서의 일손이라면 현지의 시녀들로 충분하지만, 젠지로가 스스럼없이 대할 수 있는 사용인은 후궁의 시녀들뿐이다.

그러나 이네스는 아우라로부터 직접 '가능한 한 젠지로의 곁에 있으라'는 엄명을 받았기 때문에 비록 후궁 소속 시녀가 온다고 해도, 이네스의 부담이 엄청나게 경감되지는 않을 것이다.

"그러면 소비룡용 편지를 준비하겠으니 나중에 서명을 부탁드립니다."

"응, 알았어. 잘 부탁해."

이네스의 말에 젠지로는 소파에 몸을 던진 채 작게 끄덕이며 대답했다.

◆

같은 시간, 발렌티아 공작 저택의 별채에서는 한숨 돌린 프레야 공주가 넓은 방에서 심복 여전사와 이야기를 나누고 있었다.

"기분 좋은 방이로군요. 이 '덧신'이라는 것도 재미있어."

프레야 공주는 그렇게 말하고 소파에 앉은 채 조금 단정치 못하게 양 발을 흔들었다. 이미 '남장'은 벗어던지고 하늘색 롱 원피스 차림이었다.

장식은 거의 없지만 광택이 아름다운 원피스를 입고 엷은 화장을 한 모습은 단발이 거슬리지 않을 정도로 '규중처녀' 자체였다.

주인의 말을 듣고 장신의 여전사는 눈에 띄게 얼굴을 찡그렸다.

"저는 이곳이 마음에 들지 않습니다. 이런 헝겊 신발로는 여차하는 순간에 도약할 수도 없고, 방패병에게 '발등 찍기'라도 당하면 한 방에 보행 불능이 될 겁니다. 공주님, 신발 바닥을 깨끗이 닦을 테니 가죽 구두를 신으면 안 됩니까?"

아마도 움살라 왕국에는 덧신이라는 문화가 없는지 당혹해하는 여전사에게 프레야 공주는 웃는 얼굴로 고개를 저었다.

"안 돼요. 스카디. 육지에서는 육지의 법을 따르고 바다에서는 바다의 법을 따르라는 말도 있잖아요. 괜한 분란은 일으키고 싶지 않아요."

'육지에서는 육지의 법을 따르고 바다에서는 바다의 법을 따르라'는 건 지구의 속담 중에 '로마에 가면 로마법을 따르라'와 같은 의미일 것이다.

여전사——스카디는 못마땅해 하면서도 '알겠습니다' 하고 받아들였다.

그리고 스카디는 지금의 상태로 얼마나 싸울 수 있는지 시험하려는 것처럼 덧신을 신은 발로 쿵쿵 바닥을 굴러 보았다.

"어때요? 싸울 수 있을 것 같나요?"

프레야 공주의 말에 스카디는 다시 한두 번 그 자리에서 전투용 보법을 시행해 본 후,

"네, 생각했던 것보다는 몸이 흐트러지지 않습니다. 신발 바닥에 미끄럼 방지용 가죽을 대 놓았네요. 이거라면 어떻게든 될 것 같습니다."

그렇게 말하고 자신감을 되찾은 표정으로 툭, 하고 왼쪽 허리에

찬 강철 검을 두드렸다.

끝 부분과 입구 부분만 쇠로 보강한 가죽 칼집에 들어 있는 그 검은 장식도 없는 간소한 물건이었지만, 그 칼날은 분명 카파 왕국에서 만드는 검보다 날카로움과 내구성이 한 단계는 더 뛰어난 것이다.

읍살라 왕국은 북대륙 내에서도 손에 꼽히는 기술 선진국이다. 국민의 평균 마력량도 낮고 왕족도 혈통마법이 없는데도 불구하고 지금까지 독립국으로서 존속해 온 것은 그 기술력 덕택이다.

"그래요? 그건 다행이군요. 저쪽의 대응을 보면 시끄러운 일이 생길 가능성은 없을 것 같지만, 조심해서 손해 볼 건 없으니까요. 무슨 일이 있을 땐 의지할게요, 스카디."

"예, 맡겨 주십시오. 공주님께는 손끝 하나 건드리지 못하게 하겠습니다."

장신의 여전사는 왼손을 허리에 찬 검에 댄 채 당당하게 가슴을 폈다.

"기대하겠어요. 그나저나 예상은 했지만 아무래도 범선의 기술이 유출되는 걸 막을 수는 없다고 생각하는 편이 좋겠지요?"

심복 여전사에게 미소를 보낸 후 프레야 공주는 진지한 표정으로 심각한 문제를 입에 올렸다.

여전사도 주군의 긴장이 옮은 것처럼 진지한 표정이 되어서는,

"네. 배에 관해서는 저도 그다지 잘 알지 못합니다만, 폭풍으로 입은 피해는 심각합니다. 배에 소속된 목수의 말에 따르면 수리는

가능하지만 상당한 인원이 필요한 대공사가 될 거랍니다."

그렇게 현 상황을 전했다.

북대륙 북부에서 남대륙 중부까지 일대 항해를 견뎌 온 '황금나뭇잎호'는 지금까지의 장기 항해에서 축적된 피해에 마지막에 큰 폭풍에 휩쓸려 생긴 피해가 겹쳐, 일반인은 몰라도 전문가가 보면 한눈에 알 수 있을 만큼 손상이 심각했다.

적어도 대륙을 건너는 오랜 항해는 불가능할 것이다.

프레야 공주는 심복 앞이기도 해서 스스럼없이 깊은 한숨을 쉬었다.

"그래…… 역시, 그 점에 관해서만큼은 협상의 여지조차 없겠죠. 라파엘로 경이 '황금나뭇잎호의 수리에 무상으로 전면 협력하겠다'고 한 게 오히려 다행인지도 몰라요."

"대단히 노골적인 제안입니다."

"그래요, 노골적이에요."

두말할 필요도 없이 라파엘로 마르케스, 그리고 그 배후에 있는 카파 왕국의 노골적인 의도인 것이다.

자국에서는 생산할 수 없는 대형 범선의 수리를 도움으로써 대형 범선의 제조 기술을 훔치려는 것이다.

그러나 프레야 공주의 말대로, 그 점을 알고 있다고 해도 그녀는 카파 왕국의 흑심으로 가득 찬 도움의 손길을 뿌리친다는 선택이 불가능했다.

배를 고치지 않는 한 그녀들이 귀국할 수단은 없는 것이다. 아니,

정말 최악의 경우에는 육로를 통해 남대륙을 북상해서 무역선을 운용하는 북대륙의 나라에 도움을 청해 그것을 타고 간다는 방법도 있지만, 그럴 경우는 항구를 보유한 남대륙의 나라와 무역선을 가진 북대륙의 나라, 그렇게 최소한 두 나라에게 빚을 지게 된다.

그렇게 할 바에야 카파 왕국에 다소의 기술이 유출되더라도 여기서 타협하는 편이 낫다.

"범선 기술은 두 눈 멀쩡히 뜨고 갖다 바치게 될 공산이 커요. 그럴 바에 차라리 그들에게 협력해서 이곳에 대형 범선 조선소가 세워질 때까지 뒤를 봐주는 게 나을지도 모르겠네요."

턱에 손을 대고 대담한 계획을 읊조리는 주군에 대해 여전사는 얼굴빛을 바꿨다.

"공주님, 아무리 그래도 그건 좀."

"물론 내가 먼저 제안할 생각은 없어요. 하지만 경우에 따라서는 그 정도는 허용 범위 안이라고 나는 생각해요. 스카디, 우리나라는 지금 이대로라면 앞으로 몇 세대 동안이나 지금과 같은 규모의 해군을 유지할 수 있을지 가늠할 수 없어요."

프레야 공주는 얇은 입술을 깨물고 심각한 표정으로 설득하듯이 말했다.

웁살라 왕국은 뛰어난 제철 기술을 자랑하는 철제품의 수출국이자, 일 년의 반 이상 눈에 덮여 지내는 추운 나라이자, 그럼에도 불구하고 해류의 영향으로 일 년 내내 얼지 않는 부동항을 가진 해양국이다.

쇠를 제련하는 연료인 목탄은 나무이고, 추위를 달래기 위해 지피는 장작도 나무이고, 배를 만드는 주된 재료도 나무다.

장작이나 목탄을 만들기 위해 멀쩡한 나무를 베어낼 필요는 없지만, 아무런 제약을 하지 않으면 일반 시민은 먼 산으로 땔감을 주우러 가기보다 힘을 합쳐 근처의 큰 나무를 베어 잘게 잘라 장작이나 목탄으로 사용하는 쪽을 선택한다.

삼림자원의 고갈 문제를 맞닥뜨린 왕가가 조치를 취했을 때는 이미 사태가 위험한 지경에 이르러 있었다.

물론 재빨리 현재 남아 있는 나무의 벌채를 금지하고 전국적으로 나무를 심는 중이다.

그러나 그렇게 나무를 보호하는 것만으로는 마음이 놓이지 않고, 식목의 성과가 나올 때까지 버틸 수 있다는 보장도 없다.

목재의 확보. 이번 항해의 수많은 목적 중에서도 특히나 중요한 목적이었다.

"역시, 대형 선박용 목재를 직접 수송하는 건 무리입니까?"

여전사의, 질문이라기보다 확인에 가까운 말에 프레야 공주는 딱 잘라 대답했다.

"무리예요. 예상보다 훨씬 항로에 해룡이 많았어요. 그 정도 양의 목재라면 견인하든 무리해서 배에 싣든 배의 안정과 속도를 크게 떨어뜨릴 거예요. 아마 틀림없이 돌아가지 못하게 되겠죠."

웁살라 왕국이 절실하게 원하는 물품은 대형 선박의 척추라 불리는 용골에 사용할 굵고 긴 목재다. 하지만 배의 전체 길이에 맞먹는 목재를 견인하거나 탑재한 상태에서 풍랑 거친 외해를 백 일 이상 항해한다는 건 제정신으로는 불가능한 일이다.

물론 애초부터 가능성이 낮다는 것을 알고 있었지만, 실제로 직접 항해해 보고 불가능을 실감하니 조금은 낙담도 했다.

그러나 프레야 공주는 그런 감정은 표면에 드러내지 않고 냉정한 말투로 심복 여전사에게 고했다.

"뭐, 정 안 되면 대형 선박용 목재는 북대륙의 이웃나라에서 구입하는 것도 당분간은 가능하니까요. 그러기 위해서라도 독자적인 대륙간 무역로를 구축해서 이익을 도모할 필요가 있어요."

"남대륙과의 무역 말입니까? 역시 무난한 것은 '설탕'이나 '향신료'일까요?"

설탕과 향신료. 둘 다 남대륙에서는 서민층에서도 매일 접할 수 있는 일반적인 물품이지만, 북대륙에서는 단 한 줌에 은화 몇 닢이나 하는 귀한 것이다.

"그렇지요. 그리고 용 가죽과 용골 정도일까요. 우리가 가져온 짐에 손상이 없어서 다행이네요."

"네. 모직물, 모피, 철기 모두 폭풍에 의한 피해는 경미합니다. 통상적인 대륙간 무역의 교환 조건으로 교환한다면 상당한 이윤을 볼 수 있을 것입니다."

북대륙에는 대형 용류가 거의 없고 남대륙에는 반대로 대형 포유류가 없다. 때문에 북대륙에서는 용의 뼈나 가죽이 귀중품이고 남대륙에서는 모직물이나 모피가 귀한 대접을 받는다.

그러나 북대륙에 있는 대부분의 나라는 어떤 사정 때문에 용류의 뼈나 가죽 제품의 수요가 낮은데, 다행히도 웁살라 왕국은 예외였다.

  "통상적인 대륙간 무역으로는 손에 넣기 어려운, 이 나라만의 독특한 물건이 있다면 좋겠지만 현재로서는 그 정도겠네요. 어쨌든, 아바마마나 형제들을 무리하게 졸라서 배를 몰고 나온 이상 성과를 내지 않고 돌아갈 수는 없어요. 스카디, 힘들겠지만 부디 힘을 보태줘요."

  "예, 목숨을 바쳐서라도."

  왕녀의 말에 여전사는 또 다시 왼손을 허리의 검에 대고 직립부동으로 맹세의 말을 입에 올리는 것이었다.

[막간1] 산 사냥

그 즈음, 소금 도로에서는 왕도에서 온 원군과 합류한 푸죠르 장군이 이끄는 군룡 토벌대가 본격적으로 산을 뒤지는 중이었다.

푸죠르 장군의 지시로 수십 명 단위로 나뉜 병사들은 주위를 살피며 산속으로 들어갔다.

우거진 풀과 앞을 가리는 질긴 덩굴을 손도끼로 쳐내는 병사. 그 뒤로 베어진 풀이나 덩굴이 통행에 방해가 되지 않도록 모아서 묶는 병사. 그 동안에도 손에서 단창을 놓지 않고 주위의 경계를 게을리 하지 않는 중무장 전사. 그리고 가장 안전한 중심부에서는 목제 호루라기를 목에 건 젊은 병사가 무슨 일이 생기면 바로 호루라기를 불기 위해 만반의 자세를 갖추고 있다.

이 자리에 있는 병사는 기껏 30명 정도지만, 호루라기를 불면 그 소리가 들리는 범위에는 같은 규모의 부대가 여럿 있다. 푸죠르 장군은 병사들에게 만약 군룡 등 외적과 마주치는 경우에 일단 방어를 철저히 하고 무조건 호루라기를 불도록 엄명했다.

물론 군룡 한 마리 두 마리 정도라면 호위 병사들만으로도 문제 없이 대처할 수 있을 것이다.

그러나 시야가 나쁜 밀림 속에서 적의 전력을 재빠르고도 정확히 파악하는 건 지극히 어렵다.

때문에 인명 사수를 가장 중요하게 여기는 푸죠르 장군은 다소 작전의 효율이 떨어지더라도 '외적과 조우했을 때는 무조건 호루라기를 분다'는 규칙을 정한 것이다.

덕분에 작업 효율은 낮아도 병사들의 위험은 줄었다. 원정이 오래 이어질수록 병사의 피로가 축적되어 오히려 위험이 증가하기 십상이지만, 다행히도 교대 인원은 충분했고 피로 회복용 흑설탕이나 스트레스를 풀 주류 등도 후방의 진지에 충분히 있었다.

돈과 물자를 물 쓰듯이 사용하는 사치스러운 작전이지만 '인명 제일'이라는 방침을 여왕 아우라에게서 직접 하명받은 터라, 푸죠르 장군은 전혀 개의치 않았다.

왕국 수도의 국고 담당자는 떨떠름한 표정을 짓겠지만, 여왕 아우라는 자기 방법에 이해를 표할 것이라고 확신했다.

전선에서는 물자와 인원이 많아서 곤란한 일은 없는 법이다.

그렇게 병사들이 작전에 임하고 있을 때 멀리서 드높은 호루라기 소리가 울려 퍼졌다.

작업을 하던 병사들은 도끼를 휘두르던 손을 멈추고 호위 병사들은 단창을 고쳐 쥐었다.

"대장!"

"알고 있다! 호루라기 소리는 남쪽이군. 전원 작업 중지! 서둘러 전투 준비를 갖춰라! 지원하러 간다!"

단창을 들고 있던 호위들은 그렇다 쳐도, 손도끼로 덩굴과 격투하던 병사들은 그대로 전투에 돌입할 수 있을 리 없다.

도끼를 허리에 차고 가까운 곳에 세워 놓았던 단창을 들었다.

병사 전원이 벌초 장비에서 전투 장비로 바꿔 무장한 것을 확인한 대장은 큰 소리로 명령했다.

"좋다, 출발한다. 먼저 곧바로 도로로 나가서 도로에 대기하는 주룡과 합류한다. 나눠서 전원 기승한 후 전속력으로 남하해 지원하러 간다. 알겠나!"

이미 이런 명령도 다섯 번째다.

"예!"

병사들은 긴장감을 잃지는 않았지만 익숙한 태도로 대답을 복창했다.

"좋아, 개시!"

대장의 그 말을 신호삼아 부대는 밀림을 최대한의 빠르기로 헤쳐나가는 것이었다.

호루라기 소리를 들으면 가까운 부대는 즉각 지원에 나선다.

이번 호루라기가 들린 곳 가까이에 사비에르 가질이 이끄는 변경백군도 있었다.

"서둘러, 우리가 가장 가깝다. 당장 달려가는 게 우리의 의무다!"

주룡을 모는 사비에르는 바람 소리에 지지 않는 커다란 목소리로 부하들을 고무했지만, 그 성량만큼의 심각함은 느껴지지 않았다.

왜냐하면 방금 근처에서 호루라기를 울린 부대는 푸죠르 기젠 장군이 이끄는 직속부대이기 때문이다.

어떤 사소한 것이라도 외적을 만나면 호루라기를 분다. 그런 규정을 스스로 깰 푸죠르 장군이 아니기에 호루라기를 불었겠지만, 솔직히 푸죠르 장군이 이끄는 직속부대가 이 밀림에 있을 적에게 당할 거라고는 생각할 수 없었다.

그런 사비에르의 낙관적인 예상은 반은 정답, 반은 오답이었다.

"안드레스, 주룡을 부탁해. 여기서부터는 도보다. 가자!"

"예, 사비에르 님. 맡겨 주십시오. 무운을 빕니다!"

피부가 희멀건 시종에게 주룡을 맡긴 사비에르는 창을 한 손에 들고 도로에서 밀림으로 들어갔다.

자신의 다리로 우거진 밀림을 나아가는 일은 주룡으로 도로를 달리던 때에 비해 짜증이 날 만큼 속도가 나지 않는다.

이 부근은 이미 한 번 풀을 베어 덩굴이나 가지를 치워 놓았지만, 그래도 나무뿌리 때문에 지면이 울퉁불퉁해서 조금만 발을 헛디뎌도 큰 부상을 입을 수 있다.

"사비에르 님, 조심하십시오."

"알고 있어!"

어느 틈엔가 옆에서 나란히 달리는 기사 죠제프의 경고에 사비에르는 시선을 정면으로 향한 채 기합이 들어간 목소리로 대답했다.

카파 왕국 남성의 평균보다 체격이 날렵한 사비에르는 복잡한 지형을 통과하는 일에는 비교적 자신이 있었다.

한편 기사 죠제프는 신장은 평균이지만 어깨가 떡 벌어진 체형이다. 그런데도 숨결조차 흐트러지지 않고 사비에르와 나란히 달리고 있다는 건 죠제프의 기량이 얼마나 뛰어난지 알 수 있는 대목이다.

이윽고 전방에서 용의 울부짖는 소리와 사람의 비명 소리, 챙강챙강 하는 칼싸움 소리가 들려왔다. 가깝다.

"하아, 후우, 하아!"

조급해지는 마음을 억누르며 호흡의 리듬을 무너뜨리지 않고 달리는 사비에르의 시야에 마침내 그 광경이 펼쳐졌다.

"꾸웨이이익!"

밀림 안쪽에서 군룡 여러 마리가 푸죠르 장군의 직속부대를 덮치고 있었다.

나무들이 밀집해 있어서 전체를 파악하기는 쉽지 않지만, 최소한 네 마리 이상인 것 같았다.

이번 산 사냥 주목적인 군룡과 처음으로 맞닥뜨린 부대가 푸죠르 장군 직속부대였다는 것은 푸죠르 장군의 '탁월한 입질'을 증명하는 셈이다.

"푸죠르 장군!"

사비에르는 재빨리 푸죠르 장군의 뒷모습을 발견하고 커다란 소리로 그 이름을 불렀다.

2미터에 가까운 푸죠르 장군의 모습은 군중 속에서도 쉽게 눈에 띈다.

이 밀림 속에서는 천하의 푸죠르 장군도 군룡의 접근을 저지하지 못했던 것이리라.

부대와 군룡이 다소 혼란스럽게 뒤섞여 이미 활을 사용할 여지는 없어 보였다. 오히려 이런 밀림에서 불완전하나마 진형을 유지하고 있다는 게 대단하다.

푸죠르 장군 자신도 크고 둥근 청동제 방패와 철제 검을 쥐고 백병전을 펼치는 중이다.

"사비에르 경인가. 원군 수고했다."

푸죠르 장군은 등 뒤의 사비에르에게 대답하면서 오른손에 든 검을 한 번 휘둘러 눈앞의 군룡을 물리쳤다.

"그대로 참전해 주게. 이 녀석들은 적당히 해치우고 놓아 준다."

푸죠르 장군의 말에서는 전장의 절박함은 고사하고 호흡의 흐트러짐조차 티끌만큼도 느껴지지 않았다.

"알겠습니다! 가질군 전원 공격하라! 세 명 단위 전투조를 유지하라! 조에서 부상자가 나오는 경우는 세 명 모두 후퇴한다!"

"옛!"

사비에르의 명령에 뒤따르던 가질 변경백군의 병사들은 명령대로 3인 1조로 군룡을 대적했다. 단, 푸죠르 장군이 이끄는 직속부대에 방해가 되지 않도록 배려하면서 싸워야 했기에 비교적 손이 비었다.

이것은 사비에르가 자신의 한계를 인정한 결과이다.

사비에르는 이렇게 시야도 좋지 않고 대열을 짜기도 쉽지 않은 밀림에서 병사들을 일사불란하게 지휘할 수 있다는 자만심을 갖지 않았다.

그렇다면 각각 해당 분야의 훈련으로 단련된 수비역의 방패병과 공격 담당의 창병, 그리고 예비로 감시병까지 세 명을 한 조로 묶어서 각 대원의 판단에 맡겨 싸우게 하는 편이 낫다.

솔직히 효율은 상당히 낮지만, 다행히도 전면의 전투는 푸죠르 장군이 나서서 맡았고, 냉정하게 보면 지금 여기에 있는 군룡의 수는 많지 않다.

이 정도라면 다소 효율이 나쁜 용병술을 행한다 해도 형세에 영향은 미치지 않을 것이다, 라고 사비에르는 판단했다.

"정면으로 나선 자는 방어만을 생각하라. 공격은 우회한 자의 몫이다!"

사비에르는 그렇게 부하들에게 큰 소리로 기합을 넣고 시야가 좋지 않은 전장을 둘러보았다.

사비에르의 무기는 오른손에 쥔 단창이다. 휘두르며 사용해도 되지만 여차할 때는 던질 수도 있다.

장소와 인원 관계상 후방에 위치한 사비에르는 언제라도 단창을 투척할 수 있도록 자세를 취하고 전선에서 싸우는 병사들을 지켜보았다.

푸죠르 장군처럼 괴물 같은 완력은 없기에 창던지기 일격으로 군룡을 쓰러뜨리지는 못하겠지만, 자세를 무너뜨려 목숨이 위태로운 병사에게 자세를 가다듬을 시간을 벌어줄 정도는 된다.

그런 사비에르의 앞에서 처음으로 위기에 처한 사람은 의외로 기량이 떨어지는 사비에르의 부하가 아니라 정예인 푸죠르 장군의 부하였다.

"앗!?"

군룡의 가슴에 단창을 꽂은 그 병사는 무기를 놓는 타이밍이 좋지 않았던 모양이다. 몸을 뒤트는 군룡의 힘을 못 이기고 찔러 넣은 창을 붙든 채 끌어당겨지는 바람에 자세가 무너져버렸다.

"크윽."

그래도 엉덩방아를 찧지는 않고 한쪽 무릎이 꺾인 정도로 끝난 것은 잘 단련된 병사이기 때문이리라.

이 거리라면 우리 편을 잘못해서 맞출 일은 없다. 그러나 그렇게 판단한 사비에르가 오른손에 든 창을 던지는 것보다 빠르게, 한쪽 무릎을 꿇은 병사를 비호하듯이 병사와 군룡 사이에 푸죠르 장군이 그 거구로 잽싸게 끼어들었다.

"엇!?"

위험할 뻔한 순간에 사비에르는 투창질을 멈췄다.

"마, 말도 안 돼……"

식은땀을 흘리며 사비에르는 혼이 빠져 중얼거렸다.

사비에르는 틀림없이 창을 던지려 하기 전에 주위를 확인했다. 맹세해도 좋으나, 만에 하나라도 갑자기 끼어 들 수 있는 가까운 거리에 아무도 없다는 것을 확인한 후에 투창 자세로 돌입한 것이다.

그러나 푸죠르 장군은 그런 사비에르의 시야 밖에서 순식간에 날아 들어온 것이다.

이 걷기조차 불편한 밀림에서 전투 중에 갑옷을 입고 검과 방패로 무장한 모습으로 말이다.

인간 능력의 범주를 벗어난 순발력이 아닐 수 없다.

그러나 푸죠르 장군의 상식을 벗어난 행동은 거기에서 그치지 않았다.

"키악!"

"흐응."

노성을 올리며 긴 목을 뻗어 물어뜯으려 덤비는 군룡의 옆얼굴을 푸죠르 장군은 왼손에 든 둥근 청동 방패로 후려쳤다.

"캬악!?"

이럴 수가, 그 일격으로 군룡은 몸의 중심을 잃고 벌러덩 쓰러지는 것이었다. 그 틈을 푸죠르 장군은 놓치지 않았다.

"……"

신속하게 왼발에 체중을 실어 쓰러진 군룡의 얼굴을 짓밟았다.

"끼이, 끼이!"

넘어져서 중심이 무너지긴 했지만, 아무리 그래도 사람이 군룡을 한쪽 발로 밟고 버티는 광경은 전혀 현실감이 없었다.

"쉿!"

마지막으로 오른손에 든 검을 휘둘러 일격으로 푸죠르 장군은 군룡의 두꺼운 목을 완전히 잘라냈다.

떨어져 나간 목의 단면에서 기세 좋게 피를 쏟으며 절명한 군룡에서 발을 뗀 푸죠르 장군은 등 뒤에서 겨우 자세를 다잡은 부하에게 말을 걸었다.

"부상은 없나?"

"예, 괜찮습니다. 번거롭게 해 드려서 죄송합니다."

자세를 고쳐 선 병사의 얼굴에는 씁쓸한 자성의 빛이 감돌았다. 푸죠르 장군의 직속 부하인 만큼 이 병사도 정예 '용궁기사단'의 일원이라는 얘기다. 군룡 따위에게 당할 뻔한 자신에 대한 짜증을 감추지 못했다.

"인간은 원래 용류와 정면으로 맞서기에는 벅차다. 애초에 체격과 힘이 다르니까. 용류의 강함이 체격과 신체적 능력에서 오는 것처럼, 인간의 강함은 기술과 무장과 연대다. 용의 공격을 정면에서 받아치려고 하지 마라. 흘려보내라. 찔러 넣은 무기에서 손을 떼라. 용의 발톱이나 이빨과 달리 우리는 무기를 바꿀 수 있다. 예비 무기가 없을 때는 동료를 의지해라. 그렇게 할 수 있는 것이 인간의 강함이다."

"예, 예에."

장군의 친절한 충고에도 불구하고 그다지 병사의 마음에 울림을 준 것 같지는 않았다.

뒤에서 듣던 사비에르도 표정에 당혹감을 감추지 못하는 병사를 보며 이곳이 전장임을 잊고 그만 쓴웃음을 감추지 못했다.

(하는 말은 지극히 일반적이고 당연한 정론인데도 푸죠르 장군의 입에서 나오니 어쩐지 굉장히 허무하게 들리는군.)

그도 그럴 것이 푸죠르 장군은 방금 눈앞에서 '체격과 신체능력

에서는 상대가 되지 않는다'는 군룡을 '완력으로 때려눕히고, 발로 밟아 제압하고, 한 번의 칼부림으로 죽인' 것이다.

세상 사람 대부분에게 해당하는 일반론이라 할지라도, 그 일반론을 말하는 본인이 행동으로 뒤집어 버렸으니 어쩔 수 없이 설득력이 떨어진다.

그러나 푸죠르 장군이 뛰어난 장군인 이유는 그의 개인적 전투 능력 때문이 아니다.

"군룡들이 후퇴할 것이다. 그러면 투창이나 활만 사용해 추격하라."

오른손에 든 검을 한 번 휘둘러 검신에 묻은 피를 떨쳐내며 푸죠르 장군이 그렇게 말한 다음 순간, 그의 말대로 군룡들이 등을 보이며 밀림 속으로 달아나기 시작했다.

마치 예언이나 미래 예측과 같은 광경이었지만 물론 이건 그런 초현실적인 현상이 아니다.

냉정하게 적의 전투 의욕이나 행동을 관찰해 후퇴의 타이밍을 미리 알아챈 것뿐이다. 이만큼 빠르지는 않더라도, 지휘관으로 불리는 사람이라면 누구나 그렇게 할 수 있다.

그러나 그 순간의 판단 속도가 전장에서는 커다란 차이를 낳는다.

"예에!"

"저기다!"

"이 놈들!"

의심 없이 푸죠르 장군의 말을 믿는 병사들은 군룡들이 등을 보이며 도주하기 시작한 순간 망설임 없이 손에 든 창을 고쳐 잡고 밀림 속으로 사라지기 전에 빗발 같은 투창에 성공했다.

푸죠르 장군의 명령이 조금이라도 늦었다면 뛰어난 민첩성을 자랑하는 군룡의 후퇴를 추격할 찬스를 놓쳤을 것이다.

명령대로 창이나 활로 도망치는 군룡을 추격하는 부하들의 모습에 만족했는지 푸죠르 장군은 무표정한 채 약간 고개를 끄덕이고는 느닷없이 뒤편의 사비에르를 돌아보았다.

"사비에르 경, 좌측으로 귀공의 부하가 전진하는 것이 보였네. 이 자리는 내가 지휘할 테니 귀공은 가서 데려오는 편이 좋겠다."

"예, 알겠습니다. 잘 부탁드립니다. 죠제프."

"예, 호위는 맡겨 주십시오."

반사적으로 대답한 사비에르는 기사 죠제프를 데리고 명령대로 좌측 방향으로 달려갔다.

수풀이 우거진 밀림을 넘어지지 않도록 주의하며 달리는 사비에르는 전율을 느끼지 않을 수 없었다.

(후방에서 전체를 보던 나조차 깨닫지 못한 내 부하의 움직임을 전선에서 칼을 휘두르던 푸죠르 장군은 파악하고 있었어. 도대체 얼마나 시야가 넓은 거야, 그 분은.)

지휘관이 전선에서 검을 휘두르는 일은 원래 그다지 바람직한 행동이 아니지만, 실제로 전장에서는 후방에서 모든 것을 보면서도 적절한 지시를 내리지 못하는 경우가 허다하다. 피아가 어지럽게 뒤섞인 난투 상태에서도 적군의 상황을 파악하고 최소한의 지휘를 할 수 있어야 비로소 지휘관으로서 자격이 있다 할 것이다.

"어이, 너, 너무 바짝 쫓지 마라! 너희들만 유독 앞으로 나갔지 않느냐! 이 이상은 위험하다!"

사비에르는 따라잡은 부하들의 등에 대고 질책을 날리며 자신의 목표가 아직도 머나먼 존재임을 새삼스럽게 자각했다.

[제3장] **호의와 흑심의 경계**

그 날 낮.

발렌티아 공작 저택의 한 방에서 젠지로는 프레야 공주와 두 번째의 만남을 맞고 있었다.

처음에 얼굴을 마주한 날로부터 며칠이 지난 지금, 젠지로의 임시 사설 보좌관인 라파엘로 마르케스가 이미 프레야 공주와 대략적인 의견 조율을 마친 뒤였다.

이 자리는 우호를 위한 오찬회, 라는 명목이지만 실제로는 비공식적인 최종 확인의 자리라는 의미가 강했다.

물론 젠지로에게는 라파엘로와 프레야 공주가 지금까지 애써서 타협한 내용을 무용지물로 만들 악의는 없었지만, 그럴 마음만 먹으면 모든 것을 무너뜨릴 수 있는 권한을 지녔기에 자리에 앉은 일동은 웃고 있지만 긴장의 빛이 역력했다.

"과연. 역시 대륙간 항해에는 상상을 초월하는 위험이 도사리고 있군요. 과감히 그런 바다로 나오신 프레야 전하의 용기와 결단력에 경의를 표합니다."

젠지로는 접시에 담긴 생선회 조각에 감귤계 드레싱을 뿌린 요리를 포크와 나이프로 입에 가져가면서 끄덕였다.

이미 프레야 공주는 공식적으로 '북대륙의 왕족'으로 인정받았으므로 젠지로의 말투는 정중체로 바뀌어 있었다. 하대하는 말투보다는 훨씬 익숙하기에 젠지로도 마음이 편했다.

"고맙습니다, 젠지로 폐하. 그렇지만 저는 하고 싶은 일을 하는 것뿐이니까요. 솔직히 칭찬받을 일은 아닙니다. 사실 본국에서는 아버지와 형제들에게 늘 잔소리를 듣고 있습니다."

프레야 공주는 카파 왕국에서는 일반적인 수준인 강한 양념을 친 용고기 수프를 숟가락으로 떠먹으며 대답하고는 살짝 혀를 내밀었다.

확실히 프레야 공주 가족의 입장에서 생각하면 그녀는 답이 없는 문제아일 것이다.

한 나라의 공주가 스스로 선장이 되어 대륙간 항해에 나선 것이다. 본국의 왕족이 머리를 감싸 쥐는 모습이 자연스럽게 떠올랐다.

그러나 이렇게 하늘색 드레스로 몸을 감싸고 단아하게 미소 짓고 있는 모습에서는 좀처럼 문제아 이미지를 상상하기 어려웠다.

"그렇지만 결과적으로 당신의 행동은 나라에 대대적인 부를 가져다 줄 것이오. 그 사실은 누구도 부정할 수 없겠지요."

"네, 정말로 그렇게 되기를 희망해 마지않습니다. 외해에서 폭풍을 만났을 때는 이제 죽었구나 생각했습니다만, 이렇게 되고 보니 이 나라에 닿은 일이 천운으로 여겨집니다."

과장된 표현으로 행운을 기뻐하는 북대륙의 공주에게 젠지로는 웃는 얼굴로 끄덕이며 대답했다.

"확실히 당신의 나라와 우리나라 사이에 무역이 이루어지면 양국에 있어서 이것만큼 좋은 일은 없을 것입니다."

라파엘로의 보고에 의해 프레야 공주의 고국——읍살라 왕국은 대륙간 무역에 있어서 남대륙의 카파 왕국과 비슷한 처지에 있음을 확인할 수 있었다.

북대륙 내에서도 더욱 북쪽에 있는 읍살라 왕국은 지금까지 대륙간 무역에 직접 관여하지 않았다. 대륙간 무역을 행하는 북대륙 남부의 나라와 중계무역을 할 뿐이다.

남대륙 북부의 나라와 중계무역을 하던 남대륙 서부의 카파 왕국과는 마치 거울에 비춘 것만 같은 관계라고 할 수 있다.

그 카파 왕국과 읍살라 왕국이 직접 무역을 할 수 있다면 그 이익은 가늠할 수조차 없다.

"그런데 카파 왕국과 읍살라 왕국의 직접 무역에는 피하려 해도 피할 수 없는 장애물이 가로막고 있습니다."

그러나 굳이 엄중한 표정으로 그렇게 말하는 젠지로에게 프레야 공주는 이상하다는 듯이 고개를 갸웃하며 반론했다.

"그렇습니까? 저는 우리나라에게도 귀국에게도 서로가 가장 리스크가 적은 무역 상대라고 확신하고 있습니다만."

"…………"

"…………"

젠지로와 프레야 공주는 식사하던 손을 멈추고 말없이 서로를 바라보았다.

이 경우 젠지로가 말하는 '장애'와 프레야 공주가 말하는 '리스크'는 전혀 다른 것이다.

젠지로가 염려하는 '장애'란 즉, 카파 왕국과 웁살라 왕국의 거리 문제다.

이쪽 세계의 북대륙과 남대륙은 지구의 남북 아메리카 대륙처럼 가까이 붙어 있지 않다. 유럽과 아프리카 대륙처럼 온화한 내해로 연결되는 것도 아니다. 게다가 남대륙 북부에는 광대한 사막이 펼쳐져 있어서 북대륙 남측 해안에서 남대륙의 북측 해안까지 단거리로 이어지지도 않는다.

그런 사정 때문에 대륙간 무역이 왕성하다고는 할 수 없는 사정인데, 그나마 무역의 중심을 이루는 것은 북대륙 남부 나라와 남대륙 북부 나라다.

북대륙 남부와 남대륙 북부를 잇는 뱃길도 쉽지 않은 상황에 북대륙 북부의 웁살라 왕국과 남대륙 중서부의 카파 왕국 사이에 직항로를 개척하는 일은 결코 만만한 일이 아니다.

프레야 공주가 타고 온 '황금나뭇잎호' 급의 배가 아니면 도전 자체가 무모한 일일 것이다.

"그렇군요. 가장 단순하고 가장 넘기 힘든 문제만 해결할 수 있다면 나머지 장애는 쉽게 해결할 수 있겠지요."

젠지로는 '본의 아니게'라는 의사를 명확히 하기 위해 일부러 한숨을 지어 보이면서도 프레야 공주의 말에 동의했다.

"이해해 주셔서 다행입니다."

프레야 공주가 말하는 '리스크'란 이웃나라와의 무역 마찰이다.

카파 왕국에서 보면 북대륙 북부에 있는 웁살라 왕국까지 발길을 뻗는 것보다 북대륙 남부의 나라들과 타협하는 편이 거리적으로 훨씬 가깝다. 웁살라 왕국 입장에서 봐도 남대륙 중서부의 카파 왕국보다는 남대륙 북부의 나라가 가깝다.

그러나 말할 필요도 없이 북대륙 남부 나라들과 남대륙 북부 나라들은 이미 대륙간 무역을 행하고 있다.

거기에 카파 왕국이나 웁살라 왕국이 '우리도 끼워 달라'고 들이밀면 기존의 파이를 놓고 경쟁하는 꼴이 된다.

그럴 경우 필연적으로 후발 주자인 카파 왕국과 웁살라 왕국이 약한 입장에 서게 된다.

그러나 현재 무역 관계인 북대륙 남부와 남대륙 북부의 나라들과 상관없이 카파 왕국과 웁살라 왕국이 직접 무역을 해 버리면 무역마찰 같은 귀찮은 외교문제는 거의 일어나지 않을 것이다.

카파 왕국은 남대륙에서도 손에 꼽는 대국이고 웁살라 왕국도 북대륙에서는 이름난 기술 선진국이다. 서로 무역 상대로서는 부족함이 없다.

문제는 젠지로가 말한 대로 '애초에 무역이 성립할 수 있는가?'라는 점뿐이다.

"어쨌거나 프레야 전하의 배는 우리가 책임지고 수리하겠습니다. 무사히 전하가 조국으로 돌아가시게 되면, 불완전하나마 웁살라 왕국과 카파 왕국을 왕복할 수 있다는 실적이 생기는 것이니까요. 기대가 많습니다."

"네. 폐하의 온정에는 뭐라 감사의 말씀을 올려야 할지."

젠지로의 말에 프레야 공주는 은수저를 테이블 위에 놓고 살짝 머리를 숙였다.

이미 라파엘로와의 사전 협상에서 '황금나뭇잎호'는 카파 왕국 측에서 수리하기로 결정했다.

물론 전체 지휘는 '황금나뭇잎호' 소속의 조선공이지만 손발이 되어 일하는 것은 발렌티아 공작령의 조선공들과 마르케스 백작령의 목수들이다.

돛대가 여럿 있는 대형 범선 건조술이 카파 왕국에 전해지는 것은 암묵적인 동의 사항이다.

물론 사실 카파 왕국 혼자서만 대형 범선을 제작할 수 있게 되기까지는 몇 년이나 시행착오가 필요할 것이고, 대형 범선을 문제없이 움직일 수 있는 선원을 키우는 일에도 적지 않은 시간과 돈이 들 것이다. 그렇지만 북대륙의 기술이 남대륙으로 유입된다는 흐름인 것은 틀림없다.

"인사를 들을 만한 일은 아닙니다. 그런데 배를 수리하기로 한 이상 계속 배 안에 짐을 쌓아 두는 건 조금 그렇지 않겠습니까?"

범선의 수리에 관한 확인을 마친 젠지로는 날생선 조각을 삼킨 후 그렇게 다음 화제를 꺼냈다.

참고로 젠지로가 먹고 있는 이 '생선회에 감귤계 드레싱을 뿌린 요리'는 항구 도시 발렌티아의 명물이지만 어쩐지 외부 사람에게는 평판이 좋지 않은지 이 자리에서 손을 대는 사람은 젠지로 하나뿐이다.

젠지로의 질문에 프레야 공주는 웃음을 머금은 채 살짝 어깨를 폈다.

"그렇군요. 실제 물자의 거래는 어쨌든, 목록상의 거래만이라도 진행하는 것이 어떠실런지요?"

"그쪽의 짐은 '철'과 '모직물'이라고 들었습니다만?"

확인을 위해 젠지로가 던진 물음에 프레야 공주는 고개를 끄덕였다.

"네. 주로 '모직물'이고 '철'은 얼마 되지 않습니다만."

모직물은 북대륙의 수출품 중에서도 남대륙에서 특히 고가에 거래되는 상품이다.

'모직물'은 그 이름 그대로 동물의 털로 만든 직물이다. 털을 채취할 수 있는 동물인 산양이나 양이 남대륙에는 거의 서식하지 않기 때문에, 필연적으로 귀중품에 속한다.

한편 철기는 북대륙 쪽이 기술적으로 우위에 있을 뿐, 품질을 따지지 않는다면 남대륙에서도 손에 넣을 수 없는 건 아니다. 배에 실을 수 있는 짐의 중량 한계를 생각해도 모직물 쪽이 효율이 높다.

배에 실린 화물을 사들이는 일에 대해서는 아우라의 지시서에도 있고, 라파엘로 마르케스와도 사전에 이야기가 되어 있다.

"적재품은 모두 이쪽이 매수하겠습니다. 설탕이나 향신료와 교환하신다면 시장보다 시세를 높게 쳐 교환하겠습니다."

때문에 젠지로는 망설임 없이 그렇게 제안했다. 교환 환율에 대해서는 이미 라파엘로가 프레야 공주와 상세한 수치까지 조율해 놓아서 젠지로도 구체적으로 알고 있었다.

　혹시 몰라 발렌티아 공작령 대관인 다미안에게 발렌티아의 항구에서 거래되는 과거 3년 동안의 설탕과 향신료 가격을 들은 바, 그다지 황당한 가격 책정은 아니었다.

　약간 싸게 넘긴다는 느낌은 있지만, 프레야 공주는 이번 거래의 실적을 가지고 모국의 왕과 왕자를 설득해 웁살라 왕국과 카파 왕국 간의 무역로를 항구적인 것으로 만들지 않으면 안 되는 입장이다.

　그러기 위한 착수금이라고 생각하면 그렇게까지 부당한 가격은 아닐 것이다.

　물론 설탕에도 향신료에도 한계 공급량이 존재하고, 국내 수요의 조절, 근린국과의 중계무역도 지속해야 한다는 점을 생각하면 이런 서비스 가격은 이번 한 번뿐일 것이라고 젠지로는 생각했다.

　그런 젠지로의 속내는 꿈에도 모르고 북대륙의 왕녀는 그 눈처럼 하얀 얼굴에 부드러운 미소를 떠올리고 짧은 청은색 머리카락을 흔들며 작게 목례했다.

　"고맙습니다, 젠지로 폐하. 그렇다고 하시면 전체의 1할 정도를 은화로, 그 외에는 물자로 부탁합니다. 설탕, 향신료도 물론 좋습니다만 일부는 가능하면 용 가죽, 용 뼈 따위로 융통해 주셨으면 합니다만."

　"흐음, 용 가죽과 용 뼈 말입니까?"

프레야 공주의 말에 젠지로는 사전에 알고는 있었지만 조금 수상 쩍다는 듯한 표정을 띄워 보였다.

　그 이야기에 대해서는 사전 협상에서 이미 들은 바 있는 라파엘 로도 고개를 갸웃했다.

　남대륙에서는 무기류 제작을 비롯해 이용 가치가 높은 용류의 뼈 와 가죽이지만, 지금까지 대륙간 무역에서는 희한할 정도로 인기가 없는 품목이었기 때문이다.

　그것을 프레야 공주는 남대륙인과 다를 바 없는 느낌으로 구하려 한다.

　프레야 공주가 다른 북대륙인과 다른 점은 대체 무엇인가? 그 점 이 판명되지 않는 한 명확한 약속을 해줄 수는 없다, 라는 것이 라 파엘로의 제안이자 젠지로의 결정이었다.

　"그것들은 지금까지 수출 품목에 오른 예가 없어서 희망하시는 만큼의 질과 양을 갖추기 어려운 실정입니다."

　"그렇습니까. 유감이군요."

　프레야 공주도 그 이상 고집 피우는 일 없이 그렇게만 말하고 요 구를 접었다.

　"…………"

　"…………"

　한동안 말없이 은식기가 부딪치는 작은 소리만이 이어졌다. 젠지 로는 옥타비아 부인의 노력에 의해 왕족으로서 최소한의 매너를 몸 에 익혔지만, 역시 이런 자리에서는 편안하게 요리의 맛을 즐길 만큼 여유가 없었다.

"그런데 프레야 전하. 이쪽 요리는 어떠십니까? 전하의 입맛에 맞습니까?"

호스트로서 침묵이 계속되는 것을 방치할 수 없다고 판단한 젠지로는 무난하게 요리에 대한 화제를 던졌다.

프레야 공주는 능숙하게 포크와 나이프로 뼈째 구운 양념 고기 구이를 자르면서,

"네, 모두 신선해서 맛있게 먹고 있습니다."

라고 무난한 대답을 돌려주었다.

그 대답에 거짓은 없었다.

그러나 아무리 세련된 요리라도 입에 맞고 맞지 않는 문제는 있다. 사실 프레야 공주 일행은 젠지로가 맛있게 먹고 있는 발렌티아 명물 날생선 요리에는 손도 대지 않았다.

당장은 타향의 음식을 먹는 데 문제가 없더라도 그것이 지나치게 오래 지속되면 종국에 고향의 맛이 그리워지는 것이 인간의 본성이리라.

"고향의 맛이 그립지는 않습니까? 북대륙과는 하나부터 열까지 다를 텐데요."

그렇게 거듭 묻는 젠지로에게 프레야 공주는 하늘색 드레스 밖으로 드러낸 흰 어깨를 조금 으쓱했다.

"마음 써 주셔서 고맙습니다만 괜찮습니다. 배의 창고에 산양이나 닭도 있고 전속 주방장도 있으니까요. 그리고 싶을 때는 언제든

그럭저럭 고향의 요리를 먹을 수 있답니다. 채소류는 어쩔 수 없지만요."

배의 창고에 태워져 있는 산양과 닭.

그 처음 듣는 정보에 젠지로는 움찔 반응했다.

"산양과 닭이 있습니까? 그러니까, 살아 있는?"

놀라움과 기대를 드러내는 젠지로에게 프레야 공주는 처음엔 놀랐지만 곧 의미를 알아챘는지 웃는 얼굴로 논하듯이 말했다.

"네, 물론 살아 있답니다. 그렇지만 폐하, 유감스럽게도 제가 가져온 산양에서는 털을 얻지 못합니다. 남대륙까지 데려올 수 있는 산양은 털결이 고르지 못해 모직물을 생산할 수 없는 종류뿐이니까요."

웁살라 왕국이 직접 남대륙으로 배를 띄운 일은 처음이라서 어디까지나 주워들은 얘기지만, 남대륙 사람 중에는 살아 있는 산양을 원하는 자도 적지 않다고 한다.

직접 산양을 번식시킬 수만 있다면 자국에서 모직물을 양산할 수 있다는 얘기니까 지극히 당연한 발상이다.

그러나 지금 프레야 공주가 말했듯이 그렇게 수월한 얘기는 아니다.

산양은 원래 고산지대의 추운 곳에 사는 생물이지만, 초식동물 중에서는 발군으로 환경 적응력이 뛰어나고 먹이도 까다롭지 않다는 특성이 있다.

기본적으로 산양은 고산지대의 추운 곳에서 자라는 종류일수록 좋은 털을 지니는 경향이 있다.

배의 창고에 싣고 남대륙까지 데려올 수 있는 종류는 단언컨대 털에 가치가 없는 종류인 것이다.

그러나 그 설명을 들어도 젠지로는 전혀 동요하지 않았다.

"상관없습니다. 원하는 것은 젖이니까요."

산양의 젖은 우유와는 다른 독특한 풍미와 냄새가 있다고 들었지만, 그래도 대용품으로서는 충분히 기대할 만하다. 젠지로가 기대하는 것은 젖 그 자체보다 그것으로 만들 수 있는 유제품이다.

예전에 인터넷에서 산양의 젖으로 만든 버터나 치즈를 판매하는 걸 본 적이 있다. 산양의 젖으로도 그런 유제품을 만들 수 있는 것이다.

그러나 젠지로는 만드는 방법을 알지 못했기에 그런 부분은 프레야 공주 일행의 지혜를 빌릴 필요가 있다.

그러나 눈을 빛내는 젠지로와는 달리 프레야 공주는 순간 그 얼굴에 경계의 빛을 떠올렸다.

"폐하는 산양의 젖을 드신다는 겁니까?"

그 물음에 자신의 요망이 경솔했던가, 하고 젠지로는 순간 등줄기가 서늘해졌지만 이제 와서 뱉은 말을 거둘 수는 없는 노릇이다. 다행히도 이 자리는 어디까지나 비공식적인 오찬회다.

이대로 '개인적인 취향'으로서 밀어붙이기로 정한 젠지로는 애써 아무것도 아니라는 표정을 꾸미고 대답했다.

"네. 혹시 프레야 전하의 고국에서는 사람이 가축의 젖을 먹는 일이 일반적이지 않은가요?"

"아니요, 그렇지는 않습니다. 산양의 젖은 국민 누구나가 섭취하는 중요한 영양원입니다. 그대로 마시는 것은 물론이고 버터, 치즈, 젖술 등의 유제품은 겨울철의 저장식품으로 없어서는 안 되는 것들입니다."

읍살라 왕국 사람이 산양의 젖을 마시는 것은 지극히 자연스러운 일이다. 프레야 공주가 놀란 점은 그걸 남대륙 사람인 젠지로가 먼저 언급했기 때문이다.

포유류 가축이 없는 남대륙 사람은 가축의 젖이나 젖으로 만드는 유제품을 먹지 않는다. 그래서 동물의 젖을 입에 대는 일을 완강하게 기피한다.

그뿐 아니라 산양 고기 그 자체조차 '냄새가 난다', '맛이 이상하다'며 거부하는 사람이 대부분이다.

그래서 프레야 공주는 '털을 채취할 수 없는 산양'은 남대륙 사람에게 가치가 없다고 판단했지만 아무래도 그렇지도 않은 모양이다.

(그러고 보니 이 사람 출신이……)

프레야 공주는 요 며칠 소문으로 들은 젠지로의 출신에 대해 떠올리고 문득 한 가지 가능성을 떠올리는 데 이르렀다.

(조금 떠보는 편이 좋을 것 같아.)

그러나 그런 속내는 요만큼도 드러내지 않고 북의 왕녀는 여전히 미소로 대응했다.

"항해 중인 저희에게 가축은 귀중품이지만 젠지로 폐하가 원하신다면 몇 마리 융통해 드리는 것도 어렵지 않습니다."

"고맙습니다. 염치없지만 가능하면 이쪽에서 번식 가능하도록 수컷과 암컷을 반씩 주시면 기쁘겠습니다."

"문제없을 것입니다. 암컷은 물론 수컷도 그럭저럭 여러 마리 있으니까요."

산양을 장기간 항해하는 배에 태울 가축으로 선택하는 이유는 몸집이 비교적 작고, 식성이 까다롭지 않으며, 환경 적응력이 높기 때문이다.

반대로 단점이라면 수명이 짧다는 것이다. 수명이 짧고 성장이 빠르다는 말은 번식이 용이하다는 이야기도 되므로 일반적인 가축으로서는 오히려 장점이 되지만, 젖을 얻는 가축일 경우는 곤란한 점도 있다.

이쪽 세계의 산양은 빠른 개체라면 태어나서 반 년, 늦어도 일 년 지나면 모두 임신이 가능한 성체가 된다.

즉 그만큼 젖을 빨리 뗀다는 얘기로, 어미 산양의 모유가 반년 정도만 지나면 말라 버린다는 것을 의미한다.

장기 항해는 해를 넘기는 경우도 있다. 때문에 젖이 나오는 암컷만 태우고 향해를 하면 반년 뒤에는 산양 젖을 얻을 수 없게 돼 버리는 것이다.

이를 방지하기 위해 번식용 수컷 산양도 함께 태워서 시기가 올 때마다 교배를 시킨다. 태어난 새끼양은 여유가 있으면 키워서 젖을 얻거나 번식을 시켜도 좋고, 그럴 여유가 없으면 조금 불쌍하긴 해도 도살해서 고기로 먹으면 된다.

"그렇습니까, 그러면 이 건은 제 개인적 거래로 해 주십시오. 사례는 충분히 하겠습니다."

다행히 젠지로는 아우라로부터 사전에 '당신이 개인적으로 원하는 것이 있으면 여기서 지불해도 좋다'는 독자적인 예산을 받은 바 있다.

금액을 봤을 때는 언제나처럼 겸허하게 '됐어, 나는. 아우라나 프란체스코 왕자 일행의 선물을 살 만큼만 있으면.'이라며 사양했지만, 아우라는 거의 강제적으로 돈을 건넸던 것이다.

지금 생각하면 그때 돈을 받아두길 잘 했다는 생각에 젠지로는 속으로 가슴을 쓸어내렸다.

"맡겨 주십시오, 젠지로 님. 교배해서 수를 늘리실 생각이시라면 어느 정도 젊은 개체 쪽이 좋겠지요."

가축 얘기라고는 해도 '교배'라거나 '번식' 같은 상당히 낯부끄러운 단어가 오고갔지만, 프레야 공주는 청초한 외모와는 달리 이런 얘기에 저항감이 없는지 딱히 혐오감을 드러내지도 부끄러워하지도 않고 담담하게 웃는 얼굴로 응대를 이어 나갔다.

(아, 큰일이네. 공주님을 상대로 식탁에서 하기에는 좀 그런 쪽으로 대화가 흘러가고 있어.)

조금씩 숙녀를 상대로 한 화제가 아닌 쪽으로 대화가 흘러가는 점을 깨달은 젠지로는 일부러 헛기침을 뱉고는 자연스럽게 화제를 전환하기 위해 분주히 머리를 굴렸지만, 젠지로가 다음 화제를 떠올리기도 전에 프레야 공주는 즐겁다는 듯이 그 이야기를 계속했다.

"항해 중에 가장 교배에 열심이었던 건 니콜라이인데, 그래도 니콜라이를 양보해 드리기는 어려울 것 같고……"

"고, 공주님……!"

보다 못했는지 옆에 앉아 있던 여전사가 무례를 무릅쓰고 작은 소리를 내 주군의 말을 도중에 잘랐다. 참고로 '니콜라이'는 산양의 이름이 아니다. '황금나뭇잎호'의 젊은 선원 이름이다.

역시 숙녀가 입에 담을 만한 이야기가 아니었다는 걸 자각했는지 프레야 공주는 뺨을 살짝 붉히고는 부끄럽다는 듯이 살며시 고개를 숙였다.

"이런 실례를. 잊어 주십시오."

다행히 '니콜라이'의 정체를 아는 사람은 이 자리에서는 프레야 공주와 여전사뿐이었기에, 프레야 공주의 발언이 얼마나 상스러운 것이었는지는 묻히고 지나갔다.

잘은 모르겠지만 이 이상 언급하지 않는 게 좋겠다고 직감한 젠지로는 웃는 얼굴로 방금 발언을 없었던 것으로 치고 대화를 계속했다.

"제 개인적인 목적을 위해 지나치게 큰 약속은 드릴 수 없으니 다소 밋밋하지만 가축의 대가는 은화로 지불하고 싶습니다만, 괜찮으십니까?"

"네, 뭣하시면 설탕이나 향신료라도 상관없습니다."

화제의 전환에 순순히 응해 온 프레야 공주에게 젠지로는 웃으며

고개를 저어 보이고,

"아니요. 그쪽은 저의 재량으로는 움직이지 않습니다. 수도에 계시는 아우라 폐하로부터 저 개인적인 재량으로 움직일 허가를 받은 건 은화뿐이니 그걸로 부탁합니다."

그렇게 딱 잘라 말했다.

"아, 그렇군요."

프레야 공주는 웃음을 잃지 않고 그렇게 받아들였지만, 옆에 앉은 여전사는 순간적으로 감출 수 없는 멸시의 시선을 젠지로에게 향했다.

하긴, 무리도 아니다. 방금 젠지로의 말은 '나는 아내의 허가가 없으면 아무것도 할 수 없는 사람입니다. 아내의 허락을 받은 용돈의 범위 안에서만 지불할 수 있습니다'라고 말한 것과 같기 때문이다.

여왕의 배우자라는 입장에 있으며 스스로도 혈통마법을 구사하는 왕족인 남성의 발언치고는 너무나도 한심한 것이다.

그러나 여전사가 젠지로의 평가를 깎는 사이에도 옆에 앉은 그녀의 주군은 상냥한 대응을 이어나갔다.

"그러고 보니 젠지로 폐하와 아우라 폐하 사이에 아드님이 태어나셨다고 들었습니다만."

"네, 다행히도. 무척 사랑스럽답니다."

"어머나, 정말 축하드립니다. 벌써 한 살이 되셨나요?"

"아니요, 아직 태어난 지 반년도 되지 않았으니까요."

"그렇다면 조금 늦은 출산 축하라는 의미에서 산양은 제가 선물로 드리겠습니다. 우리나라에는 출산 선물로 가축을 선물하는 풍습이 있거든요. 그렇지, 스카디?"

"네, 그렇습니다."

갑자기 화제가 넘어오자 여전사는 조금 놀라면서도 무난하게 주군의 말에 수긍했다.

실제로 프레야 공주의 말대로 축하 선물로서 가축을 보내는 건 윱살라 왕국에서는 지극히 일반적인 일이다. 단, 증정용 가축으로 산양을 보내는 경우는 부유한 평민이지, 왕족의 경우는 군용 종마나 순록을 선물한다.

어쨌거나 '축하 선물'이라고 하면 받지 않는 게 법도에 어긋난다.

"고맙습니다. 전하의 말씀은 반드시 수도에 계신 아우라 폐하께 전하도록 하지요."

웃는 얼굴로 그렇게 말하는 젠지로에게 프레야 공주는 약간 의미심장한 미소를 지으며 대답했다.

"아니요, 여행 중인 몸이라 대단한 것을 선물하지 못해 죄송합니다. 할 수만 있으면 우리나라의 대장장이에게 보검을 만들게 해서 드리고 싶습니다만. 젠지로 폐하는 어떤 무기를 잘 다루시는지요?"

살짝 파고드는 질문에 젠지로는 쓴웃음을 지으며 대답했다.

"아니요, 저는 창피하지만 전투에는 문외한이라서. 무기 종류는 일절 다룰 줄 모릅니다."

현대 일본의 가치관을 버리지 못한 젠지로는 전투 능력이 없는 것에 대해 특별한 수치심을 갖지 않았지만, 이쪽 세계에서는 귀족, 왕족 계급의 젊은 남자라면 누구나 전투 기술을 보유하는 것이 일반적이다.

순간 불편한 공기가 흐르려고 했지만 그 전에 프레야 공주가 말을 이어받았다.

"그렇습니까. 대단히 실례했습니다. 그런데 혹시 알고 계시는지요? 우리나라에서는 의외로 뜨개질을 취미로 하는 전사가 많답니다. 그들을 어부를 겸하는 경우가 많아서 겨울엔 배를 띄울 수 없는 날이 많기 때문에 자연스럽게 집안에서 할 수 있는 일을 취미로 삼는 것이지요."

덧붙여 말하자면 웁살라 왕국에서는 자기 방어구의 손질도 기본적으로 스스로 하기 때문에 갑옷이나 안에 받쳐 입는 미늘 옷을 수선해 본 경험이 풍부한 탓에 전사는 바늘과 뜨개바늘의 취급이 능숙하다는 의외의 사실도 있다.

"과연, 그건 재미있군요. 겨울에 배를 띄울 수 없다는 건 역시 항구가 얼어붙기 때문입니까?"

프레야 공주가 우스갯소리를 하려는 것임을 눈치챈 젠지로는 순순히 그 화제를 받았다. 실제로 큰 체격에 기골이 장대한 인종인 스베아인 전사가 집안에서 꼼지락거리며 뜨개바늘을 움직이는 모습을 상상하니 꽤 재미있었다. 어린 시절에 그림책에서 본 뜨개질 하는 곰 같다.

"아니요, 다행히도 항구는 부동항입니다. 때문에 겨울에도 상선은 오갈 수 있지요. 하지만 지독하게 춥다는 건 사실이라서, 한겨울엔 파도가 지극히 잠잠한 날이 아니면 어로행위를 하지 않는답니다."

영하 20도 이하, 바닷물의 온도도 빙점 이하인 상태에서는 파도의 비말과 해풍을 맞는 것만으로도 목숨이 위태로워진다. 또한 방한대책으로 잔뜩 껴입은 상태에서는 작업도 수월하지 않다. 만에 하나라도 바다에 떨어지면 익사하기 전에 쇼크사할 가능성이 더 높은 것이다.

"호오, 그런 엄혹한 자연 속에서 단련하는 만큼 건장하고 출중한 전사를 양성할 수 있는 것이로군요."

"고맙습니다. 카파 왕국에도 뛰어난 전사가 많이 있다고 들었습니다. 지난 대전에서 대단한 활약을 하셨다고요."

"그렇습니다. 그땐 저도 이 나라에 있지 않아서 얘기를 들었을 뿐입니다만, 이 나라의 방패와 창을 맡길 수 있는 든든한 전사들입니다."

"남대륙을 휩쓸고 지나간 '대전'의 참상은 제가 사는 북쪽 대지에까지 알려졌지요. 고향 마을을 잃어버린 자나 의지할 부모와 사별한 아이들도 많이 있다고 들었습니다. 제가 힘을 보탤 일이 있으면 좋겠습니다만."

"말씀만으로도 고맙습니다. 하지만 국내의 난민도 고아들도 모두 똑같은 우리나라의 신민입니다. 그들은 아우라 폐하가 이끄는 카파 왕국이 책임지고 있으니 부디 마음 쓰지 마시길."

프레야 공주도 젠지로도 둘 다 웃는 얼굴을 무너뜨리지 않고 품위 있게 식사를 계속하며 대화를 즐기고 있다.

"그렇습니까. 제가 쓸데없는 참견을 했습니다."

"아닙니다. 프레야 전하의 마음 씀씀이에는 감사의 말이 부족할 지경입니다. 하지만 우리나라의 국민에 관해서는 단 한 사람의 예외도 없이 반드시 우리나라가 책임을 진다고 아우라 폐하는 말씀하셨습니다. 그 말은 무슨 일이 있어도 번복되지 않을 것이니, 그 점 양해해 주시면 감사합니다."

"네, 알겠습니다. 아우라 폐하의 고결한 정신에 무한한 경의를 표합니다."

그렇게 오찬회는 마지막까지 화기애애한 분위기 속에서 진행되었다.

———◆———

그 후, 오찬회를 마친 프레야 공주는 별채에 돌아오자 바로 욕실로 직행해 샤워부터 했다.

선장이 되기 위해 자랑인 청은색 머리카락을 짧게 자른 일은 지금도 조금 아까운 생각이 들지만, 이렇게 샤워를 할 때는 짧은 머리가 수월하다고 느낀다.

프레야 공주는 이 별채로 주거를 옮기고 나서부터 하루에 세 번은 샤워를 하게끔 됐지만, 만약 원래 허리까지 오는 긴 머리 그대로였다면 마냥 편하게 샤워를 즐길 수 없었을 것이 분명하다.

흡수성이 높은 면 수건으로 머리카락을 닦으면서 프레야 공주는 소파에 앉았다.

프레야 공주의 복장은 속옷 위에 무늬 없는 민소매 원피스를 걸쳤을 뿐, 맨다리에 맨발이다.

같은 방에 심복 여전사밖에 없기에 허용된 간편한 차림으로 휴식을 취하는 프레야 공주는 상스럽지 않을 정도로 살짝 다리를 벌리고 크게 숨을 토했다.

"정말이지 이 나라의 기온은 사우나 같네요. 이러니 실내에서는 맨발 아니면 천으로 된 덧신을 신는 문화도 수긍이 가요."

"공주님, 물입니다."

"고마워요, 스카디."

여전사가 내민 은잔에 든 물을 프레야 공주는 단숨에 마셨다. 고개를 기울이며 단숨에 물을 마시는 행동은 숙녀로서 바람직하지 못한 것이지만, 우물에서 방금 길어 올린 냉수의 매력에는 저항할 수 없다.

"후우……"

샤워를 하고 냉수를 들이켜 몸 안쪽도 시원하게 만든 북대륙의 공주님은 이제야 살 것 같다는 듯이 크게 한숨을 쉬었다.

"일단 이걸로 배 수리와 최소한의 무역의 물꼬를 텄네요."

"네, 축하드립니다, 공주님."

오찬회에서 나눴던 대화에 대해 말이 나오자 여전사는 프레야 공주를 마주보는 소파에 앉았다.

여전사——스카디는 프레야 공주의 호위이면서 동시에 심복이기도 했다. 다른 사람이 없는 곳에서는 이렇게 무릎을 맞대고 시선을 맞추며 이야기를 나누는 일도 있다.

프레야 공주와 스카디의 키 차이가 워낙 많이 나는 바람에 이렇게 앉더라도 엄밀히 말하면 시선의 높이가 맞는다고는 할 수 없지만.

"그나저나 얘기는 들은 바 있지만 대륙간 무역은 정말로 막대한 이익이 나는군요. 이 정도 이득이라면 세 척에 한 척의 비율로만 돌아와도 충분한 이익이 예상되는데요."

"설탕도 향신료도 북대륙에서는 고급품이고, 반대로 남대륙에서는 모직물이 고급품이니까요."

싸게 사서 비싸게 파는 것이 장사의 기본이지만, 대륙간 무역에서는 매수 가격과 판매 가격의 차가 엄청난 것이다. 물론 교역 루트가 확립되고 수요에 공급이 쫓아가게끔 되면 가격도 어느 정도는 떨어지겠지만 그때까지 아직은 충분한 시간이 있다.

프레야 공주는 짧은 원피스 차림으로 소파 위에서 다리를 포갰다.

"대형 범선 건조 기술은 아마 틀림없이 유출되겠지만, 이건 어쩔 도리 없는 일이에요. 다음은 군사력 강화를 위해 어떻게든 용 가죽과 용 뼈를 손에 넣고 싶은데, 반응이 영 신통치 않았네요."

"정말이지, '교회'의 악영향이 여기까지 미쳤을 줄은 생각도 못했습니다. 우리나라는 교회의 세력 하에 있지 않지만요."

눈썹을 찡그리는 여전사를 보며 프레야 공주는 쓴웃음을 지었다.

"그야 남대륙 사람들에게는 구별이 되지 않겠지요. 자세하게 설명하면 오해는 풀리겠지만, 너무 떠벌리고 싶지 않은 얘기긴 해요."

'교회'란 북대륙에서 세력을 확장하고 있는 종교 조직을 말한다. '교회'에서는 과거에 존재했다고 알려진 고대 용족을 신앙의 대상으로 삼고 있다.

그런 '교회'의 가르침에는 지상에 존재하고 있는 용류는 모두 고대 용족의 후예이므로 신성한 존재라고 되어 있다. 때문에 교회의 영향 아래에 있는 나라에서는 용 가죽, 용 뼈를 사용한 무기는 교회가 인정한 지극히 일부 전사 외에는 몸에 지닐 수 없다.

또한 교회는 남대륙에 사는 사람을 '위대한 고대 용족의 분노를 사 유배당한 죄인들의 후손'으로 규정하고 있어서 남대륙에 북대륙의 앞선 기술을 전하는 것도 금지했다.

모든 것이 아무런 근거도 없는 얘기이긴 하지만, 신기하게도 북대륙에서는 널리 받아들여져서 몇몇 나라에서는 교회가 왕가를 뛰어넘는 권세를 자랑할 정도다.

하지만 프레야 공주의 모국인 읍살라 왕국은 예외적으로 '교회'의 영향이 지극히 적다. 때문에 용 가죽과 용 뼈를 대대적으로 수입하는 데 저항이 없는 것인데, 그런 자세한 사정을 모르는 남대륙 사람에게는 정령신앙을 가진 읍살라 왕국도 '교회'의 영향 하에 있는 다른 나라들도 모두 같은 '북대륙의 나라'인 것이다.

"네, 저희의 입장을 상대방에게 이해받기 위해서는 꽤나 긴 시간을 들여서 협상할 필요가 있겠지요."

"용 가죽이나 용 뼈에 그렇게까지 해야 할 가치가 있는가, 아닌가의 얘기겠지요. 다행히 '황금나뭇잎호'의 수리가 끝날 때까지는 시간이 있으니 그 동안에 젠지로 폐하와 이야기를 진행시켜 봅시다."

프레야 공주의 그 결론에 장신의 여전사는 허를 찔렸다는 듯 놀란 표정을 지었다.

"젠지로 폐하에게 말입니까? 라파엘로 경이 아니고?"

심복이 그런 질문을 던지리라고 이미 예상한 것이리라. 프레야 공주는 살짝 웃고는 의미심장한 말투로 심복의 착각을 일깨웠다.

"그래요, 젠지로 폐하예요. 스카디, 혹시 그대는 젠지로 님을 '그저 명목뿐인 장식물'이라고 생각한 것 아닌가요?"

의미심장하게 웃는 주인의 얼굴을 보면 프레야 공주는 '그렇지 않다'고 생각함이 분명하지만, 이 자리는 둘만의 자리다. 말을 에두를 필요가 없다.

"네, 그렇게 생각했습니다. 왕가의 혈통을 이어받아 여왕의 남편이라는 직함을 갖게 됐을 뿐, 이빨 빠진 호랑이라고. 적어도 그 분에게서 재능이나 패기는 일절 느끼지 못했습니다."

여전하는 분명하게 잘라 말했다.

스카디의 뇌리에 떠오른 것은 부끄러운 줄도 모르고 '자신은 전혀 싸우지 못한다'고 단언한 젠지로의 웃는 얼굴이다.

예상했던 대답에 프레야 공주는 천천히 고개를 옆으로 저었다.

"그건 아니에요. 젠지로 폐하는 틀림없이 보통 분이 아니에요. 여기서 '보통 사람이 아니다'라는 것은 '걸출하다'는 뜻이 아니라, 좋은 의미에서든 나쁜 의미에서든 '평범하지 않다'는 의미지만요."

"그게 무슨 뜻입니까?"

이 그저 다소곳해 보이는 소녀가 애간장을 태우는 화법을 좋아한다는 걸 잘 아는 여전사는 조바심을 내지 않고 질문을 거듭했다.

"젠지로 폐하의 출생이 평범하지 않다는 거예요. 그대도 소문으로 들었죠? 젠지로 님이 카파 왕국 태생이 아니라는 걸."

"네. 분명히 아우라 폐하가 혈통마법의 비술을 써서 아주 먼 곳에서 불러들이셨다고."

여전사는 천장으로 시선을 향하고 기억의 바다를 헤집으며 그렇게 대답했다.

사실 젠지로가 '이세계'에서 왔다는 사실은 일반에게 정확히 알려져 있지 않았다. 딱히 의도적으로 감춘 것은 아니지만 '이세계'라는 개념 자체가 교양이 없는 카파 왕국의 일반 시민에게는 이해할 수 없는 것이기 때문이다.

때문에 젠지로에 대해서 대충 '평생을 걸려 가도 도달할 수 없는 머나먼 곳에서 마법으로 불려온 남자'라는 인식이 생긴 것이다.

"그래요. 나도 처음엔 미심쩍은 얘기라고 생각했지만 아무래도 그건 틀림없는 사실인 것 같아요. 젠지로 폐하는 명백하게 남대륙과는 다른 문화권 출신이에요. 젖을 취하기 위해 산양을 원한 점 등이 그 증거겠지요."

"과연, 그건 그렇지만."

프레야 공주의 설명에 이번엔 스카디도 납득했다는 듯 동의했다.

음식 취향은 어느 정도의 나이까지 자라면 완전히 정착해서 바꾸기 힘든 법이다.

이곳 남대륙의 가축은 모두 예외없이 용류——대형 파충류다. 때문에 남대륙 사람에게는 가축의 젖을 먹는 풍습이 없다. 물론 유제품을 먹는 풍습도 없다.

그러나 젠지로는 '살아 있는 산양'이라는 정보에 눈빛을 바꾸며 집착했다. 그건 즉, 젖이나 유제품을 즐겨 먹는 문화권에서 나고 자란 사람일 가능성이 높다는 얘기다.

"그것만이 아니에요. 기억하나요? 젠지로 폐하의 아이 이야기가 나왔을 때, 내가 '이미 한 살이 되셨나요?'라고 묻자, 그 분은 웃으며 '태어나서 아직 반년도 지나지 않았기에 아직'이라고 대답하셨죠."

"앗?"

프레야 공주의 지적에 이번엔 완전히 허를 찔린 스카디는 얼빠진 목소리를 냈다.

"확실히, 이상하네요. 남대륙의 문화는 예외 없이 전부 '햇수나이'일 텐데요."

"애초에 이쪽에는 '제로'라는 숫자가 존재하지 않을 거예요. 그런데도 젠지로 폐하는 '태어난 지 반년이니까 한 살이 되지 않았다'고 인식하고 계셨어요."

"적어도 나이를 세는 방법은 남대륙보다 북대륙에 가깝다는 것이군요. 어쩌면 달력 세는 방법도 북대륙 가까울지도 모르겠네요."

기본적으로 남대륙에서 나이를 세는 법은 '햇수나이'다. 태어난 시점에서 한 살로 세고, 그 후에 새해를 맞을 때마다 한 살씩 나이를 더해 간다.

때문에 '아직 한 살이 되지 않았다'는 상태는 근본적으로 존재하지 않는 것이다.

프레야 공주는 입가에 손을 대고 생각에 잠겼다.

"있을 수 있어요. 어쩌면 진짜 북대륙 출신인지도 몰라요. 기억해요? 그 후의 잡담에서도 젠지로 폐하는 지극히 자연스럽게 '항구가 언다'는 표현을 했죠."

카파 왕국은 겨울이 없는 나라지만 내륙에는 상당히 높은 산도 있어서 '눈'이나 '얼음'이라는 어휘도 존재한다. 그러나 그건 어디까지나 고산병에 걸릴 만큼 높은 고산지대의 이야기일 뿐, '바다가 언다'는 발상은 남대륙 사람에게서는 절대로 나올 수 없는 것이다.

"과연, 그 자리에서는 지극히 자연스럽게 전하와 대화를 나누고 있어서 전혀 깨닫지 못했습니다만, 이렇게 나열하고 보니 불가사의한 지식과 교양이네요. 적어도 보통 사람이 아니라는 것만은 이해가 됩니다."

그렇게 말하면서도 여전사의 눈에는 젠지로를 다시 봤다는 감탄의 빛은 떠오르지 않았다. 다소 교양이 있어도 무력도 패기도 없는 남자에 대해서는 좋은 평가를 줄 수 없는 모양이다.

그런 심복의 속내를 정확히 읽어 낸 왕녀는 입가에 웃음을 떠올리며 덧붙였다.

"물론 그것만은 아니에요. 젠지로 폐하는 틀림없이 이번 협상에 있어서 최고로 중요한 인물이에요. 모든 결정권을 그 분이 쥐고 계시니까요."

그러나 그 말을 들어도 여전사는 수상쩍다는 표정으로 고개를 갸웃할 뿐이다.

"그건 이미 알고 있습니다만, 실제로는 그저 형식적인 것 아닌가요? 조금 아까의 회합에서도 공주님과 라파엘로 경이 사전 협상에서 결정한 내용을 추인했을 뿐이었고요. 가축의 거래가 추가됐지만 딱히 재기 넘치는 언동은 아니었다고 생각합니다."

지극히 당연하다면 당연한 스카디의 감상이지만, 프레야 공주는 그 의견에 동의하지 않았다.

"그래요. 확실히 나도 젠지로 님께 특별히 출중한 재능이 있다고는 생각하지 않아요. 하지만 그 분은 사전협상의 내용을 완벽하게 이해하고 계셨어요. 이해력이 있고 판단력이 있고 최종 승인의 권리를 지녔으니, 우리가 가장 신경을 쓰지 않으면 안 되는 건 역시 젠지로 님이라는 얘기가 되지요."

사실 젠지로에 대한 평가는 스카디도 프레야 공주도 정곡을 찌르지는 못했다. 그러나 동시에 두 사람 모두 사실의 일부를 건드리긴 했다.

확실히 프레야 공주의 말대로 젠지로는 이번 건을 최종적으로 승인할지 말지의 결정권을 쥔 사람이다. 그러나 동시에 스카디가 말한 것처럼 그건 다분히 형식적인 것이고 특별한 이변이 없는 한 승인을 거부하는 일은 없을 것이다.

젠지로가 스스로에게 부과한 임무는 '여왕 아우라의 원격 스피커'이다. 젠지로의 말은 아우라의 말. 젠지로의 의사는 아우라의 의사.

역할은 다한다. 아내의 기대에 부응한다. 그러나 스스로 명성을 얻을 만한 일은 피하고 가능한 한 유능해 보이지 않게끔 행동한다.

그런 젠지로의 자세는 남대륙에서도 북대륙에서도 이단이다. 아직 몇 번 만난 적 없는 프레야 공주와 스카디가 젠지로를 이해할 수 없는 것도 무리는 아니다.

그래도 오찬회의 대화를 통해 프레야 공주는 몇 가지 확신한 것이 있다.

"젠지로 폐하는 원래 충분한 결단력을 지녔어요. 그 증거로 내가 가축의 지불을 거절하고 선물하겠다고 제안했을 때, 그 자리에서 받아들이셨죠? 젠지로 폐하는 아우라 폐하께 일정한 금액을 자유롭게 사용해도 좋다는 허가를 받은 모양이지만, 나 같은 타국의 빈객에게서 '선물을 받는' 일은 전혀 별개의 얘기에요. 아마도 예상하지 못했던 사태였겠지요. 하지만 젠지로 폐하는 지극히 자연스럽게 그 자리에서 내 제안을 받아들이셨어요. 나의 '선물'을 받아들였을 때의 메리트와 리스크. 거절했을 때의 메리트와 리스크. 그걸 충분히 고려하고 판단을 내리셨다고 생각할 수 있어요."

"……단순히, 원하는 걸 준다고 하니까 덥석 문 것은 아닐까요?"

그래도 여전히 고개를 갸웃하는 심복의 말을 프레야 공주는 부정하지는 않았다.

"물론 그럴 가능성도 있지요. 하지만 나는 협상 대상이나 적에 대해서는 과소평가하기보다 과대평가하는 편이 안전하다고 생각하거든요."

최선은 과대평가도 과소평가도 아닌 있는 그대로의 상대방을 꿰뚫어보는 것이겠지만, 그건 좀처럼 쉬운 일이 아니다. 때문에 프레야 공주는 상대의 역량을 꿰뚫었다고 확신할 때까지는 기본적으로 높이 평가하기로 했다.

"알겠습니다. 솔직히 지나친 경계라는 생각은 듭니다만, 우리 입장을 생각하면 신중해서 나쁠 일은 없겠지요."

여전사도 그렇게 일단 동의했다.

상대를 과대평가하면 방심하지 않을 수 있지만, 그만큼 과감한 행동을 취할 수 없어 좋은 기회를 놓칠 가능성이 있다. 그러나 현재의 프레야 공주 일행은 유일한 귀국 수단인 범선이 상대방의 협력 없이는 수리 불가능한 상태에 처해 있는 것이다.

괜한 욕심을 부렸다가는 옴짝달싹 못하는 사태에 빠질 가능성도 있다.

프레야 공주는 입가에 떠올렸던 미소를 지우고는 살짝 눈을 가늘게 뜨고 중얼거렸다.

"그리고 단단히 다짐까지 당했고 말이지요. 그 대화 수완을 보면 폐하는 결코 그냥 명목상의 존재로 끝내실 인물이 아니라고, 나는 확신하고 있어요."

그렇게 말하며 프레야 공주는 끝무렵에 나눈 '잡담'을 떠올렸다.

지난 대전에서 발생한 국내 난민이나 전쟁고아들. 프레야 공주는 잡담 중에 그런 사람들을 웁살라 왕국에서 받아들이겠다는 뉘앙스를 풍겼지만 그 의도를 곧 알아차린 젠지로는 단호하게 거절했다.

"마력량이 풍부한 남대륙 사람을 모아서 데려갈 수 있으면 웁살라 왕국의 평균 마력량이 저하되는 현상을 어느 정도 막을 수 있을 텐데."

프레야 공주는 진심으로 아쉽다는 듯이 한숨을 쉬었다.

웁살라 왕국이 중요하게 생각하는 국내 문제가 몇 가지 있는데, 그 중 하나가 국민의 평균 마력량이 내려가는 문제다.

왜 그렇게 됐는지 다양한 이유를 생각할 수 있지만, 프레야 공주는 기술력이 높아져 마법의 중요성이 떨어지자 국민 의식이 변한 일이 바탕에 있다고 생각한다.

마력량은 신장이나 용모가 유전되는 확률 정도로 유전된다. 그건 대륙의 남북에 공통적으로 알려져 있는 사실이다.

때문에 마법사의 수요가 높고 뛰어난 마법사일수록 출세길이 열리는 남대륙에서는 마법량이 많은 남녀가 나름대로 결혼에 유리하다.

한편 기술이 진보한 북대륙에서는 마법사의 필요성이 낮아지고 그만큼 나라 전체적으로 결혼상대의 마력량을 보는 풍습이 희미해졌다.

평민이라면 성격과 성실함, 전사라면 무력과 체격, 왕후귀족이라면 집안과 사교성. 그러한 것을 마력량보다 우선하는 결혼을 나라 전체가 몇 대에 걸쳐 반복해 온 결과, 마력량에 중점을 두는 남대륙과 평균 마력량에서 큰 차이가 생겼다. 라는 것이 프레야 공주의 가설이다.

확실한 증거는 없지만 대략 틀린 이야기는 아닐 거라고 프레야 공주는 생각하고 있다.

"그 대응을 보아 이 나라 사람을 데려가려고 하면 그 즉시로 국교 단절이겠더군요. 유감입니다만."

프레야 공주는 젠지로가 '여왕 아우라의 이름을 걸고 국민을 데려가는 자는 용서치 않는다'는 의사를 표현했음을 떠올리고 새삼스럽게 한숨을 내쉬었다.

이보다 더 아쉬울 수가 없다. 다행히 지금까지 항해 경험으로, 돌아갈 때는 가축이 전혀 없어도 식량에 문제가 없을 거라는 예상이 가능하다.

남대륙 사람이라는 최고의 자원을 손에 넣을 수만 있다면 창고에 있는 가축은 죄다 두고 가도 좋다.

대산 그 우리 안에 집어넣고 싶은 만큼 사람을 태워서 돌아가면 그것만으로도 이번 항해는 대단한 흑자인 것이다. 프레야 공주는 출항을 극구 말리던 부왕과 오라버니에게 실컷 칭찬을 들을 수 있었을 것이다.

"정말 아쉬워요."

그런 확신이 있기에 더더욱 프레야 공주는 미련을 떨치지 못하고 중얼거리는 것이었다.

그 무렵, 오찬회를 마친 젠지로는 발렌티아 공작 저택의 집무실에서 임시 사설 보좌관인 라파엘로 마르케스와 회의를 열었다.

프레야 공주와의 숨 막히는 회담을 마친 뒤 휴식도 없이 회의를 하는 건 피곤한 일이지만, 형식적으로는 조금 전의 오찬회가 휴식 시간이어서 스케줄상으로는 문제가 없기 때문이다.

집무실에 있는 사람은 젠지로, 라파엘로, 시녀 이네스 3인 뿐.

카파 왕국이 아무리 덥다고는 해도 혹서기가 지난 지금 이 시간은 기온이 체온을 웃돌거나 하지는 않는다. 활짝 열어젖힌 창으로 눈부신 태양광과 시원한 해풍이 쏟아져 들어와 정장을 갖춰 입은 젠지로의 얼굴이나 목 언저리에 그럭저럭 시원한 느낌을 주었다.

젠지로는 시녀 이네스가 타준 냉차를 한 모금 마시고 천천히 입을 열었다.

"이걸로 프레야 공주와의 계약은 일단락 됐군. 현재로서 뭔가 문제점은 없는가?"

젠지로의 질문에 라파엘로는 변함없이 온화한 미소를 지은 채 즉시 대답했다.

"아닙니다, 문제없습니다. 덕분에 이후의 거래가 수월해졌습니다. 감사합니다."

공손하게 머리를 숙이는 라파엘로를 보며 젠지로는 내심 안도의 한숨을 쉬면서도 표정은 바꾸지 않고 답했다.

"그런가. 그렇다면 전하의 배는 문제없이 고칠 수 있겠지?"

수리가 불가능하면 대형 범선 건조 기술을 흡수한다는 주 목적도, 대륙간 무역에 뛰어든다는 장래의 목표도 전부 그림의 떡이다.

다짐을 받는 젠지로에게 라파엘로는 자신있게 끄덕였다.

"문제없습니다. 이미 '황금나뭇잎호'의 기술자와 발렌티아의 조선 공들은 인사와 간단한 회합을 마쳤습니다. 발렌티아 항의 수리 도크에서 작업이 가능하다고 '황금나뭇잎호' 소속 기술자가 단언했습니다. 기존의 수리용 도크를 세 개 정도 부수게 되겠지만요."

그런 일이라면 문제는 없을 것이다. 어차피 젠지로도 라파엘로도 배에 관해서는 문외한이다. 전문가인 그들이 큰소리를 친다면 그 말을 믿는 수밖에 없다.

"필요하시면 수리를 시작하기 전에 한 번 보러 가시겠습니까?"

문외한임을 인정하면서도 라파엘로의 그런 권유를 바로 거절하지 못한 건 대형 범선이라는 물건 자체에 젠지로가 강한 흥미를 가졌기 때문이다.

현역으로 대륙간 항해를 하는 목조 범선이다. 흥미를 안 가질 수가 없다.

"내가 가면 수리 작업의 진척에 악영향을 미치지는 않겠는가?"

그렇게 확인한 이유는 젠지로가 스스로의 입장을 이해하기 때문이다.

국서라는 대단한 지위에 있는 사람이 예정에도 없이 얼굴을 내미는 건 현장 사람들에겐 엄연히 민폐다.

그러나 라파엘로는 여전히 웃는 얼굴로 고개를 저으며 젠지로의 염려를 부정했다.

"아니요, 괜찮습니다. 회합은 끝났지만 작업에 들어가기 전의 조정 단계라서 배 근처에서 이렇다 할 작업은 진행되지 않았습니다. 수리가 이루어질 도크에서는 기술자들이 작업에 들어갔겠지만, 그들의 일을 방해하지 않는다면 진척을 늦추는 일은 없을 겁니다."

카파 왕국의 문화는 문명 레벨에 비해서는 합리성을 중시하는 경향이 있다. 젠지로는 모르지만 카파 왕국에서는 아무리 왕후귀족이 방문한다 해도 직접 호명을 당하지 않는 한 작업 중인 사람은 일을 우선할 수 있다.

그런 설명을 들은 젠지로는 더 이상 호기심을 억누를 수 없었다.

"알았다. 그렇다면 한 번 시찰하기로 하지. 가장 작업에 영향이 없는 날을 잡아 주게."

"네. 알겠습니다."

어쩐지 라파엘로의 미소에 약간은 '흐뭇한 것'을 보는 시선이 섞인 듯 느끼는 건 젠지로의 피해망상일 따름일까?

아무튼 그런 사소한 일에 집착해야 소용없다. 떨떠름한 기분을 떨쳐낸 젠지로는 다음 화제로 옮겼다.

"역시 '화로' 기술자 제공은 어려운가?"

아우라의 지시서에 '그다지 우선순위는 높지 않지만 가능하면 구했으면 하는 것' 중에 '화로'에 관한 기술 제공자가 있다.

현재 유리 제조에 힘을 쏟는 중인 아우라에게 고온을 견디는 '화로'의 노하우는 천금의 가치가 있을 것이다.

남대륙에 비해 북대륙의 기술이 전반적으로 앞서 있다는 것은 주지의 사실이다. 심지어 프레야 공주의 말이 틀리지 않다면 웁살라 왕국은 북대륙에서도 제철에 관해서는 톱클래스를 자랑하는 기술 입국이라는 것이다.

그렇다면 화로에 관해서도 카파 왕국보다 앞서 있을 것이다.

그러나 라파엘로 마르케스는 아쉬운 듯이 작게 한숨을 쉬며 고개를 저었다.

"무리입니다. 애초에 그 '황금나뭇잎호'에는 무기 수리나 화살촉을 제작할 수 있을 정도의 기술을 가진 사람이 몇 있지만 본격적인 대장장이는 없다고 합니다. 그리고 만약 본업이 대장장이라도 철을 두드려 철제품을 만드는 일과 철광석을 제철하는 것과 제철용 화로를 만드는 일은 전혀 별개의 기술이라는군요."

조금 생각해 보면 당연한 얘기다. 기술이라는 것은 진보하면 할수록 세분화되기 마련이다.

수많은 장인들 중에는 강한 장인 정신을 가지고 화로 작업부터 지시를 내려 철광석을 자신의 눈으로 음미하고 스스로의 힘으로 제철한 철을 두드려 무기를 만드는 완고한 자도 있겠지만, 그건 아마도 인간문화재쯤 되는 희소한 인재일 것이다.

그런 인재가 '황금나뭇잎호'에 탔을 리 만무하고, 앞으로 웁살라 왕국과의 교역이 본격화되어도 카파 왕국까지 와 줄 가능성은 없을 것이다.

"앞으로 대륙간 무역이 궤도에 오르면 싹이 보일 수도 있겠지만, 당분간은 전혀 가능성이 없다고 생각하시는 편이 좋지 않겠습니까."

라파엘로는 말투만은 온화하지만 단호하게 잘라 말했다.

"그런가."

젠지로는 유감이긴 해도 그다지 기대하지 않았기에 낙담하지 않고 라파엘로의 의견을 받아들였다.

"그렇다면 화로에 관한 협상은 일단 중지다. 어차피 오늘 내일 끝낼 얘기가 아니라면 나중에 내가 직접 아우라 폐하께 말씀드려서 판단을 듣지."

"예, 알겠습니다."

시원스럽게 대답하는 라파엘로에게 젠지로는 시선을 향하고 속으로 중얼거렸다.

(뭐랄까, 정말 유능하네, 이 사람. 너무 유능해서 부리는 내가 유능하다는 착각에 빠질 정도니, 솔직히 조금 무서워.)

여하튼 '이런 조건으로 협상하라'거나 '이런저런 일에 관해 캐 보라'고 명하면 며칠도 안 가서 간결한 결과를 제출하는 것이다.

물론 모든 협상이 일사천리로 진행되는 것도 아니고, 아무 정보라도 캐내 오라는 것도 아니다.

그러나 라파엘로의 유능한 점은 그런 경우에 '상대방은 이 이상 양보할 생각이 없는 것 같다'거나 '이 이상 파고들어 정보를 수집하면 이쪽의 의도가 간파당할 위험이 있다'는 등, 상황에 따라 적확한 예상과 판단을 말하는 것이다.

덕분에 젠지로 앞에는 간결한 몇 가지 선택지와 각각의 선택지를 택할 경우의 정확도 높은 예상이 놓이게 되는 것이다.

젠지로가 할 일은 그 선택지 중에서 가장 아우라에게 이익이 될 만한 답안을 고르는 것이다. 이건 외교 교섭이라는 어마어마한 일이라기보다는 힌트 기능이 붙은 어드벤처 게임을 즐기는 것이나 마찬가지다.

(정말이지, 겉모습은 수수하지만 협상능력, 통찰력, 판단력은 상당히 높아. 문제는 결단력이 없다는 것인가. 아니…… 결단력이 없다기보다 책임지는 것을 극도로 기피한다는 점이랄까?)

젠지로는 속으로 눈앞의 고위 귀족을 그렇게 평했다.

굳이 말하자면 '지극히 유능한 관료'적인 인물이다.

맡은 임무는 완벽하게 해내지만 윗사람이 지시하지 않는 한 자주적으로 움직이는 일은 없다. 그리고 어떠한 경우에도 최종적인 책임은 본인이 아니라 자기 외의 누군가 지는 위치를 확보한다.

"다른 문제는 없는가? 만약 예기치 못한 사태가 생길 경우는 곧바로 내게 연락을 주게. 내가 아우라 폐하께 직접 말씀드리고 지시를 받겠네."

젠지로는 그렇게 다짐을 두었지만 이건 거의 거짓말이다. 사실은 웬만큼 엇나간 사태에 빠지지 않는 한 젠지로는 아우라의 지시를 필요로 하지 않는다.

이곳에 오기 전에 그만큼 면밀히 의견을 나눴고, 그 내용의 범주 안에 있는 일이라면 젠지로 자신의 판단으로 즉시 결정을 내릴 수 있다.

　그러나 젠지로에게 그런 판단력이나 판단을 드러낼 권력이 있다는 '오해'를 받으면 곤란하기에, 대외적으로는 시종일관 수도에 있는 아우라의 의견을 구하는 모습을 유지하지 않으면 안 된다.

　"네…… 알겠습니다."

　그런 국서와 여왕의 내막을 아는지 모르는지, 라파엘로 마르케스는 온화한 미소를 지은 채 정중하게 절하는 것이었다.

[막간2] 남겨진 흔적, 찾을 수 없는 용의 자취

소금 가도의 안전 확보에 분투하는 푸죠르 장군이 이끄는 국왕군과 사비에르 가질이 이끄는 가질 변경백군은 모든 병사들이 분전한 보람이 있어 순조롭게 산 사냥을 계속해 나갔다.

사냥꾼들의 조언을 듣고 거대 군룡의 흔적이 있다고 짐작되는 얕은 산을 도로 쪽에서부터 반포위하듯이 병사를 배치하고 서서히 포위망을 좁혀 나갔다.

물론 말처럼 간단한 일은 아니다. 도로에서 한 발짝만 들어가면 바로 미로나 마찬가지다.

빽빽하게 자란 나무들은 사람을 열 발짝도 똑바로 나아가지 못할 정도인 데다, 가슴께까지 자란 풀들은 겨우 조금밖에 드러나지 않은 피부를 베고 또 베었다. 나무와 나무 사이에 뻗은 덩굴은 보기보다 질겨서 길을 막았고, 풀숲 아래 숨은 벌레들 중 일부는 사람을 쏘는 독침이 있다.

때문에 병사들은 긴 소매에 긴 바지 옷을 입고 가죽 장화와 작업용 장갑까지 낀 후덥지근한 차림으로 묵묵히 낫을 휘두르는 처지가 됐다.

두말할 필요도 없이 카파 왕국은 덥다. 지금은 혹서기는 아니라서 그나마 덜하지만, 그래도 한낮의 최고기온은 무조건 30도를 넘는다. 그런 와중에 얼굴만 밖으로 드러낸 차림으로 끊임없이 몇 시간씩 낫을 휘두르다 보면 훈련이 잘 된 직업군인이라도 피폐해지지 않을 수 없다.

줄곧 허리를 굽힌 자세를 유지해야 하는 풀베기는 해 본 사람만이 알 수 있는 중노동이다. 게다가 그 복장으로는 땀이 전부 안에 갇힌다. 한 시간만 해도 옷은 땀이 배어 원래 무게의 몇 배로 무거워진다.

땀 범벅이 된 피부가 가려운지 병사들은 낫을 들지 않은 손으로 자꾸만 몸을 여기저기 긁어대지만, 안타깝게도 두꺼운 옷 위로 장갑을 낀 채 긁어 보아야 가려움이 나아질 리 없다.

원래 이런 단순 작업을 원만하게 진행하기 위한 좋은 방법 중 하나는 노래를 부르는 것이다. 노래를 함으로써 작업에 리듬이 생기고, 단순하고 고통스러운 육체노동의 괴로움을 다소나마 잊을 수 있는 것이다.

그러나 애석하게도 이곳에서는 노래를 흥얼거리기는커녕 큰 소리를 내는 것도 금지다. 왜냐하면 이건 '풀베기'가 아니라 '산 사냥'이기 때문이다.

정말로 '베어야' 할 것은 풀이 아니라 군룡인 것이다. 큰 소리로 합창을 하다간 군룡이나 그밖의 공격적인 용이 습격해 올 조짐을 눈치채지 못하게 된다.

때문에 많은 병사들은 땀과 진흙과 풀물 범벅이 되어서도 작은 목소리로 불평을 하는 정도밖에 스트레스를 발산할 길이 없었다.

그런 병사들의 흙투성이 노력이 결실을 보아 당초 예정의 반 정도까지 산 사냥이 진행됐을 즈음이었다.

"뭐야? 한 번 더 말해 봐라."

군룡 토벌 지휘관, 푸죠르 기젠 장군은 새파래진 얼굴로 덜덜 떠는 텁석부리 사냥꾼을 무섭게 노려보며 그렇게 말했다.

"히익……!"

푸죠르 장군에게는 전혀 악의가 없었지만 상대방은 식겁했다.

그도 그럴 것이 푸죠르 장군은 카파 왕국에서 그 이름을 모르는 자가 없는 대장군이자, 나라 안에서도 손에 꼽는 명문귀족의 현 당주이자, 2미터에 가까운 신장과 100킬로를 훌쩍 넘는 단련된 거구의 전사다.

그럴 마음만 있으면 언제라도 자신의 목을 칠 수 있는 권력과 완력을 동시에 갖춘 사람이 노려보는데 비명을 지르는 사람을 '겁쟁이'라고 할 수는 없는 노릇이다. 그냥 평범한 감성을 지닌 사람이라는 얘기다.

다행히 푸죠르 장군은 눈앞에 선 사람의 표정을 읽지 못할 만큼 우둔한 남자가 아니다.

"음……"

열병에 걸린 것처럼 덜덜 떠는 턱석부리 사냥꾼을 내려다보는 거한의 장군은 무심코 눈썹을 찡그리며 불쾌감을 드러낼 뻔하다가, 자신이 그런 표정을 지으면 이 상황을 더욱 악화시킨다는 것을 알았기에 애써 무표정을 유지했다. 그리고,

"사비에르 경! 이 자는 경의 부하 아닌가. 경이 이야기를 듣고 내게 보고해 주게."

그렇게 등 뒤에 선 젊은 귀족에게 바통을 넘겼다.

이는 어떤 의미에서 후퇴 선언이라 해도 좋다. 자기 자신은 아무리 해도 눈앞에서 떨고 있는 이 턱석부리 남자를 안정시킬 수 없다. 그렇게 깨달은 것이다.

무리한 얘기도 아니다. 사자가 아무리 우호적인 미소를 지으며 얼굴을 핥아도 사슴이나 토끼가 사자에게 마음을 허락할 리 없다.

"예, 알겠습니다."

요즘 거의 푸죠르 장군의 부하로서의 언동이 자리 잡은 사비에르 가질은 척하면 척인 양으로 기분 좋게 대답하는 것이었다.

그 뒤, 푸죠르 장군은 가설 텐트 안에서 사비에르 가질의 입을 통해 턱석부리 사냥꾼의 보고를 듣게 되었다.

산 사냥 도중에 우연히 발견한 비교적 널찍한 장소를 '흙 조작' 마법으로 평평하게 다듬고 '토벽' 마법으로 가설 텐트를 세웠기에 그 안은 지극히 좁았다.

푸죠르 장군과 그 부관, 사비에르 가질과 기사 죠제프. 불과 네

명인데도 몹시 비좁았다. 특히나 푸죠르 장군은 혼자서 두 명 분의 덩치와 중량이다.

"보고를 듣지. 사비에르 경, 그 남자한테서 이야기를 들었는가?"

흙마법으로 만든 즉석 의자에 앉은 푸죠르 장군의 말에 사비에르 가질은 등줄기를 곧게 편 직립부동의 자세로 입을 열었다.

"옛, 가까스로 안정하고 이야기를 해 주었습니다."

의자에 걸터앉은 거한의 장군과 일어선 왜소한 차기 변경백. 슬프게도 두 사람의 시선은 거의 같은 높이였다.

푸죠르 장군은 사비에르의 말에 드물게도 쓴웃음을 보였다.

"미안하군. 알고는 있지만 나는 아무래도 남을 겁주게 돼 버려서. 옛날엔 고치려고도 해봤지만 지금은 아예 포기했지."

푸죠르 장군은 핸섬하다고 할 수 있을 만큼 생김새가 단정했지만, 다정함이라고는 눈곱만큼도 없는 무인의 얼굴 그 자체였다.

덕분에 '상대방의 경계심을 푼다'는 행위는 푸죠르 장군에게는 몇 안 되는 절대적으로 어려운 분야 중 하나이다.

처음으로 듣는 영웅의 약한 소리에 사비에르는 대답이 궁해졌다.

"아, 아뇨, 네. 누구나 못 하는 건 있으니까요……"

자신의 불평이 이 장래 유망한 젊은이를 곤란하게 만들었음을 깨달은 푸죠르 장군은 방금 한 말을 없었던 것으로 치고 대화를 이었다.

"그러면 보고를 듣지. 저 남자는 무엇을 진언하려 했던 것인가?"

푸죠르 장군의 말에 자세를 고쳐 선 사비에르는 진지한 표정으로 말하기 시작했다.

"저 자가 말하기를, '이 산에는 이미 군룡이 없을 가능성이 높다'는 것입니다."

텁석부리 사냥꾼은 사비에르가 자기 영지에서 데려온 숙련된 사냥꾼이다. 군룡을 비롯해 야생 용류의 습성에 관해서는 이곳에 있는 누구보다 탁월한 전문가다.

그 전문가의 말을 가벼이 여길 만큼 푸죠르 장군은 우둔한 사람이 아니다.

"으음. 역시라고 해야 할지, 예상 밖이라 해야 할지."

그렇게 푸죠르 장군이 중얼거린 건 문외한이면서도 현재 상황에 위화감을 느끼고 있었기 때문이다.

산 사냥을 시작했을 때는 나름대로 출몰했던 군룡들을 최근엔 거의 만나지 않게 된 것이다.

단순하게 생각해도 이건 이상하다. 산 사냥을 진행중이라는 반포위의 반경이 점점 좁아진다는 얘기다. 그 포위망 안에 거대 군룡이 이끄는 무리가 있다면 맞닥뜨리지 못하는 게 이상하다. 오히려 포위망을 좁힌 만큼 자주 맞닥뜨려야 하는 것이다.

사비에르는 설명을 계속했다.

"지금까지 발견된 군룡의 똥이나 먹이 찌꺼기, 발톱 자국이나 발자국을 보아 이 산에 수백 단위의 군룡이 있던 것만은 확실하다고 합니다. 그 중에 명백히 상식 범위를 넘는 커다란 발자국과 발톱 자국도 있으니 '거대 군룡'도 이 근처에 잠복해 있었을 것입니다. 하지만 여기까지 포위망이 좁혀진 지금, 반대로 만나는 확률이 적어졌다, 라기보다 최근 3일 동안은 아무도 군룡의 흔적을 보지 못했습니다. 그건 이미 군룡들이 이 산을 버리고 도망쳤다는 얘기다, 라고 그 남자는 말했습니다."

지나치게 바짝 쫓으면 짐승도 도망치려 한다. 당연한 얘기다.

그러나 그 점을 이해하면서도 도망갈 길이 있는 '반포위'를 선택한 것은 물리적으로 완전 포위가 어렵다는 문제도 있지만 베테랑인 텁석부리 사냥꾼이 전에 '일단 그리 해도 문제없다'고 큰소리를 쳤기 때문이다.

푸죠르 장군은 만약 이 자리에 텁석부리 사냥꾼이 있었다면 심장마비를 일으켜도 이상하지 않을 만큼 날카로운 눈빛과 목소리로 추궁했다.

"그게 무슨 소린가? 내가 들은 얘기로는 큰 무리의 군룡이 배를 채우고 잠잘 수 있는 영역은 그리 흔하지 않다. 그래서 군룡은 웬만한 일이 아니면 '영역'을 포기하지 않는다고 들었는데, 그게 틀렸다는 건가?"

그것이 반포위에서 타협한 이유이다.

생각해 보면 당연한 얘기지만 인간에게는 미지의 땅이더라도 밀림에는 다종다양한 생물이 산다. 치열한 영역 경쟁이 있는 것이다.

좋은 먹이 사냥터, 좋은 물가, 그리고 안심하고 알을 품을 수 있는 좋은 둥지. 그러한 조건을 갖춘 장소는 예외 없이 강력한 용류의 영역이 된다.

일정한 머릿수를 갖추고 사냥을 하는 군룡은 용류 중에서는 강한 축에 속하지만 만물의 포식자인 것은 아니다.

강룡(剛龍), 대룡(大龍), 아룡(牙龍) 등, 군룡이 평범하게 싸우면 이기지 못하는 종류도 꽤 있다.

그래서 보통 군룡은 인간에게 토벌당할 위기에 처해도 마지막까지 영역을 버리지 않고 저항하는 길을 택한다. 밀림 깊숙이 도망친다고 해도 생존으로 이어지지 않는다는 걸 알기 때문이다.

사비에르는 부쩍 긴장한 표정으로 침을 삼켰지만 날카롭게 질문해대는 푸죠르 장군에게 가까스로 목소리를 억누르며 대답하는 데성공했다.

"예, 그 자가 말하기를, 정말로 거의 없는 일이지만 군룡이 사냥터와 물가를 버리고 도주를 꾀하는 일이 있다고 합니다. 군룡이 절대로 이길 수 없는 적, 예를 들면 황룡(皇龍)이나 폭룡(暴龍) 등이 영역을 빼앗으러 오면 군룡들은 이길 수 없는 싸움을 하기보다 한 줄기 희망을 걸고 무리가 통째로 신천지를 찾아 길을 떠난다는 것입니다."

"즉, 황룡, 폭룡에 필적하는 대형 육식용이 이 부근에 숨어 있다는 건가?"

그렇다고 하면 큰일이다. 군룡 퇴치와는 차원이 다른 대 사건이다. 그러나 그 걱정을 사비에르는 고개를 저어 부정했다.

"아니요. 그 자는 '그건 절대 있을 수 없다'고 부정했습니다. 지금까지 산 사냥에서 발견한 똥, 발자국, 발톱 자국, 먹이 찌꺼기 등을 봤을 때도 이 부근에 육식용은 그 군룡 일파 외에는 없다는 것입니다."

"으음……"

푸죠르 장군은 턱에 손을 대고 생각에 잠겼다.

군룡이 영역을 포기하는 일은 웬만해선 없다. 그러나 현재 상황에서는 군룡이 영역을 포기하고 갔다. 군룡이 영역을 포기하는 드문 경우란 황룡이나 폭룡 등 군룡이 절대 이길 수 없는 적이 영역을 빼앗으러 온 경우.

그러나 현재 영역 근처에 군룡 이외의 육식용의 흔적은 보이지 않는다.

필요한 정보는 모두 갖춰졌다. 푸죠르 장군이 얼마 지나지 않아 정답에 이르렀다.

"즉, 이런 얘긴가? 그 거대 군룡은 우리 인간의 군대를 '절대 이길 수 없는 적'으로 간주하고 도주했다."

푸죠르 장군의 말에 사비에르는 진지한 표정으로 고개를 끄덕였다.

"예. 단언은 할 수 없지만 그것 외에는 생각하기 어렵다, 라고 말했습니다."

처음엔 사람을 먹이로 잡아먹었던 용이 대대적인 반격을 받고 사냥터를 버리고 도망쳤다.

말하자면 지극히 동물적인 행동이지만 군룡 본래의 습성에서 크게 벗어난 행동이라는 것이다. 당한 입장에서 보면 황당하기 그지

없다.

"무서우리만치 결단과 행동이 빠른 녀석이군. 내 부하라면 합격점을 줄 결단력이다."

포기가 빠르고 퇴각할 때를 잘 아는 적이란 그만큼 성가신 법이다.

푸죠르 장군의 평가에 동의를 표하면서 사비에르는 설명을 계속했다.

"어쨌거나 이 산 사냥을 끝낸 시점에서 더 이상 군룡이 발견되지 않는다면 녀석들이 영역을 포기했다는 가설이 들어맞았다고 봐도 된다고 생각합니다. 그렇게 되면 일단 우리는 임무를 다했다고 봐도 괜찮지 않겠습니까."

"확실히 그래. 우리의 임무는 군룡의 토벌이 아니다. 소금 도로의 안전 확보다. 소금 도로에 군룡이 나타나지 않게 되면 그걸로 임무 달성이라고 할 수도 있겠지. 그러나 이걸로 정말 문제가 없겠는가? 우리가 이곳을 떠난 뒤에 군룡 놈들이 돌아오면 차마 눈 뜨고 볼 수 없을 텐데?"

푸죠르 장군의 그 걱정에 관해서도 이미 사냥꾼의 의견을 들은 모양으로, 사비에르는 당황하지 않고 대답했다.

"네. 그럴 염려는 확실히 있다고 합니다. 그러나 그 이상으로 문제인 것은 이렇게 영역에 난입이 있었을 경우 밀림 전체가 '망가진다'는 것이라고 합니다."

"망가져?"

"네. 영역 싸움이라는 것은 때로 원주민과 침략자 둘만의 문제로 끝나지 않는다는 것입니다. 패자가 목숨을 잃으면 다행이지만 패자가 죽지 않고 도망친 경우, 또 다른 곳에서 영역 싸움이 일어나지요. 그곳에서도 패자가 죽지 않으면 또 그 패자가 다른 곳으로 흘러들어가서 또다시 영역 싸움을…… 그렇게 꼬리에 꼬리를 물고 언제까지고 끝나지 않는 일도 있다고 합니다."

"그건 우리들만으로 대처할 수 있는 문제가 아니잖나."

푸죠르 장군은 이번에야말로 질렸다는 듯이 그 넓은 어깨를 으쓱했다.

무엇보다 군룡이 되돌아올 가능성이 제로가 아니라면 푸죠르 장군의 부대는 이곳을 놔두고 갈 수 없다.

그러나 한편으로 도망친 군룡의 영역 싸움이 밀림에 여파를 일으킨다면 수도에 있는 여왕 아우라에게 보고를 하지 않을 수 없다.

영역 싸움이 밀림 속에서 완결되어 준다면 다행이다. 그러나 만에 하나 소금 도로에서 밀림으로 군룡을 몰아넣은 탓에 발생한 영역 싸움이 다른 지역에 영향을 미친다면 큰일이다.

사비에르는 조금 전에 자신들의 임무는 '소금 도로의 안전 확보'라고 말했다. 그런 인식이 잘못된 것은 아니다.

그러나 국군의 장군이라는 지위에 있으며 나라의 기둥이라는 자각이 있는 푸죠르 장군은 표면적인 임무가 완수된 시점에서 직무를 다했다고 할 수는 없음을 안다.

생각을 굴려 신속하게 결단을 굳힌 역전의 장군은 가만히 있어도 날카로운 시선에 잔뜩 힘을 주고 입을 열었다.

"일단 산 사냥은 예정대로 마친다. 전문가의 말을 의심할 여지는 없지만 확실한 증거 없이 결정할 수 있을 만큼 가벼운 사안은 아니다. 그리고 사비에르 경."

"옛."

"귀공은 그 사냥꾼을 데리고 수도로 가게. 사비에르 경의 이름이 있으면 아우라 폐하 앞에 직접 사냥꾼을 데리고 갈 수 있을 것이다. 직언하고 폐하의 지시를 받게."

예상 밖의 명령에 나이에 비해서는 총명한 사비에르도 당혹감을 감추지 못했다.

"예, 하, 하지만, 직접 말입니까? 아우라 폐하께 정보를 전하려면 요새에서 '소비룡'을 날리는 편이 빠른데다가, 전 제 부대가……"

"소비룡은 안 돼. 내용이 지나치게 복잡하다. 일방적인 서면으로 보고하면 내용이 와전될 위험이 있다. 건너 듣는 것도 마찬가지. 반드시 사냥꾼의 입으로 직접 폐하께 전해야 해. 그런 부분에 관해서는 폐하도 융통성이 있는 분이다. 귀공의 부대는 일시적으로 죠제프 공에게 맡기게."

그 말투에서 이것이 이미 부동의 결정 사항임을 눈치챈 사비에르는 옆에 선 기사 죠제프와 순간 눈과 눈으로 소통한 후 자세 바르게 경례했다.

"예, 받들겠습니다. 산 사냥이 끝나는 대로 수도로 향하겠습니다."

그렇게 고하는 사비에르에게 푸죠르 장군은 고개를 가로젓고는

"아니, 귀공은 산 사냥이 끝나길 기다리지 말고 떠나라. 이 일은 일각을 다툴 가능성이 있다. 산 사냥을 마친 시점에서 우리도 왕령 경계의 요새로 돌아가 '소비룡'을 날리겠다. 주룡과 소비룡의 속도 차이를 생각하면 귀공이 수도에 도착할 때와 별 차이 없이 '소비룡'이 왕도에 도착할 것이다. 물론 '소비룡'이 가져갈 편지에는 귀공이 곧 당도할 것임을 적겠다. '소비룡'과 귀공의 도착이 조금 어긋날지는 모르나 그건 그쪽에서 조정해 주게."

그렇게 거듭 명령했다.

사태는 일각을 다툰다. 그 말이 비유가 아님을 감지한 사비에르는 경직된 표정으로 다시 한 번 경례했다.

"예, 알겠습니다. 곧 출발하겠습니다!"

그리고 그 말을 증명하듯이 사비에르는 잰걸음으로 텐트에서 물러나는 것이었다.

[제4장] **연쇄 작용이 도달한 곳**

"굉장해. 이건 압도당하겠는데……"

그 날, 발렌티아에 와서 처음으로 항구를 찾은 젠지로는 돛대 네 개의 대형 범선을 올려다보고 감탄의 소리를 질렀다.

항구에 정박해 있는 대형 범선. 그 이름도 '황금나뭇잎호.' 실제로는 대형이라곤 해도 어디까지나 이쪽 세계의 기준에 불과해 젠지로가 초등학교 수학여행 때 탄 페리의 반 정도밖에 되지 않았지만, 장대한 돛대 넷이 당당히 뻗은 모습에는 숨 막히게 하는 박력이 있었다.

갑판에서 뱃바닥까지 모든 것을 목재만으로 만든 범선은 실용성 제일주의로 만들어졌을 터인데도 보는 사람을 매료시키는 기능미의 집합체다.

그런 감탄의 마음이 말끝에서 느껴진 것이리라.

"네, 보십시오, 젠지로 님. 우리나라가 자랑하는 최신예 함, '황금나뭇잎호'입니다."

곁에 선 프레야 공주는 자랑스러운 미소를 감추지도 않고 가슴을 펴고 자신의 배를 자랑했다.

해풍이 시원하다고는 해도 직사광선과 흰 돌바닥에 반사되는 빛이 강렬한 이 부근은 상당히 더울 텐데도 지금 프레야 공주에게 더위에 힘겨워 하는 모습은 보이지 않았다.

"훌륭한 배군요. 이건 가로돛과 세로돛이 각각 두 개씩인 겁니까?"

"보통은 그렇습니다만, 이 '황금나뭇잎호'의 뛰어난 점은 그럴 필요가 있으면 해상에서도 비교적 단시간에 돛을 바꿔 올릴 수 있다는 것입니다."

시선을 '황금나뭇잎호'로 향한 채 젠지로와 프레야 공주는 대화를 나눴다.

"그러면 맞바람일 때는 네 개 모두 세로돛으로, 순풍일 때는 전부 가로돛으로 하는 것이 가능하다는 얘기입니까?"

"그렇습니다. 하지만 해상에서 돛을 바꿔 달 수 있다고는 해도 그러기엔 시간도 품도 꽤 들고 무엇보다 위험이 많기 때문에 실제로는 절대로 바람 방향이 바뀌지 않는다는 확신이 없는 한, 가로 두 장 세로 두 장을 유지하고 있습니다."

"과연."

거기까지 대화를 나눈 뒤 젠지로는 이윽고 시선을 옆에 선 프레야 공주에게 향했다.

"그러고 보니 오늘은 그 복장이군요. 역시 배 가까이에 가기 때문입니까?"

프레야 공주의 옷차림은 처음 만났을 때와 같은 '남장'이었다.

남자용 바지와 커다란 옷깃이 눈에 띄는 흰 셔츠. 그 위에 걸친

긴 외투와 두꺼운 벨트. 이전과 다른 부분은 그 가죽 벨트에 장식이 들어간 단검을 찼다는 점 정도일까.

그러나 '남장'은 어디까지나 표면적인 행세일 뿐 몸의 곡선을 전혀 감추지 않았으며, 자세히 보면 얼굴에도 가볍게 화장을 했다. 실로 어중간한 '남장'이라는 점도 전과 마찬가지다.

'어째서 그녀는 이런 차림을 하는 것일까?' 라는, 전에는 차마 묻지 못했던 의문을 젠지로의 표정에서 읽어낸 것일까. 프레야 공주는 웃으며 대답했다.

"실은 우리 웁살라 왕국에서는 배가 여성의 인격을 가졌다고 믿습니다. 때문에 배의 반려라고 할 수 있는 '선장'이 될 수 있는 사람은 독신 남성뿐입니다. 그래서 기혼인 남자 선장은 출항 전에 형식적으로만 아내와 이혼하고, 여자 선장은 저처럼 배에 가까이 갈 때는 반드시 남장을 하는 것입니다."

"과연, 그랬군요. 왠지 이상한 풍습이네요. 아, 아니, 전하의 조국의 전통을 비하할 생각은 아닙니다만."

듣기에 따라서는 다른 나라에서 굳게 믿고 지키는 전통을 일종의 미신으로 치부했다고도 들리는 자신의 발언에 대해 젠지로는 약간 낭패했다는 듯이 변명했다.

그런 젠지로의 태도가 재미있었는지 프레야 공주는 작게 쿡쿡 웃고는,

"아뇨, 신경 쓰지 마십시오. 사실 저도 이게 단순한 미신이라는 것을 압니다. 단지 뱃사람은 미신 신봉자가 많아서 이런 오래된 관행

을 좀처럼 철폐할 수가 없답니다."

"아아, 그건 그렇겠군요. 실제로 선원들이 믿고 있는 신념을 함부로 깨면 정신적으로 영향을 미쳐서 평소에 하지 않는 실수를 할 가능성도 있지요."

젠지로의 말에 프레야는 바로 그렇다는 듯이 크게 고개를 끄덕였다.

"그렇습니다. 미신에 대한 믿음이 지나치게 강한 선장도 있지요. 선원들이 항해 중 들른 항구 도시에서 환락가를 드나드는 동안에도 선장은 혼자서 외롭게 자위……"

"고, 공주님!?"

또 분위기에 들떠서 이것저것 공주님답지 않은 말을 하려는 프레야 공주를 뒤에 선 장신의 여전사가 새파래진 얼굴로 말렸다.

왕족끼리의 대화에 끼어드는 건 아무리 측근이라고 해도 불경한 일이지만 여기서 주군의 대사를 끝까지 하게 놔두는 것보다는 타격이 적으리라고 판단한 것이리라.

실제로는 이미 한 발 늦었지만 예의 바른 젠지로는 못 들은 척 하고 있다.

프레야 공주도 뒤늦게 뺨을 붉히며 고개를 숙였다.

"죄송합니다, 젠지로 님. 선상에서의 생활이 길어진 탓에 조금 해이해져 있었습니다. 못 들은 것으로 해 주십시오."

젠지로는 프레야 공주의 등 뒤에 정렬해 있는 '황금나뭇잎호'의 선원들에게 눈길을 주고 내심 납득했다.

거기에 서 있는 남자들은 말 그대로 '바다의 난폭자'라는 표현이 딱 어울리는 거구들뿐.

여자로서는 파격적인 신장인 스카디보다 큰 남자도 적지 않았다. 북대륙 북방의 사람들답게 머리카락이나 눈동자 색은 엷지만 피부는 전원 구릿빛으로 빛난다. 머리카락도 부스스하고 수염도 제멋대로 자랐다. 남대륙 사람에 비해 눈이 깊고 쏙 들어간 생김새 때문에 모두가 험상궂다고 할 정도로 박력을 내뿜고 있었다.

이런 거칠어 보이는 무리와 120일 이상을 한 배에서 지낸 것이다. 품위 있는 공주님이 다소 영향을 받아 상스러운 지식을 습득한 것도 이해가 된다.

(왠지 이 공주님의 경우 처음부터 '다소곳한 공주님'은 아니었을 것 같지만.)

젠지로는 전에 오찬회에서 프레야 공주와 나눴던 대화를 떠올렸다. 그 때 프레야는 엄연한 협상 상대였다. 사전 협상을 라파엘로에게 맡기고 간략한 선택지를 고르면 되는 자신과는 달리, 프레야 공주는 모든 협상에 스스로 임해 온 것이다.

스무 살도 되지 않은 공주님이 할 수 있는 일이 아니다.

젠지로가 스스로를 질책하듯이 그렇게 마음속으로 중얼거린 바로 그 때였다.

캉, 캉, 캉 하는 머릿속에서 직접 울리는 것 같은 커다랗고 드높은 종소리가 발렌티아 시내 전역에 울려 퍼졌다.

그 소리가 정확히 무엇을 의미하는지 알지 못하는 젠지로도 순간

'뭔가 큰 일이 났음'을 이해할 정도로 놀라운 소리였다.

"다미안! 저 소리는 대체 뭔가!?"

반사적으로 움찔 몸을 떤 젠지로는 휙 뒤로 돌아서 이 도시에 대해 가장 잘 아는 남자——발렌티아 공작령 대관 다미안에게 물었다.

국서의 목소리에 재빨리 앞으로 나온 중년 귀족은 조금 새파랗게 질린 얼굴로 말했다.

"예, 저건 '습격'을 알리는 종소리입니다. 저 소리는 동쪽 종이니까 배가 아니라 산 쪽에서 뭔가 이변이 일어난 것 같습니다."

이곳 발렌티아는 남대륙 서부의 항구도시다. 서쪽은 바다지만 동쪽은 산, 정확히는 꽤 높직한 밀림이 펼쳐져 있다. 그쪽의 종이 울렸다는 것은 산에서 문제가 생겼다는 이야기다.

"산에 이변?"

완전히 예측하지 못한 사태다. 하지만 애초에 할 수 있는 게 별로 없는 젠지로는 이럴 때 결단을 주저하는 일이 없다.

"나는 저택으로 돌아가겠다. 이 자리는 다미안에게 맡긴다. 라파엘로는 나와 다미안 사이를 중계하게. 단, 현장의 다미안이 귀공의 도움을 필요로 할 때는 나에게 보고하는 일을 뒤로 미뤄도 된다. 허나 발렌티아 공작 저택을 수비하기 위한 병사를 충분히 남기도록."

즉, '나는 저택에 틀어박힐 테니 뒤를 부탁한다. 날 지키는 데에도 만전을 기해 달라'고 말한 것이다.

완전히 노골적인 선언이긴 해도, 젠지로도 이런 일에 문외한인 주제에 직함만 그럴듯한 자신이 설치면 오히려 방해만 될 뿐이라는 걸

이해하고 있다. 젠지로가 할 수 있는 최선의 기여는 다른 이들을 방해하지 않는 것이다.

실제로 젠지로의 그 말에 발렌티아 공작령 대관 다미안은 눈에 보이게 안도한 표정을 지었다.

"알겠습니다. 그러면 실례하겠습니다."

그렇게 말하고는 서둘러 젠지로 앞에서 물러갔다.

"다미안 경, 함께 갑시다. 젠지로 님, 실례하겠습니다."

이어서 라파엘로도 평소의 온화한 미소를 지우고 진지한 표정으로 발렌티아 대관의 뒤를 따라갔다.

"…………"

남겨진 젠지로는 빠른 걸음으로 사라져 가는 남자들의 뒷모습을 한동안 지켜본 후 프레야 공주 쪽으로 돌아섰다.

"들으신 대로 예측치 못한 사태가 발생했습니다. 저는 저택으로 돌아갑니다. 프레야 전하도 동행 부탁합니다."

"네. 알겠습니다."

프레야 공주는 침착한 말투로 그렇게 대답하는 것이었다.

———————◆———————

그 날 저녁.

젠지로는 발렌티아 공작 저택의 한 방에서 마침내 보고를 하러 온 라파엘로 마르케스로부터 사건의 전말을 듣고 있었다.

"오래 기다리셨습니다. 젠지로 폐하."

"아니, 괜찮네. 현장을 우선하라고 명령한 건 나니까. 상황이 일단 안정된 모양이로군. 보고를 듣지."

의자 위에서 등을 곧게 펴고 있는 힘껏 위엄 있게 행동하면서도 젠지로의 속내는 이미 초조감으로 터질 듯했다.

호위병의 지시대로 젠지로는 저택의 가장 안쪽 방에서 가만히 있었지만, 그래도 바깥의 소란스러움이 들려왔다.

"뭐라고!?"라거나 "말도 안 돼!?"와 같은 외침과 "부상자를 운반해!"라거나 "몇 명 당했어?"라는 문답을 듣고 있자니 바보가 아닌 이상 엄청난 위험이 발렌티아를 덮쳤음을 알 수 있었다.

뿐만 아니라 평소엔 단검이나 단창처럼 휴대성이 뛰어난 '호신용 무기'만 지니던 병사들이 활과 장창 같은 '전투용 무기'를 손에 들고 정원을 경비하고 있다.

솔직히 놀라서 금속성 비명을 지르지 않은 것만으로도 잘 견뎠다고 젠지로는 생각했다.

어쨌든 기다리고 기다린 라파엘로의 상황 보고를 젠지로는 마른 침을 삼키며 들었다.

저 라파엘로가 웃음을 완전히 거둔 진지한 얼굴인 것만으로도 이미 내용의 심각성을 예상할 수 있었다.

"결론부터 말씀드리면 이번 소동은 발렌티아 근교 농촌에 나타난 '군룡'이 원인입니다."

예상대로 라파엘로의 입에서 나온 보고는 엄청난 것이었다.

발렌티아는 카파 왕국의 유일한 무역항이자 가장 큰 어항이자 소금 생산지이기도 하다. 즉 그만큼 많은 사람이 이곳에서 생활한다는 의미다. 그리고 이는 필연적으로 그 인구가 먹고 살기 위한 식량이 필요하다는 얘기다. 그래서 발렌티아 주변에는 나름대로 많은 수의 농촌 마을이 존재한다.

그 농촌 중 하나가 '군룡'의 습격을 받았다는 것이다.

숨을 삼킨 젠지로는 정신을 차리기 위해 한 번 심호흡을 하고 짧게 물었다.

"피해는?"

"막대합니다. 인적 피해는 현재 확인된 것만 21명. 가축은 옮기기 쉬운 소형 육룡을 중심으로 거의 전멸. 작업용 둔룡도 대부분이 잡아먹혔습니다. 저 마을은 이제 자력으로는 다시 일어나지 못할 것입니다."

인적 피해도 물론 크지만 가축이 전멸했다는 것은 어떤 의미에서는 그 이상의 타격이다. 가축이 없으면 마을은 움직이지 못한다. 이대로 가면 살아남은 마을 사람들도 머지않아 굶어 죽거나 가난 때문에 그 뒤를 따르게 될 것이다.

이쪽 세계에는 자연재해와 같은 피해를 입은 국민에 대해 보상을 약속해 주는 법률이 존재하지 않는다. 이런 시대의 구호는 전적으로 영주의 도량에 달려 있다. 발렌티아의 경우 발렌티아 공작인 아우라인가, 대관인 다미안 경인가.

(응? 가만, 혹시 지금이라면 나한테 결정권이 있나?)

발렌티아 공작 전권 대리라는 현재 자신의 직함을 떠올린 젠지로는 순간 그런 생각을 했지만 곧 그 생각을 떨쳐냈다.

 지금은 아직 피해자에 대한 보상을 우선적으로 고려할 수 있을 만큼 사태가 진정되지 않았다.

 "그래서 반격 상황은? 자네가 보고하러 왔을 정도니까 웬만큼은 안정된 것인가? 그 모습을 보아하니 마무리가 된 것 같지는 않은데?"

 젠지로의 물음에 라파엘로는 긍정했다.

 "네. 정확히 말씀드리면 반격은 애초에 늦었습니다. 다미안 경의 명령을 받은 방위 부대가 현장에 급히 출동했을 때는 이미 군룡들은 멀리 등이 보일 뿐이었습니다. 만약을 위해 밀림 가까이까지 추격시켰습니다만 교전을 하지는 못했습니다."

 즉 농촌 마을을 습격한 군룡은 그대로 밀림 속으로 사라져 버렸다는 얘기다. 사태는 아무것도 해결되지 않았다.

 "그런가……"

 "…………"

 젠지로가 생각에 잠기자 그 자리는 한동안 침묵에 휩싸였다.

 이윽고 젠지로는 확인하는 듯한 말투로 물었다.

 "라파엘로"

 "네."

 "그대는 요전번의 '소금 도로'의 이변에 대해서 들은 바가 있는가?"

"네. 가질 변경백이 올린 의제였지요. 처음엔 변경백의 아들 사비에르 경이 임무를 맡았지만, 나중에 푸죠르 장군이 원군으로 합류했다고 들었습니다. 그런데 그 푸죠르 장군도 사태를 해결하기에는 병력이 부족하다고 판단하고 더욱 많은 원군을 아우라 폐하께 요청했다고 하더군요."

아무래도 라파엘로 마르케스도 젠지로와 비슷한 수준의 정보를 파악한 듯했다.

"소금 도로가 그렇게 된 이유가 그 지역의 사냥꾼들도 본 적 없는 거대 군룡이 이끄는 대규모 군룡 무리 때문이었다고 하네. 이번 건과 관계가 있다고 보는가?"

"우연이라고 하기엔 겹치는 점이 너무 많다고 생각합니다. 소금 도로를 봉쇄한 놈들은 군룡. 이쪽에 나타난 놈들도 군룡. 게다가 군룡 무리는 보통 10여 마리 정도. 20마리나 30마리를 넘는 무리는 드물다고 들었습니다. 그러나 이번 습격은 100에 가까운 군룡이 일제히 공격해 왔다고 증언하는 자도 있을 정도입니다."

"백 마리?"

"네. 허나 전투 훈련도 받은 적 없는 농민이 목숨을 걸고 도망치면서 보고는 증언한 것이라 신빙성은 상당히 낮습니다. 하지만 모두가 입을 모아 '엄청나게 큰 무리' '절대적인 수'를 표현하고 있는 것으로 보아 열 마리나 20마리 규모는 아닙니다."

정확한 수를 한눈에 파악한다는 것은 엄연한 특수 능력이다. 평범한 농민이 목숨이 위태로운 상황에서 발휘할 수 있는 능력이 아니다.

그렇지만 한두 사람이면 몰라도 도망쳐 살아남은 마을 사람 대부분이 같은 증언을 하는 이상 상당한 수가 있었다고 생각하는 편이 자연스럽다.

"소금 도로의 군룡도 상당한 숫자였다고 들었습니다. 그 정도 규모의 군룡이 두 곳에서 동시에 발생했다고 생각하기보다는 소금 도로의 군룡이 이쪽으로 왔다고 생각하는 편이 그럴듯합니다. 단, 수도와 가질 변경백령을 잇는 '소금 도로'와 이곳 발렌티아는 상당히 떨어져 있습니다. 직선으로 이어도 산을 두 개나 세 개는 넘어야 할 것입니다. 과연 같은 무리인지 묻는다면 솔직히 고개를 갸웃하게 되는 부분입니다."

젠지로의 물음에 라파엘로는 그렇게 솔직하게 대답했다.

'소금 도로'에서는 푸죠르 장군과 사비에르가 이미 '대규모 산 사냥의 결과 군룡들이 더욱 깊은 산속으로 도망쳤다. 그 탓에 산속의 용류 전체에 대규모 영역 싸움이 발생할지도 모른다'는 상황을 전하기 위해 행동을 개시했지만 그 정보는 아직 수도에 닿지 않았다.

당연히 발렌티아에 있는 젠지로 일행도 그 사실을 알지 못했다. 인터넷이나 전화는커녕 우편 시스템조차 없는 세계다.

이것이 대전 전의 카파 왕국이라면 여러 '순간이동' 술사에 의한 긴급연락망이라는 현대과학조차 초월한 정보망이 존재했겠지만, 안타깝게도 현재 '순간이동'을 사용할 수 있는 사람은 여왕인 아우라 단 한 사람뿐이다.

"알았다. 일단 내가 아우라 폐하께 '소비룡'을 날리도록 하지. 어쩌면 수도에는 정보가 들어와 있을지도 모르고, 그렇지 않더라도 이 상황을 알리지 않으면 안 되니까."

"네, 잘 부탁드립니다. 그러나 현장의 판단은 긴급을 요합니다. 솔직히 아우라 폐하의 지시를 기다렸다가 움직이면 위험합니다."

모처럼 딱 잘라 말한 라파엘로의 의견은 타당했다. 현장은 순간 순간 상황이 변하는 법이다. 아무리 아우라가 총명한 인간이라 해도 정보 입수에 시간이 걸리는 곳에서 적확한 지시를 보낼 수는 없다.

라파엘로의 주장을 이해한 젠지로는 무표정한 가면으로 긴장을 감추고 수긍했다.

"그렇군. 폐하와는 정보 교환을 하면서 행동은 원칙적으로 이쪽에서 결정하는 편이 좋겠지. 현재 발렌티아의 최고 책임은 정치와 군사 면에서 모두 나에게 있다고 생각하는데, 그 인식에 문제는 없겠나."

"네. 틀림없습니다. 원래는 발렌티아 공작 대관인 다미안 경이 발렌티아 공작령군의 지휘권을 갖고 있지만, 지금은 일시적으로 젠지로 님이 발렌티아 공작 전권 대리로 와 계시니까요."

솔직히 부정해 주기를 바랐으나 젠지로의 기대를 저버리고 라파엘로는 깔끔하게 수긍했다.

다미안 경이 맡은 '대관'이라는 지위와 젠지로가 현재 임시로 맡은 '전권 대리'라는 지위는 전혀 다르다.

'대관'은 어디까지나 원래 영주인 발렌티아 공작 대신 일부의 권리를 위임받아 행사하는 데 불과한 것에 반해 '전권 대리'는 그 이름 그대로 모든 권리를 일시적으로 보유하는 것이다.

가장 쉽게 말하자면 원래 발렌티아 공작인 여왕 아우라가 '대관'이 내린 명령이 미덥지 않다면 그 자리에서 명령을 철회할 수 있지만, '전권 대리'의 경우는 아우라가 개입하는 일이 불가능하다.

왜냐하면 '전권 대리'를 지명한 시점에서 아우라는 일시적으로 발렌티아 공작으로서의 권리를 잃었기 때문이다. 때문에 '전권 대리'의 행동을 멈추게 하고 싶으면 천하의 아우라라도 젠지로의 '전권 대리'라는 칭호를 박탈하는 절차를 밟을 필요가 있다.

다소 복잡한 얘기지만 현재 권력의 흐름은 '발렌티아 공작인 아우라로부터 젠지로가 일시적으로 발렌티아 공작의 지위와 권한을 모두 위임받고, 그 젠지로가 다미안 경을 발렌티아 대관에 임명했다'는 모양새다.

즉, 발렌티아 공작령 대관 다미안은 젠지로의 직속 부하라고 할 수 있다.

젠지로는 위가 콕콕 쑤시는 듯한 책임감에 저항감을 느끼면서도 생각했다.

(사실 이곳으로 다미안 경을 불러 '이 건은 자네에게 맡긴다. 알아서 하게'라고 하면 끝나는 문제지만, 성가시게도 이곳엔 프레야 공주 일행이 있단 말이야.)

군룡이 근처에서 난동을 피우고 있다는 정보는 머지않아 프레야 공주 일행의 귀에도 들어갈 것이다. 그렇게 되면 프레야 공주 일행이

'무장 허가'를 요구해 올 것은 쉽게 예상할 수 있다.

육상의 용류에 관한 지식이 적은 북대륙 사람이라도 군룡이 날뛰고 있다고 들으면 경계하는 게 당연한 반응일 것이다.

아무리 젠지로가 '이쪽에서 대처할 테니 여러분은 가만히 계시라'고 부탁해도 순순히 따를 가능성은 적다.

그러나 젠지로의 입장에서 외국 세력이 발렌티아의 영내에서 무장하는 것을 그리 간단히 인정할 수는 없는 노릇이다.

프레야 공주를 왕족으로 인정했기 때문에 지금도 '호위' 레벨의 무장은 허락했지만, '전투' 레벨의 무장을 허용하는 건 그것과 완전히 다른 문제다.

(프레야 왕녀 일행의 무장을 허용하는 가장 간단한 방법은 그녀들에게도 '군룡 토벌'에 협력해 달라고 하는 것이겠지. 그거라면 일단 명분은 있어. 하지만 프레야 왕녀의 호위를 전부 전선으로 보내면 그녀들 입장에서는 본말전도니까……)

어쨌든 타협 지점이 될 만한 실마리를 찾아낸 젠지로는 눈앞에서 공손하게 대기한 임시 사설 보좌관에게 확인했다.

"라파엘로."

"네."

"이번 일은 아마도 이미 프레야 전하의 귀에도 들어갔겠지? 그렇다면 프레야 전하의 호위들은 전하의 신변 안전을 지키기 위해 무장 허가를 요구해 올 가능성이 높다."

"네. 아마도 젠지로 님의 추측대로일 것입니다."

라파엘로의 의견을 들은 젠지로는 말을 이었다.

"그런데 이쪽 입장에서는 동맹국도 아닌 외국 세력에게 왕령에서의 무장을 허락할 수 없잖나. 허가하려면 그에 상응하는 이유가 필요하지."

"네."

"라파엘로, 솔직히 묻겠네. 군룡 토벌대에 프레야 전하의 호위들을 참가시키면 걸리적거릴까?"

머리 회전이 빠른 라파엘로는 그 말만으로도 젠지로의 의중을 파악한 것이리라.

"네, 솔직히 말씀 올리면 대단한 민폐입니다. 북대륙의 전사는 확실히 뛰어난 체격을 자랑하지만 육상에서 용류와 싸운 경험이 없을 터입니다. 게다가 만약 경험이 있다 해도 여태까지 익혀 온 전투 방법이 전혀 다를 것입니다. 주무기, 진형, 호령의 구호에 이르기까지 전부 다른 전투 집단과 공조하는 것보다 차라리 적대하는 편이 낫다는 게 현장의 목소리가 아닐까 합니다."

그렇게 전제하면서도 이어서 젠지로가 듣고 싶었던 타협안을 제시했다.

"그러나 우리 군과 무리하게 보조를 맞추지 않고 어느 한 방면을 통째로 맡긴다면 문제를 최소한으로 줄일 수 있을 것입니다. 물론 이 땅에 익숙하지 않은 그들을 위해 이쪽에서 몇 사람의 '안내역'을 붙여야 하겠지만요."

물론 그 '안내역'은 '감시역'도 겸하게 되리라.

그렇게 하면 어떻게든 이쪽이 상정한 범위 내에서 해결될 것 같다. 솔직히 정치적인 판단으로 현장에서 움직이는 사람들의 손발을 묶게 될까 봐 걱정이 많았던 젠지로는 안도의 빛을 감추지 못한 목소리로 말했다.

　"그런가. 그렇다면 어떻게든 될 것 같군. 라파엘로, 수고스럽겠지만 현재 상황에 대해 프레야 전하께 보고해 주게. 그 후에 내가 프레야 전하께 사태 해결을 위한 '협력'을 부탁하겠네."

　"알겠습니다. 분부하신 대로 진행하겠습니다."

　젠지로의 말에 라파엘로는 공손히 머리를 숙이는 것이었다.

　　　　　　　　　　◆

　그 날 늦은 밤. 젠지로는 저녁에 라파엘로와 회담을 나눈 곳에서 이번엔 프레야 공주 일행과 대면하고 있었다.

　밤에 손님을 맞았기 때문에 실내에는 여러 개의 은촛대가 늘어서고 그 위에 수많은 촛불이 흐느적거리고 있었다.

　발렌티아에 와서 가전제품이 있는 후궁의 생활에서 한 달 이상 멀어진 생활을 보내던 젠지로도 오랜만에 맞는 '밝은 밤'이다. 일단 LED 회중전등을 가져왔지만 회중전등의 밝기를 아무리 세게 해도 범위가 너무 좁다. 발밑, 손끝을 밝히는 데는 최적인 그 백색광은 방전체를 밝히는 데는 적합하지 않다.

　반대로 촛대 위에서 타는 촛불은 그에 비하면 너무나도 연약한

광원이지만, 젠지로 일행이 앉은 자리를 감싸듯 여러 개를 놓으니 방 전체를 은은하게 비춰 주었다.

젠지로는 그런 흐릿한 조명 아래에서 마주한 소파에 자세 바르게 앉은 파란 드레스 차림의 소녀를 응시하며 입을 열었다.

"사정은 이미 라파엘로에게서 들으셨을 줄 압니다만, 현재 이 도시는 약간 예상 밖의 사태를 만났습니다."

"네. 잘은 몰라도 '군룡'이라는 중형 용 무리가 습격해 왔다는 설명을 들었습니다."

프레야 공주는 예상 밖의 사태에 동요하는 기색도 없이 평온한 표정으로 그렇게 대답했다. 이국의 땅에서 경보 종소리를 듣고 사태를 파악하지 못한 채 피신해야 했던 소녀가 어떻게 이토록 침착할 수 있는지, 조금 괴이하게 여겨질 정도다.

역시 생명을 보장할 수 없는 미지의 장기 행해를 나설만한 사람이다. 보통 소녀와는 담력 자체가 다른 것 같다.

"북대륙에는 군룡이 없습니까?"

대화에 활기를 불어넣기 위해 약간 잡담을 섞는 젠지로에게 청은색 단발의 소녀는 순순히 긍정했다.

"네. 원래 북대륙에는 육상의 용류 자체가 적습니다만 그 적은 용류도 대형 용에 속하는 것들뿐입니다. 게다가 그것들은 대체로 사람이 들어갈 수 없는 산속에 서식해서 해룡 외에 용류를 본적이 있는 북대륙 사람은 지극히 소수입니다."

덧붙여 말하면 그런 용류가 서식하는 깊은 산중은 고대 용족을 신으로 섬기는 교회가 '성지'로 지정했기 때문에 사람이 들어가기 쉽지 않다.

그러나 이 자리에서 그런 복잡한 속사정을 설명할 생각이 없는 프레야 공주는 무난한 내용으로 이야기를 받아 넘겼다.

"과연. 그렇습니까. 아무튼 그런 사정 때문에 당분간 발렌티아 거리에는 계엄령이 내려질 것입니다. 자유를 속박하게 되어 죄송하지만 부디 협력을 부탁드립니다."

"알겠습니다. 만약 이 사태 해결에 저희가 도울 것이 있으면 무엇이든 말씀해 주십시오. 대단한 일은 못 하지만 협력하겠습니다."

프레야 공주는 명백히 미리 준비한 것으로 보이는 유창한 말솜씨로 그렇게 협력을 제안했다.

젠지로도 조금 꾸민 것처럼 대답했다.

"그건 고마운 말씀입니다. 대해를 건너 온 용사들의 도움을 받을 수만 있다면 그보다 마음 든든한 원군은 없을 것입니다. 그러면 호의에 기대 부탁드립니다. 전하의 병사 중 반수 정도를 빌려주실 수 있습니까? 부끄럽지만 현재 전선을 지키려면 뛰어난 병사가 한 명이라도 더 있어야 합니다."

"네, 문제없습니다. 하지만 그들도 피로를 모르는 신화 속 병사들은 아닙니다. 반씩 도중에 교대하게 하고 싶은데, 그래도 될까요?"

"물론이고말고요. 전하의 총명한 판단에 경의를 표합니다."

국서와 왕녀는 계약 성립을 기뻐하는 것처럼 미소를 나눴다.

이것이 젠지로가 라파엘로를 통해 제안하고 프레야 공주 측이 받아들인 조건이었다.

프레야 공주의 호위 중에 약 반수를 전선으로 보낸다. 남은 반수는 그대로 프레야의 호위를 담당하지만, 그 사람들은 전선으로 보낼 '교대 인원'이기도 하므로 호위를 할 때도 '전투용' 무장을 허락한다.

말할 필요도 없이 프레야 공주 측은 호위 중의 '교대 인원'이 중무장을 할 수 있다는 게 중요하다.

한편 젠지로 입장에서 보면 비록 프레야 공주의 호위들이 전투용 중무장을 했다 하더라도 그 수가 반이라면 만에 하나의 일이 있을 때 발렌티아 공작 저택의 호위를 위해 남아 있는 병사들이 제압할 수 있다. 따라서 젠지로의 신변은 보장되고 군룡 토벌에 협력할 교대 인원이라는 명분이 있으면 왕령 안에서 우호국도 아닌 외국 병사들이 중무장을 하는 데 대한 이유를 댈 수 있다.

물론 현실적으로도 프레야 공주가 병사를 내어주면 큰 도움이 된다.

발렌티아 성벽 바깥에 존재하는 마을은 이번에 초토화된 그곳만 있는 것이 아니다.

성벽을 둘러싸고 흩어진 마을들을 지키기 위해서는 병사가 조금이라도 많을수록 좋다.

대화를 마친 프레야 공주는 뒤에 대기하고 있는 여전사에게 눈길을 주고는 간결하게 지시를 내렸다.

"들었지요, 스카디? 서둘러 병사를 두 개의 부대로 나누세요. 한쪽은 그대가 이끌고 다른 한 쪽을 이끌 사람은 직접 뽑으세요."

그 말은 여전사에게 다소 의외였으리라.

장신의 여전사는 눈을 크게 뜨고서

"공주님, 저는……."

라며 뭔가 말하려 했지만 그 말을 마지막까지 듣지 않고 프레야 공주는 단호하게 말했다.

"괜찮아요. 나는 여기서 얌전하게 있을 테니까 그대는 전선에서 그 실력을 발휘하고 오세요."

주인의 말투에서 명령이 철회되는 일은 없으리라고 느낀 것일까.

"……알겠습니다."

여전사는 표정을 지우고 순순히 명령을 받아들이는 것이었다.

◆

어쨌든 프레야 공주의 호위는 2교대 방식으로 전선에 투입된다. 일단 오늘은 프레야 공주의 호위 임무를 계속할 수 있게 된 여전사 스카디는 발렌티아 공작 저택의 어느 방에서 주군의 잠자리를 지키기 위해 애용하는 창을 지니고 같은 방에 자리 잡았다.

프레야 공주는 비교적 감촉이 좋고 몸에 부담을 주지 않는 원피스 차림으로 침대에 앉고, 스카디는 가죽옷 차림인 채 해수의 이빨을 깎아 만든 단창을 품고 소파 위에서 한쪽 무릎을 세워 앉았다.

양쪽 다 긴급할 때는 그대로 바깥으로 나갈 수 있는 복장이다. 사태가 해결될 때까지 그런 차림으로 잠자리에 들려는 생각인 모양이다.

평소라면 이미 잠자리에 들었을 시간이지만 테이블 위에서는 등잔 접시에 불꽃이 아직 빨갛게 불타고 있었다.

침대 위에서 쉬는 왕녀는 불꽃의 희미한 불빛을 받아 청은색 머리카락도 조금 불그스름하게 보였다.

부드러워 보이는 원피스형 드레스 한 장만 몸에 걸치고 침대 위에서 휴식을 취하는 그 모습은 어딘가 환상적인 아름다움을 내뿜고 있었다.

그러나 그런 환상적인 미소녀의 입에서 나온 말은 어디까지나 현실적인 것이었다.

"스카디. 이번 군룡 격퇴 작전에서 그대들이 충분한 전과를 올리면 어느 정도의 보상을 챙길 수 있을 것 같나요?"

김칫국부터 마신다는 핀잔을 들을 수도 있겠지만, 프레야 공주의 입장에서는 늘 그렇게 앞서 가는 사고를 할 필요가 있다.

보상이 손 안으로 굴러들어온 다음에야 생각하면 기회를 이용할 최적의 타이밍을 놓치는 일도 있기 때문이다.

주군의 질문에 여전사는 애용하는 창을 가슴에 꼭 끌어안으며,

"글쎄요. 어디까지나 예상일 뿐이지만 군룡의 보스를 우리 손으로 처치할 수 있다면 좀 더 '본격적인' 외교를 요구할 수 있지 않을까요?"

그렇게 침착한 목소리로 대답했다.

"본격적인 외교라. 그러니까 '왕국 수도'에 직접 제안을 들고 갈

수 있을지도 모른다, 그런 얘기죠?"

"네."

확인하는 프레야 공주에게 여전사는 주저없는 목소리로 짧게 수긍의 말을 돌려주었다.

지금까지의 외교에서 젠지로——나아가서 그 배후에 있는 아우라가 프레야 일행과의 외교를 발렌티아에서 끝냄으로써 결과물을 왕가가 독식하려는 것을 눈치 채고 있었다.

물론 프레야 공주도 왕족으로서 아우라의 입장을 이해했고, 자신이 아우라의 입장이라 해도 같은 판단을 내렸을 것이라 생각했다. 그러나 프레야 공주의 입장에서 보면 왕가뿐 아니라 카파 왕국 전체의 왕후귀족들과 거래를 할 수 있는 편이 바람직하다.

매입처가 여러 곳 있으면 가격경쟁이 일어나 흥정을 하기 쉽고, 카파 왕가에서 손에 넣기 어려운 물건도 카파 왕국의 지방 영주가 구해 줄 수 있을지도 모른다.

그런 물자에 관해 카파 왕가를 통하지 않고 직접 지방 영주와 협상하려면 역시 왕국 수도의 왕궁에 진입하고 싶다.

"그래도 이번엔 교역의 물꼬를 트는 게 선결 과제죠. 너무 욕심을 부려서 교역 얘기가 틀어지면 죽도 밥도 안 되니까."

"맞습니다. 젠지로 폐하는 호의에는 호의로 돌려주는 건전한 정신의 소유자로 보입니다. 일단 그 분에게 밉보이지 않도록 하는 게 중요할 겁니다."

젠지로에 대해 이전과는 다른 평가를 내리는 심복에게 북쪽의 왕녀는 조금 눈을 동그랗게 뜨고 놀라서 외쳤다.

"어머? 꽤나 평가가 높아진 것 같네요? 다시 본 건가요?"

다소 놀리는 기색을 띤 주군의 말에도 여전사는 동요하지 않고 고개를 끄덕였다.

"네. 공주님과의 대화나 지금까지의 대응에서 판단했을 때 확실히 그 분은 스스로 생각하고 판단하고 계신 것 같습니다. 그러니 그 분의 미움을 사는 짓은 하지 않는 게 좋다고 봅니다."

스카디가 그렇게 확신한 이유는 이번 군룡 소동에 대한 젠지로의 대응 때문이다.

비상용 종이 울렸을 때 항구에서의 대응, 그 후 밤에 프레야 공주를 불러 가진 회합. 두 가지 모두 구체적인 내용 자체는 '책무 방기'라는 소릴 들어도 어쩔 수 없는 것이지만, 그 다급한 상황에서 젠지로는 틀림없이 누구보다 먼저 소리를 내어 모두에게 명령을 내렸다.

판단력이 없는 진짜 명목상의 존재라면 주변 사람에게 "젠지로 님. 이곳은 위험합니다. 어서 저택으로 돌아가 주십시오."라는 말을 듣고서야 '알겠다'는 답을 했을 것이 틀림없다.

그러나 젠지로는 그 자리에서 솔선하여 사태의 해결을 다미안 대관에게 맡기고 '나는 저택으로 돌아가겠다'고 선언했다.

그건 바꿔 말해 자신의 입장을 이해하고 가능한 거슬리지 않는 장식품으로서 있고자 하는 '의지'가 있다는 증거에 다름 아니다.

처음부터 젠지로를 평가절하하지 않았던 프레야 공주는 만족스럽게 한 번 끄덕였다.

"그래요. 그런 성실하고 알기 쉬운 분이 외교의 최고 책임자 자리에 계시다는 건 우리한테는 무척이나 행운이죠. 이번엔 끝까지 고지식하게 생각하고 대처하는 편이 낫겠어요."

젠지로는 자신이 맡은 역할을 무난히 해내는 것밖에 생각하지 않는다. 섣불리 아우라의 기대를 배반할 생각도 없으며, 큰 업적을 세워서 아우라와의 관계를 미묘하게 만들 뜻도 없다.

그렇게 무난하게 일을 수행한 결과 상대적으로 협상 상대인 프레야 공주에게도 무난한 결과를 안겨 주었다. 프레야 공주는 스스로를 '약한 입장'이라 생각하고 있다.

그럴 마음만 있으면 카파 왕국은 부서지기 직전인 '황금나뭇잎호'를 힘으로 빼앗고 자신들의 신병을 구속할 수도 있는 것이다.

그런 최악의 상황에 비하면 '무난'하게 무역의 물꼬를 트고 조국으로 돌아갈 수 있기만 해도 큰 성과라고 할 수 있다.

"그렇습니다. 이제 공주님은 공주님은 일단 쉬십시오. 괜찮습니다. 남대륙의 용류가 됐든 타국의 전사가 됐든 제가 반드시 지켜 드리겠습니다."

애용하는 창을 그러쥐고 조용히 맹세하는 심복의 말에 왕녀는 부드러운 미소를 짓고 순순히 그 몸을 침대에 뉘였다.

"고마워요 스카디. 믿고 있어요."

그렇게, 말한 대로, 프레야 공주는 얼마 지나지 않아 잔잔한 숨소리를 내며 무방비하게 잠속으로 빠져든 것이었다.

[제5장] **호의에서 비롯된 궁지**

그로부터 3일 후. 젠지로는 눈앞에서 무릎을 꿇은 청년을 내려다보며 속으로 동요를 감추기 위해 있는 힘을 다해 무표정을 유지했다.

"처음 뵙겠습니다, 젠지로 님. 저는 가질 변경백 제3남 사비에르입니다. 이렇게 젠지로 님의 존안을 알현할 기회를 얻게 되어 황공하기 그지없습니다."

씩씩하게, 그러나 어딘가 아직 익숙하지 않아 보이는 인사말을 늘어놓는 청년——사비에르를 의자에 앉은 채 내려다보며 전제로는 천천히 입을 열었다.

"카파 왕국 여왕 아우라 1세 폐하의 반려, 젠지로다. 고개를 들라."

"예."

쨍, 하는 소리가 날 것만 같은 강한 시선으로 이쪽을 올려다보는 사비에르에게, 젠지로는 순간 몸을 뒤로 젖히고 싶었으나 가까스로 그 충동을 견뎠다.

(뭐랄까, 요즘엔 좀처럼 보기 힘든 올곧은 청년이네.)

첫인상은 무척이나 호감이 가는 청년이지만 안타깝게도 현재의 젠지로는 그런 호감을 표현할 정도로 여유롭지 않았다.

사비에르 가질. 차기 가질 변경백이 될 예정인 청년.

그리고 소금 도로의 이변을 해결한다는 임무를 맨 처음 맡은 인물이다.

그런 그가 텁석부리 사냥꾼과 함께 아우라의 '순간이동'으로 보내진 이유를 간파하지 못할 만큼 젠지로는 둔한 사람이 아니다.

때문에 젠지로의 심장은 전력질주라 해도 좋을 만큼 빠르게 고동치는 중이었다.

젠지로의 예상이 맞다면 이 청년은 젠지로에게 대단히 번거로운 사명과 목적을 전하기 위해 발렌티아에 왔을 것이다.

하지만 그걸 듣지 않을 수는 없는 노릇이다.

"그래서, 아우라 폐하는 무슨 이유로 자네들을 이곳에 보내셨는가?"

표면적으로는 아무렇지도 않은 것처럼, 속으로는 두려움에 떨며 묻는 젠지로에게 사비에르는 시원스러운 동작으로 품안에서 봉인된 한 장의 편지를 꺼냈다.

말할 필요도 없이 봉인에 찍힌 문장은 카파 왕가의 것이다.

"이 서신을 봐 주십시오."

그렇게 말하고 공손하게 양손으로 내민 편지를 젠지로의 눈짓을 받은 시녀 이네스가 사비에르의 손에서 건네받아 형식적으로 수상한 점이 없는지 확인한 후 젠지로 앞에서 봉인을 뜯었다.

"음."

원래는 여기서 내용물인 용피지는 젠지로의 손으로 넘어가 읽혀야 하지만 안타깝게도 젠지로의 어학 실력은 아직 혼자서 독해가 가능한 수준에 이르지 못했다.

조금 창피하지만 어머니가 아이에게 그림책을 읽어주듯이 시녀 이네스는 젠지로에게 보이게끔 그 편지를 펼치고 오른손 검지로 글자를 짚으며 읽어 주었다.

"그러면 실례하겠습니다. 이 자, 사비에르 가질을 이번 군룡 토벌의 책임자로 추천한다. 현 발렌티아 공작 '전권 대리'인 젠지로 카파의 지휘 아래 두고 그 임무를 수행하게 하라."

그 아래에는 여왕 아우라의 익숙한 필적으로 서명이 들어가 있었다.

(역시.)

나쁜 예감이 들어맞은 젠지로는 눈앞이 캄캄해지는 것 같은 불쾌감에 사로잡혔다. 그러나 이 자리에서 그 불쾌감을 겉으로 드러내는 건 결코 바람직하지 않은 행동이다. 그 점을 잘 아는 젠지로는 평정심을 가장하고 대답했다.

"과연. 이해했다. 그러나 안타깝게도 우리 발렌티아 영주군은 이미 주변 마을들을 지키기 위해 출정한 상태다. 내일 주요 책임자들이 모인 곳에서 상세한 이야기를 듣겠다. 알겠느냐?"

"예잇!"

젠지로의 고뇌 따위 알 까닭이 없는 사비에르는 기운 넘치는 산뜻한 목소리로 대답하는 것이었다.

"큰일이네, 큰일이야, 정말 큰일이다. 어떡한다……"

그 후 자기 방으로 돌아온 젠지로는 이번만큼은 이네스를 비롯한 편한 후궁 시녀들까지 물리고 혼자가 된 공간에서 식은땀을 뻘뻘 흘리는 중이었다.

젠지로를 고민에 빠지게 만든 문제는 다름 아닌 조금 전에 '순간이동'으로 온 사비에르 가질이다.

물론 그가 온 것 자체는 기뻐할 만한 일이다. 실제로 소금 도로에서 몇 번이나 군룡과 대치한 경험이 있는 사비에르가 보면 발렌티아를 습격한 군룡과 소금 도로의 군룡이 같은 무리인지 확인할 수 있고, 함께 온 '텁석부리 사내'는 젠지로의 휘하에 없는 전문 사냥꾼이다.

그의 지식과 관찰력은 틀림없이 군룡 토벌에 도움이 될 것이다. 아우라가 귀중한 마력을 사용해 하루에 두 번이나 '순간이동'을 행사한 것도 납득이 가는 일이다.

그러나 그런 아우라의 배려가 지금 젠지로를 정치적으로 대단히 곤란한 상태로 몰아넣었다.

"이미 이곳엔 내 지시로 군룡 토벌대 조직이 완성돼 있는데. 벌써 책임자로 라파엘로를 지명했고. 거기에 아우라가 도중에 끼어들다니, 이거 정말 곤란하게 됐네."

젠지로가 수도에 '소비룡'을 날렸을 때는 아직 토벌대 조직이 만들어지기 전이었다. 때문에 아우라가 이쪽의 움직임을 알지 못한 건 당연하지만 그래도 이 상황은 좀 아니다.

"일단 아우라의 편지에는 '사비에르를 책임자로 추천한다'는 식이 었으니까 무시해도 괜찮은 걸까? 아니, 그건 안 되겠지. 여왕이 직접 추천한 자를 국서가 내치면 큰 문제가 될 거야."

젠지로는 중얼중얼 뇌까렸다.

그러면 아우라의 추천을 받아들여 사비에르를 군룡 토벌대의 책임자로 앉히면 어떨까? 실은 그것도 곤란하다.

왜냐하면 현재 젠지로의 직함은 '발렌티아 공작 전권 대리'이기 때문이다. 전권 대리를 둔 시점에서 원래 발렌티아 공작인 여왕 아우라에게는 발렌티아 공작으로서의 권한이 사라졌다. 그것이 '전권을 대행한다'는 의미인 것이다.

그래서 지금 상황은 '발렌티아 공작(전권 대리)인 젠지로가 행한 인사에 여왕인 아우라가 개입했다'는 꼬락서니가 된 것이다.

이건 엄연한 지방 영주의 권리에 대한 왕권의 개입이다.

"아아, 아우라는 어째서 주의하지 않은 거지? 아마 미처 알지 못한 거겠지…… 분명히 내가 보낸 '소비룡'을 정보 교환이 아니라 지시를 구하는 것으로 받아들인 게 틀림없어."

왕국 수도와 발렌티아는 거리가 너무 멀다. 소비룡과 아우라의 '순간이동'을 구사해도 정보가 오가는 데 3일은 걸린다.

그렇게 정보 전달에 며칠씩 시간이 걸리는 사람에게 지시를 받는다면 현장에 피해가 막심할 것이다. 그래서 젠지로는 '소비룡'에 정보 교환 이상의 의미를 두지 않은 것인데, 아무래도 아우라는 '젠지로가 자신의 지시를 기다리고 있다'고 해석해 버린 모양이다.

묘하게도 푸죠르 장군이 염려했던 '소비룡은 정보량이 턱없이 부족해 착오가 생길 수 있다'는 문제가 이쪽에 적중해 버린 모양새다.

이 경우 실수를 한 사람은 누구일까? 소비룡으로 전한 편지에 '이 소식은 정보 교환용이며 지시를 구하는 것은 아니다'고 적지 않은 젠지로일까?

아니면 머나먼 지방에 있는 남편이 언제나처럼 일일이 자신의 지시를 기다릴 거라고 단정한 아우라인가?

혹은 평상시에는 최대한 움직이지 않고 무능함을 어필했으면서 눈앞에서 인적 피해가 난 것에 충격을 받아 저도 모르게 평소의 태도를 내던지고 재빨리 행동에 나서고 만 젠지로일까?

"……역시 내 실수야. 대부분은."

기본적으로 책임의 소재를 자신에게 두는 습성인 젠지로는 최종적으로 그렇게 결론짓고 실의에 빠졌다. 현실적으로는 군룡 토벌에 있어서 사비에르와 그 부하인 텁석부리 사냥꾼은 매우 고마운 존재다.

그리고 아우라의 의도도 안다. 원래 이 건은 차기 변경백이 될 사비에르가 관록을 쌓을 수 있도록 현 가질 변경백이 힘써서 만든 상황인 것이다. 아마 아우라도 당사자인 사비에르를 만나보고 '관록 입히기'에 협력해도 좋다고 생각할 만큼 호감을 품은 것이리라.

말하자면 아우라가 사비에르를 이곳에 보낸 행동은 젠지로에 대한 호의와 사비에르에 대한 호의, 두 가지 호의에서 비롯된 것이다.

그러나 실제로는 그 호의가 젠지로를 궁지에 몰아넣는 중이다.

"하는 수 없어. 좀 위태롭긴 해도 어떻게든 수지타산을 계산해 봐야지."

아무리 발버둥쳐도 정치적인 문제를 일으키지 않고 빠져나갈 구멍은 없다고 생각한 젠지로는 양손으로 찰싹 뺨을 치며 그렇게 결론을 내렸다.

———————◆———————

다음 날 이른 아침. 발렌티아 공작 저택의 대응접실에서는 군룡 토벌에 관여하는 주요 인물들이 모여 긴 테이블을 에워싸고 앉았다.

일본식으로 말하면 상석에 해당하는 의자에 앉은 젠지로는 모인 면면들의 얼굴을 보고 단도직입적으로 말을 꺼냈다.

"그러면 먼저 보고를 듣지. 라파엘로."

젠지로가 처음에 부른 이름은 '현 시점에서는' 군룡 토벌의 책임자인 라파엘로 마르케스의 이름이었다.

지명을 받은 라파엘로는 그 자리에서 기립해 설명을 시작했다.

"네. 어젯밤은 지금까지처럼 발렌티아 공작군 5개 부대와 프레야 전하의 호위부대에서 차출한 부대 하나를 합쳐 6개 부대가 마을들을 방위했습니다. 다행히 어젯밤엔 군룡의 습격이 없었습니다."

그 보고에 젠지로는 훅, 하고 안도의 한숨을 내쉬었다.

처음 습격으로부터 오늘까지 나흘째. 이미 군룡은 이틀 전에 두 번째 습격을 해 왔다. 두 번째는 이쪽이 방어하고 있었기 때문에 교전이 발생, 몇 마리의 군룡을 처치하는 것에 성공하고 인적 피해도 전혀 없었다.

그러나 마을이 공격당했다는 사실에는 변함이 없어서 육룡을 비롯한 가축의 피해가 상당수에 이른다. 이런 기세로 습격이 반복되면 발렌티아에 고기와 곡물을 공급하는 주변 농촌 마을은 모조리 군룡에게 짓밟히고 말 것이다.

표정을 긴장시킨 젠지로가 말했다.

"수고했다. 습격이 없었던 것은 다행이나, 군룡 무리를 격퇴하지 않는 한 현재 상태는 호전되지 않을 것이다. 마을들을 군룡의 위협으로부터 지킴과 동시에 군룡들을 전멸시키는 것이 중요하다."

이제 와서 새삼스러울 것 없는 젠지로의 말이지만 자리에 앉아 있는 남자들은 진지한 표정으로 끄덕였다.

그 반응을 본 젠지로는 이 타이밍에서 자기 뒤에 서 잇는 두 사람을 소개하기로 결심했다.

"그것을 위해 필요한 건 군룡들에 관한 상세한 정보다. 다행히도 무지몽매한 나를 배려해 아우라 폐하가 믿음직한 원군을 보내 주셨다. 소개하지. 사비에르 가질 경이다."

젠지로의 소개를 받고 왜소한 청년은 긴장으로 뺨을 붉게 물들인 채 한 발짝 나아가 큰 목소리로 이름을 밝혔다.

"바, 방금 소개 받은 사비에르 가질입니다! 소금 도로에서 군룡 토벌의 임무를 수행해 왔습니다. 애송이일 따름입니다만 저의 경험으로 조금이나마 여러분께 도움을 드릴 수 있다면 영광입니다!"

사비에르는 차기 변경백 작위를 물려받을 대귀족이다. 때문에 신분으로 치면 이 자리에서 그보다 위는 국서인 젠지로뿐이지만, 아직 젊고 이제까지 자기 영지 바깥으로 나가본 적도 없는 청년에게 이런 자리에서 긴장하지 말라는 게 오히려 무리일지 모른다.

그러나 그런 의미에서는 그 옆에 서 있는 텁석부리 사냥꾼이 더 불쌍했다.

"그리고 그 옆은 안토니오 공. 가질 변경백령의 숙련된 사냥꾼이라고 한다. 용류의 생태에 관해 이 부근에서 그보다 잘 알고 있는 자는 없을 것이다. 그래서 특별히 조언자로서 불러들였다."

"아, 아, 아…… 안토니오입니다! 자, 잘 부탁드립니다!"

당장이라도 졸도할 것 같은 표정으로, 그래도 가까스로 이름을 말한 그의 노력은 칭찬해 줄 만 하다.

일개 사냥꾼에 지나지 않는 중년 사내가 왕족을 포함해 귀족들만 열 명 이상 모여 있는 곳에 불려 온 것이다. 영광스러운 일이기는커녕 자기한테 일어난 불운을 저주할 지경이다.

"사비에르 경은 소금 도로에서 몇 번이나 군룡과 대적했고, 안토니오 공은 말이 필요 없는 전문가다. 일단 두 사람의 이야기를 들어 보기로 하지."

젠지로의 제안에 당장 반대하는 자는 없었다.

그로부터 몇십 분 후. 젠지로는 라파엘로 마르케스의 장점을 하나 더 발견했다.

"과연. 그러면 소금 도로에 있던 군룡들이 이쪽으로 도주해 온 것이 틀림없군요?"

"네, 라파엘로 경. 우리는 군룡이 영역으로 삼았던 산을 동쪽에서부터 반포위해서 쫓았습니다. 그 후 군룡이 달아났다고 하면 도주 방향은 서쪽. 이곳 발렌티아는 소금 도로의 서쪽에 있으므로 방향적으로는 맞습니다."

라파엘로의 질문에 긴장을 거의 떨쳐낸 사비에르는 자신 있게 대답했다.

"과연. 그러면, 불과 며칠 만에 군룡들이 산을 두세 개 타고 넘어오는 게 가능한가요, 안토니오 공?"

"예, 예에. 그건 일단 가능하다고 생각합니다. 밀림을 헤치고 달리는 속도에 있어서 그 놈들을 이길 녀석은 없습니다. 다만 조금 전에 말씀드린 대로 그것이 소금 도로에 나타났던 군룡이라면 밀림 속에서 영역 싸움에 계속 패했다는 얘기가 됩니다. 짧은 시간에 그렇게 패배를 거듭하고도 과연 무리가 온전할 수 있을지……"

한편 텁석부리 사냥꾼은 여전히 긴장이 풀리지 않는 모양이지만, 그래도 문제없이 자기 의견을 말할 수 있게끔 되었다.

아무래도 라파엘로 마르케스라는 남자는 이야기를 이끌어내는 데 비상한 재주가 있는 것 같다.

처음엔 긴장해서 어쩔 줄 모르던 사비에르도, 텁석부리 사냥꾼도 온화한 어투와 표정을 무너뜨리지 않는 라파엘로와 대화를 나누는 중에 서서히 자기 자신을 되찾게 된 것이다.

아무튼 덕분에 소금 도로를 습격한 군룡과 현재 발렌티아를 공격하는 군룡의 정보를 대조하는 작업은 순조롭게 진행됐다.

"그렇다면 역시 발렌티아를 덮치고 있는 군룡은 소금 도로의 군룡과 같은 놈들이라고 생각해도 틀리지 않겠군요."

라파엘로는 그렇게 결론지었다.

"이유는?"

젠지로는 그렇게 짧게 근거를 물었다.

"네. 가장 큰 이유는 처음에 습격을 받은 마을에 '군룡의 혈흔'이 남아 있었다는 사실입니다. 첫 습격에서는 방어부대의 출동이 늦어서 교전이 없었는데 대체 누가 군룡을 상처입혔는지 의문이었습니다만, 소금 도로에서 도망쳐 온 군룡이라면 설명이 됩니다."

군룡의 피는 사람과 같은 붉은색이지만 굉장히 점도가 높아서 끈적끈적하기 때문에 밝은 곳에서 보면 금세 구별할 수 있다.

그러나 라파엘로의 설명에 젠지로는 오히려 의문이 증폭됐다.

"응? 소금 도로에서 부상을 입은 군룡이 피를 흘리며 산을 넘어 발렌티아까지 왔다는 건가? 그건 도중에 죽거나 피가 멎거나 하는 게 보통 아닌가?"

상식적으로 지적하는 젠지로에게 반론한 사람은 텁석부리 사냥꾼이었다.

"그, 그건 아마도 화살이나 창에 찔린 채였기 때문입니다. 놈들은

회복력이 굉장해서 등에 화살이 박힌 채로도 시간이 지나면 상처가
아물고 피도 멈춥니다. 그러나 화살촉은 박힌 채이기 때문에 격렬
하게 움직일 때마다 가죽이 다시 찢어지고 조금씩 피를 흘리는 것입
니다.”

"과연.”

사냥꾼의 알기 쉬운 설명에 젠지로도 일단 납득했다. 그러나 그래
도 여전히 의문이 남는다.

"그런데 같은 군룡 무리라면, 어째서 발렌티아에서는 두 번의 습
격에서 '거대 군룡'의 목격 증언이 없는 게지? 첫 번째는 그렇다 치
고 두 번째는 토벌대가 군룡과 교전했을 터인데. 설마 거대 군룡은
이미 죽은 건가?”

그 의문에 대답한 것은 사비에르다.

"아, 아닙니다. 소금 도로에서도 거대 군룡은 교전 가능한 거리에
모습을 드러낸 적이 한 번도 없습니다. 늘 밀림 안쪽에서 습격과 후
퇴를 명령할 뿐, 자신은 주의 깊게 안쪽에 숨어 있었습니다.”

"확실히, 두 번째 습격에서는 '밀림 안쪽에서 굵다란 울음소리가
들린' 후 군룡들이 밀림 쪽으로 달아나기 시작했다, 라고 증언한 병
사가 있습니다.”

사비에르의 설명을 뒷받침하듯이 라파엘로가 그렇게 덧붙였다.

"으음……”

일맥상통하는 설명에 젠지로는 무심코 얼굴을 찡그렸다. 예상과
정보가 정확하다면 그 거대 군룡은 크고 강하고 머리가 좋으면서 동

시에 겁쟁이라는 얘기다. 토벌 대상으로서 이보다 성가신 상대는 또 없을 것이다.

"어떻게든 군룡의 발을 묶을 수만 있으면 토벌은 어렵지 않습니다만."

발렌티아군의 대장 중 하나가 저도 모르게 불평을 내뱉었다. 그렇게 말하고 싶은 심정도 이해가 된다.

사실 군룡이라는 존재는 무장이 없는 시골 사람이나 가벼운 호신용 무장밖에 갖추지 않은 상인들에겐 공포의 대상이지만, 훈련을 받은 군대에게는 그리 대적하기 어려운 상대는 아니다.

문제는 놈들이 재빠르게 도주한다는 점이다.

"함정이라도 팔까요?"

"군룡은 우리만큼 키가 있으니까 아마 훌쩍 뛰어넘겠지요. 꽤 깊게 파지 않는 한 소용없을 것입니다."

"그럼 끈끈이 같은 건?"

"군룡은 다리 힘이 엄청나니까 간단하게 떼어 버릴 것 같은데요. 그리고 군룡은 후각도 좋아서 애초에 걸려들지 않을 가능성이 높습니다."

"젠장. 어떻게 군룡은 밀림 속에서 그렇게 민첩하게 움직일 수 있는 거지? 소금 도로에서 막 건너왔다면 이쪽 지형지물도 잘 모를 것 아닌가. 정말이지 야생동물이란 것들은 이해가 안 돼."

불평을 터뜨리는 부대장에게 텁석부리 사냥꾼은 쓴웃음을 지으면서도 예의 바르게 대답했다.

"그건 '냄새' 때문입니다. 곳곳에 소변을 갈겨 놓거나 나무 둥치에 몸을 비비거나 해서 자기들의 냄새를 남겨 이정표로 삼는 겁니다, 놈들은."

"냄새?"

그 말에 뭔가 힌트를 감지한 사람은 그 때까지 잠자코 대화를 듣던 젠지로였다.

"그러면 만약 그 냄새를 지울 수 있다면 군룡은 어떻게 되지?"

뜸금없는 국서의 질문에 텁석부리 사냥꾼은 당황하면서도 솔직히 대답했다.

"그, 그야 당황하겠지요. 적어도 한동안은 그 자리에서 발을 멈추고 두리번거릴 겁니다만…… 저기, 젠지로 님. 그건 불가능합니다. 군룡의 냄새는 정말 지독하니까요. 게다가 군룡은 말도 못하게 후각이 좋습니다. 여간해선 군룡의 냄새를 완전히 지울 수는 없습니다."

젠지로의 의중을 읽은 텁석부리 사냥꾼은 죄송하다는 듯이 그렇게 말했지만 젠지로는 그 말을 들어도 표정을 바꾸지 않았다.

"하지만 지금 자네의 지식에 의하면 군룡이 냄새가 사라져 길을 헤매는 걸 본 적이 있다는 것 아닌가? 그땐 어떻게 된 거지?"

"그건 토사 붕괴였습니다. 우기의 집중호우로 산비탈이 나무들까지 통째로 무너져 내린 것이지요. 그래서 이정표를 잃은 군룡이 완전히 다른 곳에 출현하는 소동이 예전에 있었습니다."

과연, 그거라면 확실히 여간해서는 지울 수 없다는 말도 납득이 간다. 사람 손으로 의도적으로 토사 붕괴를 일으키는 건 곤란하다.

"으음……"

그러나 그래도 젠지로는 여전히 '냄새를 지운다'는 방법에서 승산을 끄집어내려는 생각이었다.

젠지로는 모두를 둘러보며 말했다.

"만약 표식 냄새를 지울 수 있다면 어떤 작전이 가능하겠나?"

그 말을 받아 맨 처음 발언한 사람은 라파엘로였다.

"안토니오 공이 한 말이 사실이고, 정말로 그 냄새를 의도적으로 지울 수 있다면, 표식 냄새를 사진에 지워 둠으로써 어느 정도 군룡의 움직임을 유도할 수 있을지도 모릅니다."

"그렇습니다. 게다가 그 냄새를 지우는 도구를 가진 별동대를 조직해서 습격하러 온 군룡의 퇴로를 차단해 후퇴하는 군룡들의 발을 묶을 수 있을지도 모릅니다."

이어서 사비에르도 그렇게 떠오른 생각을 그대로 입에 올렸다.

두 사람의 발언에 이끌리듯이 발렌티아군의 부대장들도 대화에 참여했다.

"과연, 군룡을 도망치지 못하게 하는 것이 관건이니, 조금이라도 퇴각을 지체시킬 수 있다면."

"아니, 하지만 밀림으로 도망쳐 버린 다음은 늦지 않은가요? 밀림에서는 '주룡'을 이용할 수 없으니 군룡들이 조금 우왕좌왕한다 해도 추격은 어렵습니다."

"문제는 거대 군룡이겠지요. 그것만 쓰러뜨리면 다음은 식은 죽먹기입니다. 저런 100마리가 넘는 큰 무리를 유지할 수 있을 리 없으니까요."

부대장 하다가 강경한 표정으로 그렇게 단언했다. 첫 번째 습격에서는 정확한 숫자를 파악하지 못했지만, 두 번째 습격에서는 방어 부대가 교전 상황까지 갔기 때문이다. 병사들로부터 대략적인 보고가 들어왔다.

보통은 10여 마리 전후로 무리를 짓는 군룡이 백 마리씩이나 모이면 이건 그냥 재앙이다.

"백 마리 넘는 무리? 정말입니까?"

그 말에 사비에르가 놀라서 외쳤다.

"네, 네에, 그렇습니다만. 뭔가 문제가 있습니까?"

이 시점에 와서 마침내 사비에르는 정보 공유에 실패했음을 깨달았다.

발렌티아 사람들의 '소금 도로의 이변'에 대한 정보는 젠지로, 라파엘로를 통한 것이다. 젠지로도 라파엘로도 '소금 도로를 거대 군룡이 이끄는 대규모 군룡 무리가 봉쇄했다'는 이야기는 들었지만 자세한 내용에 관해서는 들은 바가 없는 것이다.

당연하다면 당연한 얘기다. 젠지로가 발렌티아에 '보내졌을' 때는 아직 군룡 소동이 발렌티아에까지 영향을 미칠 줄은 아무도 예상하지 못했던 것이다.

상세한 정보를 전달하는 것도 자신의 역할임을 인지한 사비에르는 착오가 발생하지 않도록 세심한 주의를 기울이며 자기가 가진 정보를 공개했다.

"소금 도로에서는 습격해 오는 군룡이 늘 50마리 안팎이었습니다. 반격할 때마다 몇 마리씩 해치우며 그 숫자를 줄였지만 다음에 습격해 올 때는 다시 50마리 안팎으로 채워져 있었습니다. 그 점을 미루어 푸죠르 장군은 본대가 따로 있어서 당한 만큼 수를 보충한다고 추측했습니다만."

그리고 그 추측은 맞아떨어졌다.

원군을 불러 산 사냥을 개시한 결과 군룡 본대와 마주치지는 못했을지언정, 곳곳에서 발견된 군룡의 흔적(똥이나 발톱 자국)을 보아, 그 수는 결코 50마리 정도가 아니었다.

텁석부리 사냥꾼은 '적어도 200, 어쩌면 500이상'이라고 추측했다.

그런데 발렌티아를 습격한 용은 100마리가 넘는다.

"그게 무슨 뜻입니까? 이쪽이 소금 도로보다 싸움터가 넓어서 실전부대의 규모를 늘렸다는 것인가요?"

용류가 싸움터의 넓이까지 생각해서 투입 전력을 조절할 수 있다니 믿을 수 없는 악몽이지만, 지금까지의 거대 군룡의 판단력을 떠올리면 있을 수 없다고 단언할 수 없다는 점이 더욱 무시무시하다.

그러나 산과 용류에 관해 가장 박식한 텁석부리 사냥꾼은 잠시 생각한 후 완전히 다른 견해를 입에 올렸다.

"아니……그건, 어쩌면 놈들에게도 한계가 가까워 온 것일지도 모릅니다."

"한계가 가까워?"

"무슨 의미지?"

낙관적으로도 들리는 텁석부리 사냥꾼의 말에 그 자리에 있는 모두에게 화색이 돌았다.

고위 귀족이나 왕령군의 부대장들이라는, 일개 사냥꾼에게는 구름 위의 존재인 사람들이 바짝 추궁하자 텁석부리 사냥꾼은 잔뜩 주눅이 들었지만 가까스로 자신의 생각을 말했다.

"예, 예. 그러니까, 그 습격하러 온 100마리가 최후의 100마리가 아닌가 싶다는 것입니다. 처음부터 슬쩍 신경이 쓰이긴 했습니다. 소금 도로에서 우리 인간들로부터 도망친 군룡들이 이렇게 산을 돌파해 반대편 인간 마을에 모습을 드러내고 습격을 반복한다는 것에 말입니다. 인간에게서 도망친 군룡이 다른 인간의 터전을 습격한다니 이건 좀 묘하다, 라고요."

부대장들은 저도 모르게 서로 얼굴을 마주 보았다.

듣고 보니 확실히 그 말이 맞다. 인간을 피해 달아나 산속에 틀어박힌 용들이 산을 뚫고 나와 반대편 인간 마을을 습격했다는 것은 어딘가 이상하다.

사비에르에게 눈짓으로 재촉을 받은 텁석부리 사냥꾼은 긴장한 표정으로 설명을 계속했다.

"밀림 속에는 나름대로 일종의 질서가 있습니다. 힘센 용류가 각각 영역을 갖고 약한 부류는 그 틈새에서 살아갈 수밖에 없지요. 하지만 군룡은 무리지어 사는 용이라서 아무래도 넓은 영역을 필요로 합니다. 게다가 저 거대 군룡의 무리는 100을 훨씬 넘는 유례없이 많은 수가 모여 있었지요. 그런 놈들이 밀림 안쪽으로 도망쳐 들어갔으니 당연히 '영역 싸움'이 일어났을 겁니다. 영역 싸움에서는 이긴 쪽이 영역을 차지하고 진 쪽은 다음 영역을 찾아 도주합니다. 저 군룡은 그런 패배와 도주를 밀림 속에서 몇 번씩 반복하며 여기까지 온 것이 아닐까, 하는 것입니다."

"200이나 300 정도 있던 무리가 연전연패할 정도로 센 용류가 저 밀림 속에 터를 잡았단 말인가?"

젠지로는 의자에 앉은 채 무심코 밀림 쪽으로 고개를 향했다. 물론 이곳은 발렌티아 공작의 대회의실이다. 젠지로의 시야에 들어온 건 낡은 석벽뿐이었지만, 젠지로는 뇌리에 그 석벽을 간단히 부수고 들어오는 괴물 용의 모습을 떠올렸다.

그건 카파 왕국에서 나고 자란 라파엘로 및 다른 이들도 마찬가지였는지, 한동안 회의실은 서늘한 침묵에 휩싸였다.

그러나 아무리 괴물이라도 밀림 속에서 나오지 않는다면 당장은 그 존재에 대해 골치를 썩일 필요가 없다. 그보다 지금은 좀 더 가까운 곳에 닥친 위협에 대해 생각해야 한다.

먼저 정신을 가다듬은 라파엘로는 이야기의 맥락을 되돌리기 위해 턱석부리 사냥꾼에게 확인했다.

"안토니오 공, 요컨대 당신은 현재 발렌티아를 습격하는 군룡들이 '패잔병'이라고 말하고 싶은 것이지요?"

그 말에 턱석부리 사냥꾼은 비로소 뜻이 통했다는 것처럼 자신감에 찬 얼굴로 끄덕였다.

"네. 거듭된 '영역 싸움'에서 연패해, 그 때마다 숫자가 줄어든 것이 아닐까 생각합니다. 적어도 밀림 속에 있는 동안 영역 싸움을 한 건 틀림없고, 인간 마을 가까이까지 나왔다는 건 군룡들이 거듭 패배했다는 증거일 것입니다. 그렇다면 그 과정에서 숫자도 절대적으로 줄었다고 볼 수 있습니다."

어쩐지 꽤나 이쪽에 유리한 얘기라서 순순히 받아들이기는 어렵지만 확실히 앞뒤가 맞는 말이긴 하다.

밀림 속에 영역을 두는 용류가 수백의 군룡을 그냥 통과시킬 리가 없다. 게다가 이토록 단기간에 밀림으로 뒤덮인 산을 몇 개나 돌파해 온 것이다. 체력이나 다리 힘이 뒤처지는 개체는 자연스럽게 도태되었을 것이다.

그런 의견이 나오는 와중에 사비에르는 아직 밝히지 않은 정보가 있음을 떠올렸다.

"그러고 보니 소금 도로를 습격했던 50마리 중에는 암컷 군룡이 없었습니다. 그것이 나름대로 가려 뽑은 습격부대라는 증거였습니다만, 어떻습니까? 이곳을 습격한 백 마리 중에는 암컷 군룡이 있었습니까?"

그 질문에 젊은 부대장 하나가 손을 들고 대답했다.

"네, 있었습니다. 두 번째 습격에서 몇 마리의 군룡을 해치웠습니다만, 그 중에 한 마리가 틀림없는 암컷입니다."

그건 사냥꾼의 추측을 강력하게 뒷받침하는 증언이었다.

"이건, 틀림없는 것 같군요."

라파엘로는 그렇게 말하고 확신한 것처럼 끄덕였다.

"확실히 그렇게 생각하면 군룡들의 도가 지나친 공격성도 설명이 됩니다. 그건 공격적이라기보다 좀 더 단순히 굶주린 것이군요."

밀림을 가로지르는 동안 영역 싸움에 거듭 패배했다면 가혹한 전투를 펼치면서 제대로 된 먹이를 사냥하지 못했다는 얘기가 된다.

그렇다면 애초에 비상하게 똑똑한 거대 군룡이 사람 마을을 덮친다는 위험한 짓을 저지른 이유도 설명할 수 있다. 가만히 있으면 굶어 죽는다. 그럴 바에야 차라리 위험을 무릅쓰고라도 먹이를 탈취하러 간다. 그렇게 된 것이다.

농촌을 망가뜨리는 강적이 사실은 영역 싸움에서 진 굶주린 패잔병이라는 건 살짝 불쌍한 생각도 들지만 그 편이 이쪽에 유리함은 분명한 사실이다.

습격해 오는 백 마리를 처치하면 그걸로 해결되는 것이다.

"좋다. 대략 방향은 잡혔다. 그러면 앞으로 그 마지막 백 마리를 어떻게 해치울지 모두 의견을 말해 보게."

젠지로의 그 말을 신호로 부하들은 구체적인 작전에 대해 이야기하기 시작하는 것이었다.

[제6장] 토벌 최종 단계

　그 다음날. 군룡들은 세 번째 습격을 감행해 왔다.

　첫 번째는 손쓸 도리도 없이 마을 하나가 짓밟혔고, 두 번째는 가까스로 반격에 성공했다.

　그리고 세 번째는 지금까지의 교훈을 살려 두 번째보다 많은 군룡을 해치우며 격퇴에 성공했다.

　이 세 번째 격퇴에서 얻은 가장 큰 성과는 사비에르 가질과 그 부하인 사냥꾼이 현장을 시찰할 수 있었다는 점이다.

　실제로 습격해 온 군룡을 본 두 사람은 그 무리가 소금 도로를 어지럽힌 군룡과 같은 무리임을 확신했다.

　텁석부리 사냥꾼의 증언은 '몸의 무늬나 몸 색깔을 기억하는 개체가 몇 마리 있다'는, 전문가만이 알 수 있는 의견이었지만, 사비에르가 확신한 이유는 좀 더 간단했다.

　군룡 중에 머리에 화살이 박힌 개체를 발견한 것이다. 그 군룡을 죽이고 화살을 뽑아내 보니 그 화살은 '용궁'의 화살이었다.

　일반적인 활과는 위력과 사정거리가 확연히 다른 '용궁'은 기본적으로 화살의 관통 능력을 중시해 특별한 것을 사용한다.

　발렌티아 공작령의 군대에 '용궁'을 사용하는 병사는 한 사람도 없다.

즉 그 화살은 푸죠르 장군 직속 '용궁기사단'이 쏘아 맞힌 것이라는 얘기다.

발렌티아를 습격한 군룡 무리가 소금 도로를 짓밟은 무리와 동일하다는 확고한 증거였다.

게다가 텁석부리 사냥구은 공격해 온 군룡의 반수 가까이가 암컷임을 확인했다.

아무래도 예상이 완전히 맞아떨어진 모양이다.

그렇다면 이제 계획대로 작전을 진행하면 된다.

네 번째 습격을 마지막 습격으로 만들기 위해 '젠지로가 이끄는' 발렌티아 영주군은 마지막 작전에 돌입했다.

발렌티아의 동쪽에 자리잡은 밀림. 지휘관인 젠지로에게서 발렌티아군의 일부를 할당받은 사비에르 가질은 그 밀림 속에서 맡은 바 임무를 충실히 수행하고 있었다.

"무기는 내가 허가할 때까지 절대로 품에서 꺼내지 마라. 가능한 한 밀림에 쇠 냄새를 남기지 않도록 조심해라."

마음이 잘 맞는 자신의 영지 소속 병사가 아닌 어제 처음으로 만난 병사들을 지휘하는 사비에르의 표정에는 필요 이상의 긴장과 기합이 역력했다.

"네."

"알겠습니다."

그러나 아무리 젊고 경험이 일천한 지휘관이라 해도 열심히 애쓰는 모습에 호감을 느꼈는지, 발렌티아 병사들은 처음 만난 젊은 지휘관에게 아직은 순순히 따라 주었다.

사비에르가 봤을 때 발렌티아 영주군 병사의 숙련도는 사비에르가 이끌던 가질 변경백 영주군 병사들과 도토리 키 재기였다.

즉 사비에르에게는 엎어치나 메치나인 상황인 것이다. 그러나 병사의 역량이 비슷해도 병사와 지휘관 사이의 신뢰 관계는 비교할 수 없을 정도로 달랐기에, 자령의 병사를 지휘할 때와 같은 감각으로 대했다가는 큰 코를 다칠 것이다.

(그나저나 아우라 폐하는 날 책임자로 추천한다고 말씀해 주셨는데……)

어두침침한 밀림 속에서 나무 하나 하나를 조사하는 병사들을 지켜보며 사비에르는 속으로 그런 생각을 했다.

현재 사비에르의 지위는 발렌티아 영주군 총지휘관인 젠지로 바로 아래의 전선지휘관이다.

군룡 토벌에 참가한 발렌티아 영주군은 한 부대를 빼면 모두 사비에르의 지휘 아래 있는 셈이므로 사비에르가 실질적인 토벌 책임자라고 할 수도 있다.

그러나 명목상이라고는 해도 총지휘관은 국서인 젠지로이며, 그 젠지로 곁에는 '참모'라는 직함의 라파엘로 마르케스가 있다.

라파엘로가 이끄는 군대는 젠지로의 호위를 담당한 1개 부대지만, 직함으로 치면 사비에르와 동격이라 할 수 있다.

게다가 수는 적지만 웁살라 왕국을 자칭하는 북대륙인 부대도 참가해서 이 부대에 관한 지휘권도 사비에르에게 없었다.

(과연 실전이 벌어졌을 때 내가 제대로 역할을 다할 수 있을까?)

사비에르가 그런 불안에 시달리는 것도 무리는 아니다.

하지만 여기서 비관적인 생각을 한다 한들 사태는 아무것도 호전되지 않는다.

머리를 흔들며 눈앞의 일에 집중하려 한 사비에르의 귀에 이젠 완전히 귀에 익은 턱석부리 사냥꾼의 목소리가 들렸다.

"사비에르 님, 있습니다! 틀림없습니다. 이 부근의 나무에 놈들이 '표식'을 남겨 놓았습니다."

"있었군! 좋다, 계획대로 작업을 시작하라!"

"옛."

사비에르의 지시를 받은 병사들은 2인 1조로 커다란 나무통을 들고 와 턱석부리 사냥꾼이 말한 '표식'이 묻은 나무로 향했다.

"좋아, 내려놓는다. 영차!"

통을 풀숲 위에 내려놓은 병사는 이마의 땀을 닦고 훅, 하며 숨을 몰아쉬었다. 그렇게 한숨 돌린 것도 잠시, 병사들은 나무통의 뚜껑을 열고 그 안으로 자루가 긴 나무 바가지를 넣었다.

나무통의 내용물은 흰 분말이다.

"그러면 이 나무의 중심에 흠뻑 뿌려 주십시오."

"좋아, 간다."

"눈에 들어가면 안 되니 조심해라. 눈에 들어간 자는 바로 내려가서 물로 깨끗이 씻어내라!"

"알겠습니다!"

"간다, 하나, 둘!"

텁석부리 사냥꾼이 가리킨 나무와 그 주변에 입가를 수건으로 가린 병사들은 바가지로 퍼낸 흰 분말을 일제히 뿌렸다.

고동색 나무 둥치와 진한 녹색의 풀들이 순식간에 하얗게 물들어 갔다.

"그런데 이런 걸로 정말 군룡의 후각을 교란시킬 수 있을까?"

"글쎄, 안 되면 그만이지 뭐."

"하긴 그렇지. 어차피 우리는 시킨 대로 할 뿐이니."

반신반의하는 병사들이 뿌려대는 그 흰 분말의 정체는 '소석회'다.

발렌티아의 식탁에 조개류가 자주 오르는 것을 안 젠지로가 유리 제조에 힘쓰는 아우라에게 선물하기 위해 고온에 구운 조개껍질을 맷돌로 갈아 만든 것이다.

고온에 구운 조개껍질에서 만들어지는 석회——생석회는 독극물이다. 물과 만나면 급속도로 반응하며 수백 도의 고온을 낸다.

그 생석회를 한 번 물과 반응시켜 상태를 안정시킨 것이 소석회다.

소석회는 현대 일본에서도 곧잘 사용되는 탈취제다. 비교적 인체나 토양에 악영향을 미치지 않으면서 냄새를 지워 주기 때문에 정원에서 애완동물을 기르는 사람이 이웃에 피해를 주지 않기 위해 동물 분뇨 냄새를 지우는 데 사용한다.

하지만 전문가가 아닌 젠지로의 지시로 만들어진 물질이 과연 제대로 소석회가 되었을까? 나무통에 넣어 밀봉해 두긴 했지만 반응이 진행돼서 탄산칼슘이 되어 버린 것은 아닐까? 개나 고양이의 분뇨 냄새는 지워주는 소석회의 효과가 과연 군룡의 분뇨에도 나타날까? 그리고 그 탈취 효과는 과연 사냥꾼 말대로 '엄청난 후각'을 지닌 군룡의 코를 속일 수 있을 정도일까?

문제점은 얼마든지 있다. 그러나 안타깝게도 군룡들의 움직임을 제어할 만한 다른 아이디어가 없다.

그렇다면 안 되면 그만이라는 생각으로 한 번 시험해 보자, 라는 얘기가 된 것이다.

"이걸로 정말 군룡의 움직임을 제어할 수 있을까?"

사비에르는 한 차례 지시를 마친 후 텁석부리 사냥꾼의 곁으로 가 뒤늦은 질문을 했다.

사냥꾼은 빽빽하게 수염이 자란 뺨을 긁고는,

"글쎄요. 이 냄새 지우개가 정말 젠지로 님의 말씀대로 효과를 발휘한다면 가능하지 않을까 생각합니다만. 다음은 같은 종류의 나무를 찾아서 군룡 가죽을 문지르고 소변을 뿌리는 거죠. 음, 꽤 잘 될 것 같은 느낌은 듭니다만."

군룡 가죽은 세 번째 습격에서 해치운 군룡에서 벗겨냈고 소변도 해치운 군룡을 해부해서 방광째 들어내 가져왔다.

그것들을 이곳과는 다른 나무에 문지르고 뿌려서 군룡을 속여, 이쪽이 준비한 전투에 적합한 장소로 유도한다.

이것이 발렌티아군이 짠 군룡 박멸 작전의 기초 골격이었다.

참고로 죽인 군룡의 가죽이나 방광의 소변을 사용하자고 제안한 사람도 젠지로였다. 전에 TV에서 원숭이나 멧돼지 피해를 막기 위해 곰의 모피와 소변을 이용해 '여기는 곰의 영역'이라고 착각하게끔 하는 방법을 본 적이 있는 것이다.

어떻게든 이쪽이 준비한 전쟁터로 군룡을 끌어들일 수만 있다면 격퇴가 아니라 전멸까지 이르게 할 가능성이 상당히 높다.

"다음번엔 승부를 낸다."

사비에르는 스스로에게 다짐을 두듯 그렇게 중얼거렸다.

그 강한 결의의 이면에는 물론 이번 건을 자신의 공적으로 삼아 차기 가질 변경백으로서의 '관록'을 붙인다는 계산적인 마음도 있다.

어찌됐든 저 푸죠르 장군이 한 번은 놓친 적이다. 그걸 해치운다면 단순히 용을 퇴치한 정도의 업적에 머무르지는 않을 것이다.

그러나 동시에 맡은 바 임무를 끝까지 해냈다는 책임감과 용에 의한 피해로 고통 받는 영민들을 구했다는 순수한 보람도 있다.

"더 이상 질질 끌지 않겠어."

사비에르는 사명감과 투지에 불타며 왜소한 몸을 부르르 떨었다.

━━━━━◆━━━━━

같은 때, 결전의 장으로 선택된 농촌에서는 마을을 전쟁터로 만들기 위한 공사가 급하게 진행되고 있었다.

전쟁터로 선택된 곳은 강가에 있는 비교적 큰 규모의 농촌이다.

선택된 이유는 첫째, 밀림에서 마을까지의 거리가 충분히 멀다는 점.

둘째, 마을이 비교적 저지대이고, 마을 남북으로 약간 높은 언덕이 있는 점.

그리고 셋째, 비교적 최근에 조성한 마을이라는 점이다.

첫 번째 이유인 밀림에서 멀다는 것은 거대 군룡이 밀림 속에서 지시를 날리기 어렵게 됨을 의미한다. 조심성이 많은 거대 군룡도 이곳이라면 밀림에서 모습을 드러낼지도 모른다.

거대 군룡이 결코 밀림 속에서 나오지 않는 것을 선택한다면 조금 번거롭긴 해도 일단 그럴 경우의 대책을 마련해 두었다.

두 번째 이유인 마을이 저지대이고 남북에 언덕이 있다는 점은 간단하다. 마을에 육룡 따위의 가축을 남겨 두고 병사는 언덕 위에 매복할 것이다. 그렇게 하면 마을 전체가 커다란 덫이 된다.

세 번째 이유는 두 번째 이유와 연결되어 있다. 마을 전체를   으로 사용하려면 아무래도 마을 사람을 일시적으로 발렌티아 성벽 안으로 강제 대피시킬 필요가 있다.

생긴 지 얼마 안 되는 마을인 경우, 마을의 고령자들이 발렌티아 시내에서 나고 자란 세대라는 뜻이다. 굳이 가르쳐 주지 않아도 노인들이 도시에서의 생활 지식이 있어서 난민을 수용해도 비교적 트러블이 적을 것이다.

"라파엘로 님! 마을 입구에 나무 방책 설치 완료했습니다!"

"남쪽 언덕도 매복굴 공사를 완성했습니다."

"북쪽 언덕도 완성했습니다."

병사들의 보고를 들으며 평소처럼 온화한 미소로 전체에 지시를 내리는 사람은 라파엘로 마르케스다.

"알겠습니다. 작전을 완료한 다음엔 마을 분들을 호위해서 발렌티아로 돌아갑니다. 마지막까지 방심하지 않도록."

"네!"

물론 병사들만으로는 일손이 모자라 마을 사람들 중에서 젊은 남자들을 중심으로 인원을 차출했다.

노동에 대한 임금. 미끼로 삼기 위해 사들인 가축 값의 지불. 징발한 마을 자체에 대한 매수금.

그런 작전에 필요한 경비는 모두 젠지로의 용돈에서 나왔다. 아우라가 '마음대로 사고 싶은 것을 사라'고 준 돈이다.

다행히 젠지로가 원한 산양은 프레야 공주가 그냥 주기로 했기 때문에 젠지로에게는 그 돈이 고스란히 남아 있었다.

덕분에 지금까지는 문제없이 예산 내에서 해결되었지만, 마을 사람들이 발렌티아 시내에서 피난 생활을 하는 동안 소비하는 돈도 젠지로의 주머니에서 나오기로 되어 있다.

만약 이 작전이 길어진다면 바닥이 드러날 것이다. 물론 왕국 수도보다 풍족하다고 알려진 발렌티아의 금고에는 아직 여유가 있지만, 아우라가 사용 허가를 내리지 않은 돈에는 가급적 손을 대지 않고 끝내고 싶다, 라는 것이 젠지로의 절실한 요망이다.

그런 젠지로의 속마음을 사실 가장 정확히 파악한 사람은 라파엘로다.

"새어머니가 말씀하셨던 그대로인 분이네요."

지시가 어느 정도 끝나고 빈 시간에, 라파엘로는 멀리 보이는 발렌티아 성벽에 눈길을 주며 뜬금없이 그런 말을 뱉었다.

라파엘로 마르케스의 새어머니인 옥타비아 부인은 젠지로의 가정교사이다. 그래서 사전에 새어머니로부터 젠지로의 사람됨에 대해 물어보았는데, 실제로 겪어 보니 새어머니의 사람 보는 눈이 얼마나 정확한지를 새삼 확인할 수 있었다.

옥타비아 부인은 이렇게 말했다.

"굉장히 총명하고, 이성적이고, 판단력이 풍부한 분. 무엇보다 아우라 폐하에 대한 성실한 애정과 충성을 지니셨단다."

새어머니가 사람을 평가할 때 칭찬에는 특히 필요 이상으로 호들갑스러운 형용사를 갖다 붙이는 경향이 있으니까 '굉장히'라는 부분은 걷어낸다 치더라도, 젠지로가 충분한 지성과 이성과 결단력을 겸비한 사람이라는 사실은 이 짧은 기간의 경험 속에서도 알 수 있었다.

그리고 또한 왕궁에서도 발렌티아에 와서도 자주적인 행동에 나서지 않는 이유는, 자신이 섣불리 적극적인 움직임을 보이면 오히려 여왕 아우라의 발목을 잡게 된다는 것을 이해했기 때문이다.

스스로 '무능'하고 '무지'하다는 오명을 써서라도 여왕이 운신하기 편한 환경을 만드는 것에만 오로지 힘을 쏟는 부분은, 과연 여왕에 대한 애정 혹은 충성심이 보통이 아닌 듯했다.

"그런 의미에서는 지금 상황이 젠지로 님에게는 뜻하지 않은 일이 겠지."

형식적이라고는 해도 스스로가 '총사령관'으로서 이 군룡 토벌에 관여하게 된 젠지로의 고뇌에 대해서도 라파엘로는 정확히 짚어 냈다.

그런데 이번 인사는 가능한 한 앞에 나서거나 공을 세우지 않고 무난하게 넘어가려 했던 젠지로의 취지에서 벗어나 있다.

원래는 라파엘로가 맡기로 했던 책임자 지위. 그리고 갑자기 도중에 끼어든 사비에르 가질.

결과적으로 인원 배치가 전면 수정되어 명목상의 책임자를 젠지로 자신이 맡고, 라파엘로와 사비에르를 그 아래에 권한상으로는 동격으로 보이게끔 배치하면서도, 병력의 80%는 사비에르 지휘 아래 두었다.

라파엘로는 '참모'라는 형태로 작전 입안에 관해서만큼은 사비에르와 동등한 발언권을 가졌지만, 실전에서는 거의 지휘권을 휘두를 기회가 없는 입장이 되었다.

왕국 수도의 아우라와 발렌티아의 젠지로 사이가 무언가 크게 어긋나 아귀를 맞추기 위해 애쓰는 것이 훤히 보이는 궁여지책인 것이다.

"이건 아버님께 보고할 만한 '기념품'을 손에 넣은 건지도 모르겠는걸."

그렇게 중얼거리는 라파엘로의 얼굴에는 평소와 다름없는 온화한 미소가 떠올라 있었다.

    ♦

그리고 그 무렵 발렌티아 시내 중심에 세워진 발렌티아 공작 저택에서는 젠지로가 발렌티아 공작령 대관 다미안 경의 열렬한 설득 공세에 굳은 표정으로 저항하고 있었다.

"젠지로 님, 부디 생각을 바꿔 주시면 안 되겠습니까?"

매달리듯이 호소하는 중년 사내에게 젠지로는 표정을 없앤 시선을 향하며 쌀쌀맞게 대답했다.

"싫다."

"젠지로 님······"

다미안 경의 눈에 어렴풋이 눈물이 고인 것처럼 보였으나, 아름다운 처녀라면 또 몰라도, 중년 남성이 아무리 그런 표정을 지어도 찝찝할 뿐이다.

"젠지로 님이 직접 전장에 나가신다니, 분명히 말씀드리는데 제정신으로 할 일이 아닙니다. 젠지로 님의 옥체에 상처 하나라도 나는 날엔 저는 아우라 폐하께 드릴 말씀이 없어집니다."

그래도 포기하지 않고 다미안 경은 젠지로를 설득하려 들었다.

다미안 경이 죽을 힘을 다해 뜯어 말리려 하는 사태. 그것은 젠지로가 병사를 이끌고 전쟁터로 나간다, 라는 행위였다.

"전쟁터라는 말은 호들갑이잖나. 내가 갈 곳은 전쟁 예정지에서 멀리 떨어진 장소라네."

젠지로가 출병하겠다는 곳은 사비에르가 덫을 놓고 기다리는 마을에서 멀리 떨어진 지점이다.

이건 만에 하나 군룡의 유도에 실패할 경우 피난하지 않은 다른 마을에 피해가 나지 않게 하기 위한 대책이다.

물론 젠지로가 병사를 지휘할 수 있을 리 만무하기에, 실제로 지휘를 하는 사람은 '참모' 직함을 가진 라파엘로 마르케스이다. 즉 거기에서도 젠지로는 장식품이다.

그런 거라면 무리하게 성벽 바깥으로 나가지 말고 라파엘로에게 다 맡겨 버리고 젠지로는 발렌티아 공작 저택에서 꼼짝 말고 있어 달라고 다미안은 주장하는 것이다.

실제로 전쟁터의 효율만을 생각하면 다미안의 의견이 전면적으로 옳다.

젠지로도 신변을 위험에 노출시키고 싶다고는 눈곱만큼도 생각하지 않았고, 자신이 전장에 나가도 걸리적거리기만 할 뿐이라는 걸 잘 안다.

(그러니까 너무 그렇게 열심히 설득하지 말아 줘. 솔직히 지금도 결단을 뒤집고 싶어서 좀이 쑤신단 말이야.)

그런 속내를 전혀 알지 못하는 다미안은 거듭 젠지로를 설득했다.

"아무리 그래도 만에 하나라는 게 있습니다. 솔직히 말씀드리면 젠지로 님의 안전은 발렌티아의 안전보다 더 우선 사항입니다."

젠지로는 현재 국내에 세 명밖에 없는 '혈통마법'을 계승한 왕족이다. 심지어 그 중 단 하나뿐인 성인 남자다.

혈통마법의 술사를 늘린다는 관점에서 생각하면 여자인 여왕 아우라나 아직 젖먹이인 카를로스 왕자보다 중요한 인물이라고 해도 과언이 아니다.

그걸 자각하고 있는 젠지로는 그 말을 듣자 자신의 판단이 잘못된 것이 아닌가 하는 기분이 들었다.

그러나 그 생각을 떨쳐내고는,

"안 돼. 모처럼 위험이 적으면서 명성을 얻을 수 있는 기회라고. 그걸 왜 놓쳐야 하지?"

라고 젠지로는 공훈을 세우는 것에 집착하는 근시안적인 태도로 발렌티아 대관의 제지를 뿌리쳤다.

물론 젠지로는 자신이 공을 세우고 싶다고는 털끝만큼도 생각하지 않았다. 그러기는커녕 이번 일이 무사히 해결되면 은밀하게 자신이 그저 장식물에 불과했다는 소문을 퍼뜨릴 생각이다.

그렇다면 어째서 젠지로는 걸리적거리게 될 거라는 사실을 잘 알면서도 그토록 성벽 바깥으로 나가길 고집하는 것일까. 그건 이번 일이 군룡 '토벌'이기 때문이다.

'방위'와 같은 수세적 임무라면 책임자는 성벽 안에 틀어박혀서도 지휘관으로서 인정받을 수 있지만, 공세적 임무가 되면 책임자가 성벽 안에 숨어 있어서야 지휘관으로서 인정받을 수 없다.

그런 경우는 실제로 전선에서 지휘하는 자가 그 임무상의 최고 책임자로 여겨지게 된다. 성벽 안에 있는 상위 계급자는 자동적으로 전선의 지휘관에게 '전권을 위임'한 셈이 되는 것이다.

이번 군룡 토벌은 '토벌'이라는 문자 그대로 엄연한 공세 임무다. 발렌티아 마을을 군룡의 위협으로부터 지킨다, 라는 취지에서 보면 수세 임무로도 보이지만, 수도의 아우라는 이 일을 소금 도로 토벌의 연장선상으로 보고 있기에 서류상으로는 공세 임무로 분류돼 버린다.

(사비에르가 최고 책임자가 되면 발렌티아 공작 전권 대리인 내가 여왕 아우라의 개입을 받아들여 인사 정책을 변경한 꼴이 돼 버리니까.)

사비에르를 최고 책임자로 만들면 여왕 아우라가 지방 영주의 인사 독립권을 침해한 것이 된다. 반면 사비에르를 최고 책임자로 인정하지 않으면 국서인 젠지로가 여왕 아우라의 지시를 무시한 것이 된다.

어느 쪽을 취해도 문제가 발생하는 상황에 골머리를 썩이던 젠지로가 고육지책으로 내놓은 것이 지금의 배치다.

직함상의 최고 책임자는 자신이 맡는다. 그리고 실무에서는 누가 봐도 사비에르가 최고 책임자로 보이게 했다. 그리고 먼저 최고 책임자로 임명했던 라파엘로에게는 '참모'라는 직함을 주어 서류상으로는 사비에르와 동등한 위치에 두어 자신의 호위부대 지휘를 맡기고, 최소한의 실전 지휘권도 주었다.

여왕 아우라에게 최고 책임자의 지위를 약속받은 사비에르에게는 '사실상의 최고 책임자'로 만족케 하고, 자신이 먼저 최고 책임자로 임명한 라파엘로에게는 '작전상 책임자'로 타협하게 한 것이다. 그리고 아무것도 하고 싶지 않았던 자신은 본의 아니게 '명목상 최고 책임자'가 됐다.

사비에르, 라파엘로, 젠지로 세 명이 각각 원하는 것을 조금씩 양보하고 타협한 형태의 인사이다.

(조금씩 손해를 나눠 보고 원만히 해결했다고 할까. 왠지 엄청 피곤한 줄다리기를 하는 기분이 들어.)

젠지로는 위가 쿡쿡 쑤셨다.

이렇게 해도 나중에 정치적인 문제가 전혀 일어나지 않으리라는 보장은 없지만, 젠지로의 머리에서 떠올린 가장 원만하게 사태를 진정시킬 방법은 이것뿐이었다.

문제는 주위로부터 '국서 젠지로에게 야심이 있다'는 오해를 받을지도 모른다는 부분인데, 그건 나중에 아우라와 잘 상의해서 대처할 수밖에 없다.

"하, 하지만 그렇게 하시면 프레야 전하는 어떻게 하십니까? 젠지로 님이 호위를 이끌고 가시면 이곳에는 프레야 전하와 그 호위들만 남게 되는데요."

그렇게 물고 늘어지는 다미안에게 젠지로는 속으로 (아아, 자기 지위를 지키려는 마음도 있겠지만 이 사람 정말로 직무에 열심이구나)라는 생각이 들어 중년의 대관에 대한 평가를 높였다.

"그거라면 걱정 없다. 이미 프레야 전하께는 말씀드렸으니까. 프레야 전하는 나와 동행하는 것을 흔쾌히 승낙해 주셨다. 물론 전하의 호위도 같이 간다."

말투는 가벼웠지만 그 내용은 결코 가볍지 않았다.

"프, 프레야 전하가…… 말도 안 되는……"

다미안은 끝내 말을 잃어버렸다.

그도 그럴 것이다.

국내의 세 손가락 안에 꼽히는 젠지로만이 아니라 이미 외국의 왕족으로 인정받은 프레야 공주까지 함께 전장으로 나간다는 것이다. 제정신이라면 농담으로밖에 들리지 않을 얘기다.

그러나 현실적으로 젠지로가 호위를 이끌고 성벽 밖으로 나가는 이상 프레야 공주만을 발렌티아 공작 저택에 남겨둘 수는 없다.

젠지로의 호위대까지 바깥으로 나가면 발렌티아 시내에 남는 병력은 해안경비대와 거리의 경비대뿐이다.

만에 하나라도 프레야 공주가 도리에 어긋나는 행동을 일으키는 경우, 프레야 공주의 호위 병사들을 막기에는 다소 걱정스러운 병력이다. 그렇다면 차라리 불안 요소인 프레야 공주는 호위들과 함께 마을 바깥으로 끌고 나가는 편이 후환이 없을 터이다.

"이건, 이미 결정된 일이다."

"……알겠습니다."

단호한 젠지로의 말에 마침내 설득을 포기한 다미안은 낙심해서 고개를 꺾는 것이었다.

◆

그리고 그로부터 이틀 후.

군룡들은 네 번째 습격을 시도했다.

장소는 사비에르가 이끄는 토벌군이 덫을 쳐 놓고 기다린 강가의 마을이다. 젠지로의 아이디어가 열매를 맺었는지 아니면 단순한 우연인 것인지. 이번 한 번으로는 확인할 길 없지만 아무튼 중요한 것은 이쪽 편에게 가장 바람직한 결과가 나왔다는 사실이다.

"왔습니다, 군룡입니다!"

"좋아, 전원 제자리로! 이후 전투 개시까지의 지시는 수신호만으로 하겠다. 그때까지 일절 소음을 내지 말라!"

사비에르는 그렇게 마지막 지시를 날리고 스스로도 언덕 위에 파 놓은 얕은 굴에 엎드려 자세를 잡았다.

그의 온몸은 머리에서 발끝까지 풀물과 진흙으로 더럽혀 체취를 지우고 있기에 솔직히 눈 뜨고 못 볼 정도였다.

젖은 진흙이 두피에 들러붙어서 가려웠다. 진흙을 뒤집어썼을 때 약간 귀에 들어갔는지 귓속이 지금지금했다. 입가에도 풀물이 묻은 듯, 입술을 핥으면 쓰고 아린 맛이 났다.

하나부터 열까지 불쾌해서 미칠 지경이었지만 그래도 사비에르는 그런 생리적인 불쾌감을 억누르고 그저 때가 오기를 기다렸다.

(이만큼 이쪽의 계획대로 되고 있는걸. 반드시 여기서 끝장을 내 주겠어.)

사비에르는 그렇게 스스로에게 다짐을 두고 쓴 풀물 맛이 나는 입 안에서 세게 어금니를 깨물었다.

사비에르는 자기가 얼마나 혜택을 받은 입장에 있는지 잘 알았다.

원래 이 일은 아버지인 가질 변경백이 차기 변경백으로 미덥지 않은 시선을 받고 있는 자신을 위해 만들어 준 임무다. 그것을 한 번은 역부족으로 주도권을 내던지고 푸죠르 장군의 지휘 하에 들어갔지만, 지금 이렇게 마지막에는 결전 병력 전체의 지휘를 맡은 입장이 되었다.

이제 여기서 실패하면 자기의 뒤를 봐준 아버지, 푸죠르 장군, 그리고 아우라 폐하께 면목이 서지 않는다. 그런 기백과 열의를 가슴에 품고 사비에르가 주먹을 굳게 쥐었을 때, 마침내 군룡들이 그 모습을 드러냈다.

"꺄아아 꺄아아!"

"끼기긱!"

굉장한 수의 군룡이다. 과연, 확실히 그 수는 백에 가깝다. 사비에르의 대략적인 눈짐작으로는 아흔 넷에 조금 못 미칠 정도로 보였다. 백에 미치지 못하는 것은 두 번째와 세 번째 습격에서 퇴치된 개체 때문인지도 모른다.

몰려온 군룡은 마을 입구에서 한 번 발길을 멈췄다.

마을 입구에는 끝을 뾰족하게 깎은 나무로 방책을 쳐 놓았다. 그러나 그 높이는 기껏해야 사람 어깨에 조금 못 미칠 정도다.

"끼악 끼악!"

군룡들은 그런 정도의 높이는 간단히 뛰어넘을 수 있다. 무리를 이뤄 나타난 군룡들은 차례차례 울타리를 뛰어 넘어 들어갔다. 심지어 체격이 좋은 군룡은 뛰어 넘는 정도가 아니라 아예 점프할 기세로 울타리에 몸을 부딪쳐 망가뜨렸다.

애초에 이 울타리는 군룡의 침입을 막기 위한 것이 아니다. 군룡을 꾀어 들이기 위한 미끼로 마을에 남겨둔 가축인 '육룡'이 도망가지 못하도록 친 것이었다.

2족 보행에 다리 힘이 탁월한 군룡들에게는 아무것도 아닌 높이지만 4족 보행에 다리가 짧고 몸통이 큰 육룡에게는 도저히 넘을 수 없는 벽이다.

"삐기익!"

"삐익삐익!"

갑자기 포식자들이 나타나자 육룡들은 비명을 지르며 도망쳤다.

그런데 보스인 거대 군룡은 어디에 있는 것일까?

문득 그 생각을 떠올린 사비에르는 구멍 위로 얼굴을 아주 조금 내밀어 마을 입구를 주시했지만, 아무리 찾아봐도 그 놈으로 짐작되는 실루엣은 보이지 않았다.

(그렇다는 건, 이번에도 거대 군룡은 밀림에서 나오지 않았다는 말인가.)

살짝 유감이긴 해도 그건 그것대로 문제없다. 밀림에서 충분히 떨어져 있기 때문에 이곳을 전쟁터로 선택한 것이다.

보스인 거대 군룡이 밀림에서 나오지 않았다는 것은 전투부대와 지휘관을 분리시키는 데 성공했다는 뜻이다.

이 군룡들이 짜증 날 정도로 도주 타이밍이 좋은 건 모두 거대 군룡의 판단력 때문이다. 비상하게 지능이 발달한 거대 군룡 이외의 군룡은 기본적으로 야생의 본능과 뒤처진 지능밖에 없는 것이다.

이걸로 이 작전의 성공 확률은 더욱 높아졌다.

사비에르가 긴장 때문에 말라붙은 입술을 핥는 동안에 사람이 없는 마을에서는 군룡과 육룡의 잔혹한 술래잡기가 종반으로 치닫는 중이었다.

"끼이 끼이!"

"삐이!"

"크아아!"

보통은 육룡이 군룡을 따돌리고 도망칠 수 있을 리 없지만, 미끼들이 금세 잡아먹히면 곤란하기에 사비에르의 군대는 건물과 건물 사이에 두껍고 둥근 봉을 가로로 설치해 군룡의 발을 묶게끔 해 놓았다.

사람 가슴 높이쯤에 가로로 걸친 통나무 봉은 다리가 짧은 네 발의 육룡에게는 장애가 되지 않지만, 2족 보행에 사람보다 키가 큰 군룡에게는 밑으로 기어가거나 뛰어 넘어갈 수밖에 없는 딱 성가신 위치에 놓인 것이다.

결과적으로 육룡들 대부분은 가까스로 잡아먹히지 않고 마을 광장까지 도망쳐 나왔다. 그 뒤를 쫓아 군룡들도 뒤늦게 광장으로 모였다.

물론 광장이라고 해 보았자 작은 마을의 광장이다. 백 마리 가까운 군룡들을 전부 수용할 수 있을 만한 크기는 아니다. 그래도 최초의 일격으로 가능한 한 전과를 올려야 한다고 판단한 사비에르는 당장이라도 공격 명령을 내리고 싶은 충동을 견디고 최적의 타이밍을 기다렸다.

　이미 군룡들은 한 마리도 빠짐없이 마을 안으로 들어갔다. 그리고 그 중 40% 정도가 마을 광장에 모였다.

　당연히 육룡이 모두 달아나는 데 성공하지는 못해서 운 나쁘게 붙잡힌 육룡을 기분 좋게 뜯어 먹는 군룡의 모습도 마을 여기저기에서 보였지만 저 정도는 허용 범위 안이다.

　(좋아, 지금이다!)

　지금이 바로 그 때. 그렇게 느낀 사비에르는 언덕 위에서 엎드린 채 지휘봉을 든 오른손을 위로 번쩍 들었다. 주위의 병사들이 긴장으로 숨을 삼키는 소리가 들렸다.

　아마도 반대편 언덕에 잠복한 병사들에게도 보였을 것이다. 만에 하나 보이지 않았다고 해도 지금은 확인할 도리가 없다.

　뜻을 굳힌 사비에르는 기세 좋게 오른손에 든 지휘봉을 힘껏 휘둘러 내렸다.

　다음 순간, 사비에르 주위에서 일제히 병사들이 일어나 손에 든 커다란 활의 시위를 당겼다가 놓았다.

　바람을 가르는 무수한 소리와 동시에 수백 개의 화살이 눈 아래 마을에서 먹이를 쫓는 군룡들을 향해 쏟아졌다.

　언덕에 매복해 있던 궁병이 이쪽에 300명, 건너편 언덕에도 300명. 합쳐서 600명이 일제히 쏜 것이다.

　"캬악!?"

　비명을 올린 군룡은 그나마 나았다. 대부분은 뭐가 뭔지 모른 채

상공에서 쏟아진 화살비를 맞고 죽어 갔다.

　원래 용류의 체력은 인간의 상상을 초월한다. 화살 한 두 대 맞았다고 해도 죽기는커녕 어디에 맞았느냐에 따라 아예 신경도 안 쓸 정도다. 그러나 백 마리도 되지 않는 군룡에게 600개의 화살이 쏟아지면 얘기가 달라진다.

　게다가 발렌티아군 병사들이 손에 든 활은 장궁이다. 사비에르가 이끄는 가질 변경백군 병사들이 쓰던 단궁과는 위력도 사정거리도 확연히 다르다.

　그야 '용궁기사단'이 다루는 '용궁'보다는 못하지만, 지형의 이점이 있다. 궁병들은 언덕 위에 서서 언덕 아래에 모여 있는 군룡을 쏘는 것이다.

　그렇게 지형의 이점을 자기편으로 만든 장궁은 평지에서 쏘는 '용궁'에 필적하는 위력을 보인다.

　물론 이 거리에서는 군룡만 노리고 육룡은 피해 가는 귀신같은 솜씨를 부리는 건 불가능하기에, 훌륭히 미끼 역할을 해 준 육룡들도 어쩔 수 없이 휩쓸려 전멸했다.

　불쌍하지만 어쩔 수 없는 희생이다.

　그러나 역시 백 마리 가까운 군룡이 사격 한 번으로 전멸하지는 않는다. 건물 그늘에 숨어 거의 상처를 입지 않은 군룡도 개중에는 있었다.

　"끼이이익!"

　살아남은 군룡들 중 몇 마리는 도망치는 게 아니라 언덕 위에 선 사람들에게 반격을 시도했다.

원래 다리 힘이 센 군룡은 조금 높은 언덕배기 정도는 대수롭지 않게 여긴다. 두 개의 두꺼운 뒷다리와 그 이상으로 두꺼운 꼬리를 능숙하게 사용해서 사람에겐 절대로 불가능한 속도로 궁병들이 서 있는 언덕으로 올라왔다.

그러나 그것도 사비에르에게는 상정했던 움직임 중 하나에 불과했다.

"궁병대 후퇴, 장창대 앞으로!"

사비에르의 명령을 받고 뒤로 물러간 궁병대 대신 긴 창을 든 병사들이 언덕 위에 섰다.

그 창의 길이는 사람 키의 두 배는 돼 보였다. 물론 그런 기다란 무기를 자유자재로 다루는 것은 일반 병사에게는 불가능하다.

그러나 달려드는 군룡을 향해 그 긴 창끝을 앞으로 내미는 것만으로도 충분했다.

"갸아악!"

"끼긱?!"

아무리 다리 힘이 좋은 군룡이라도 이런 급경사면에서 뛰어 오르는 것은 불가능하다. 앞으로 내민 긴 창끝에 찔린 군룡은 그 이상 위로 올라갈 수 없다.

원래라면 인간이 군룡의 돌진을 막을 수 있을 리 없지만, 이 또한 지형의 이점을 살린 결과라 할 것이다.

언덕 위에서 창을 겨누는 인간과 언덕 아래에서 달려드는 군룡.

본래는 뒤집어질 수 없는 양측의 운동 능력이지만, 높은 곳을 차지한 덕에 가까스로 길항을 이루거나, 혹은 아주 약간 역전되는 것이다.

"끄갸아악!"

네 마리의 군룡은 다리가 미끄러지며 언덕 아래로 굴러 떨어지고, 간신히 버티던 군룡은 자세를 가다듬은 궁병이 창병 사이로 활을 쏴 해치웠다.

"끼익!"

얼마 지나지 않아 공세에 나섰던 일부 군룡도 전혀 전과를 올리지 못하고 목숨을 잃었다.

일련의 전투를 사비에르는 지휘관이라는 입장이면서도 어쩐지 남일 보듯이 먼 시선으로 보고 있었다.

"굉장해…… 이것이 푸죠르 장군이 말씀하셨던 그건가."

사비에르의 뇌리에 푸죠르 장군이 했던 말이 떠올랐다.

"사람의 강함은 기술과 무장과 연대다"라던 푸죠르 장군의 말.

그때는 그렇게 말하는 푸죠르 장군 본인이 단독으로 군룡을 정면에서 해치우는 걸 본 직후라 웃어넘기고 말았지만, 이렇게 현장에서 확인하자 푸죠르 장군이 한 말의 의미를 실감했다.

전쟁터로 적합하지 않은 소금 도로에서 가질 변경백 영주군은 고전을 면치 못했다. 그 후 산 사냥에서는 푸죠르 장군이 이끄는 정예 '용궁기사단'조차 몇 마리의 군룡을 해치우는 데도 대대적인 노력이 필요했다.

그러나 지형의 이점을 살리고 수를 갖춘 이 싸움에서는 보다시피 압승이다.

밀림용 단창과 단궁을 평지용 장창, 장궁으로 바꿔 들고, 적의 품 안으로 뛰어드는 것이 아니라 이쪽이 준비한 전장으로 적을 유인하고, 병사 전원이 호흡을 맞춰 공격한다.

그것만으로도 이 정도의 성과가 나온 것이다.

들뜨는 마음을 겨우 가라앉히고 사비에르는 다시 한 번 눈 아래의 전장을 둘러보았다.

이미 승부가 났지만 병사들은 남은 적을 소탕하고 있다. 그 광경을 보며 사비에르는 문득 유혹에 휩싸였다.

이 단계에서라면 자신도 공격에 가담해도 되지 않을까? 자만하는 건 아니지만 활 실력은 여느 병사들에 뒤지지 않을 자신이 있다.

그러나 그럴 생각으로 자신의 손을 확인한 사비에르는 손에 쥔 '그것'을 발견하고는 광기와도 같은 열기를 단번에 씻어 버렸다.

사비에르가 손에 든 것은 '지휘봉'이다. 애용하는 활도 창도 아닌, 공격력이 전혀 없는 가느다란 나무 봉이다.

(그래, 내 역할은 이 손으로 한 마리 두 마리의 군룡을 쓰러뜨리는 것이 아니야. 부하들이 더 많은 군룡을 쓰러뜨릴 수 있도록, 그리고 부하들이 최대한 희생당하지 않도록 하는 것이 내 임무다.)

새삼스럽게 자신이 맡은 바 역할을 인식한 젊은 지휘관은 다시 한 번 전장을 살피고 지시를 내렸다.

"북쪽 언덕, 강가에 네 마리의 군룡이 도주 중이다. 강에 뛰어들려고 한다. 그 전에 쏘아 맞혀라!"

결국 사비에르의 지휘 아래의 이 작전에서 덫을 돌파하는 데 성공한 군룡은 불과 몇 마리에 불과했다.

———◆———

시간을 조금 거슬러 올라가자.

사비에르의 군대가 군룡들을 덫에 가두기 위해 언덕 위에서 숨을 죽이고 있을 무렵, 밀림 속에는 무지막지하게 큰 군룡의 모습이 있었다.

그 크기는 군룡이라는 생물에 대해 어설프게만 아는 사람의 원근감에 착란을 일으킬 정도였다. 보통 군룡에 비교하면 최소한 머리통 두 개는 크다. 원래 군룡은 중형 육식용으로 분류되지만, 이 군룡만은 예외적으로 대형 육식용으로 불러야 할 정도다.

그러나 일개 육식용 주제에 카파 왕국의 지배층이 골머리를 썩게 만든 것은 그 거대한 몸집이 아니다. 이 거대 육식용이 성가신 이유는 나이를 많이 먹어 가며 몸에 익힌 지혜와 그 지성이 뒷받침된 신중한 판단력 때문이다.

부하 군룡들이 굶주림에 지쳐 마을로 돌진해 간 동안에도 거대 군룡만은 고집스럽게 밀림 속에서 움직이지 않았다.

물론 부하 군룡들이 포획한 고기를 가져다주기 때문에 허용된 특권이긴 하지만, 그래도 괴이할 정도의 신중함이다. 아니면 겁이 많은 것일지도 모른다.

그리고 지금도 그 신중함을 발휘했다.

마을 쪽에서 사비에르의 지휘봉이 올라갔다 내려오고, 군룡들을 향한 일제 사격이 이루어졌을 때였다.

600개의 화살이 허공을 가르고 쏟아지는 그 소리에 이어서 부하 군룡들이 지르는 단말마의 비명이 밀림에 잠복한 거대 군룡의 귀에 희미하게 닿았다.

"크르으으……"

자세한 상황을 파악할 수 있을 정도로 확실한 소리가 들린 것은 아니다.

그러나 거대 군룡은 본능과 지성으로 지금 상황이 '이상하다'는 판단을 내렸다.

도주해야 하는가? 군룡으로서는 파격적으로 발달한 거대 군룡의 뇌에 그런 선택지가 떠올랐다.

그러나 여기서는 거대 군룡이 최대한의 성량으로 후퇴를 명령해도 이미 전투중인 부하들의 귀에 들어갈 리 없었다. 그렇다고 해서 부하들을 버리고 자기만 도망친다는 선택지도 없었다.

나이가 들어 몸이 커지고 지능도 발달했지만, 그 대신 몇 가지 잃어버린 것이 있다. 하나는 민첩성이고 또 하나는 먹을 것에 대한 참을성이다.

몸이 지나치게 커진 거대 군룡은 힘이 세진 대신 민첩하게 움직일 수 없게 되었다. 동시에 사냥 실력도 떨어졌다. 그런 주제에 거대한 몸을 유지하기 위해 많이 먹어야 했다.

결과적으로 거대 군룡은 자기 대신 먹이를 잡아 올 부하들의 존재 없이는 살 수 없는 생물이 된 것이었다.

딴엔 '기생'이라고 해도 좋았다.

"크르……"

잠시 생각한 후 결단을 내린 것인지, 거대 군룡은 한 발짝 바깥으로 발을 내딛었다.

밀림과 마을 사이에는 몸을 숨길 곳이 전혀 없는 초원이 펼쳐져 있다.

이 초원을 반쯤 넘어가지 않으면 마을을 습격한 부하들에게 지시가 닿지 않을 것이다.

애써 나아가기를 한참, 전방에 어떤 물체가 있음을 발견한 거대 군룡은 발을 멈췄다.

"크르으으?"

그것은 완전 무장한 인간 전사였다. 거대 군룡은 무장한 인간이 얼마나 무서운지 충분히 알았다. 그 수가 백이었다면 거대 군룡은 부하들을 버리고 도망갈 결심을 했을 것이다. 아니, 지금은 주위에 부하가 한 마리도 없으니 열만 되었어도 도망이라는 선택을 했을지도 모른다.

거대 군룡은 그 정도로 신중하고 겁이 많은 동물이었다. 그 겁 많은 기질이 오늘날까지 이 동물의 목숨을 연명하게 해 주었고, 결과적으로 평균을 뛰어넘는 거구로 성장하게 했다고도 할 수 있다.

그러나 지금 거대 군룡 앞을 가로막고 선 인간은 백 명도 아닌, 열 명도 아닌, 단 한 명.

거대 군룡과 인간의 능력 차이를 생각하면 '가로막고 섰다'는 표현 자체가 우습기조차 하다.

가로막고 선 전사——빅토리아 크론크비스트는 뒤에서 하나로 묶은 금발을 바람에 나부끼며 요만큼의 기백도 느껴지지 않는 청량한 표정으로 다가오는 거대 군룡을 바라보았다.

"과연, 저게 거대 군룡입니까. 확실히 파격적인 크기로군요."

그렇게 말하고 여전사는 애용하는 단창을 양손에 고쳐 쥐었다.

사비에르가 주력군을 이끌고 군룡의 본대를 상대하고, 젠지로와 프레야는 그럭저럭 멀리 떨어진 곳에 진을 치고 만에 하나 군룡의 유인에 실패했을 경우에 대비했다.

그 작전이 정해졌을 때 맨 먼저 문제로 부상한 것이 보스인 거대 군룡에 대한 대처 방법이었다.

군룡을 꾀어내기로 한 마을은 밀림에서 10분 거리에 있다. 때문에 제아무리 거대 군룡이라도 이번만큼은 밀림에 남지 않고 습격에 가담할 것이다.

그런 예상을 했지만 예상은 어디까지나 예상일 뿐이다. 어쩌면 이번에도 거대 군룡은 밀림에서 나오지 않을지도 모른다.

그럴 경우는 어떻게 할 것인가? 생각할 것도 없다. 거대 군룡 담당 별동대를 만드는 수밖에.

그런데 이 별동대를 조직하는 게 큰일이었다. 사실 거대 군룡이 마을에 나타날 가능성이 높다고 예상했기 때문이다. 즉 작전이 순조롭다면 별동대는 헛발질만 하다 끝나는 역할이다.

그러나 만에 하나의 일이 생기면 거대 군룡의 타도라는 가장 큰 공적을 세울 수도 있다. 게다가 거대 군룡이 도망치는 데 능하다는 건 주지의 사실이다.

순조롭게 가면 헛수고지만 만일의 경우엔 큰 공훈을 세울 수 있는 포지션. 게다가 도주를 저지할 수 있는 능력이 요구된다.

누구에게 맡겨야 할지, 지극히 어려운 인선이다. 처음엔 라파엘로 마르케스가 직접 하겠다고 나섰다.

그러나 그 작전을 들은 그녀——빅토리아 크론크비스트가 입후보했다.

"저에게 거대 군룡을 놓치지 않을 방책이 있습니다."라고, 자신감 넘치는 표정으로 말하며.

"조금이라도 불리하면 도주를 꾀하는 거대 군룡. 그걸 놓치지 않고 토벌하려면 어떻게 해야 하는가? 정답은 거대 군룡이 불리함을 느끼지 않는 적은 인원으로 대처한다. 간단한 원리지요."

여전사는 마치 다른 사람의 일인 것처럼 그렇게 말하고는 경계심이라곤 전혀 없는 걸음걸이로 거대 군룡과의 거리를 좁혔다.

보통 사람이라면 죽었다 깨어나도 '간단한 원리'라고는 말하지 못할 것이다. 그것은 '미친 사람의 원리'다.

원래 인간은 용류와 1대 1로 싸워서 이길 수 있는 존재가 아니다.

단체로는 육식용 중 약한 부류인 군룡이라도 무기 없이 맨손으로 맞붙는다면 일반 병사 셋이 힘을 합쳐야 겨우 이길 수 있다고 알려졌다.

정예들만 모인 '용궁기사단'의 면면들이라도 창이나 검을 들고 군룡과 1대 1로 맞붙게 하면 패배하는 자가 적지 않을 것이다.

그런데다 이 거대 군룡은 군룡의 범주를 뛰어넘은 황당한 존재다. 거대 군룡은 조심성이 많고 도주에 능하지만 그렇다고 약하다는 의미는 아니다.

당연하다. 야생의 세계에서는 부하가 약한 보스를 따르는 법이 없다. 많을 때 500까지 군룡 무리를 이끌었던 이 거대 군룡은 그럴 마음만 먹으면 보통 병사 따위는 콧김으로 날려버릴 만한 전투력을 가진 것이다.

"크르이이이!"

그리고 지금, 거대 군룡은 완전히 그 본색을 드러냈다.

거대 군룡이 두려워하는 건 현명하고 조직적으로 행동하는 인간 집단이다. 정면에서 덤벼드는 혈혈단신의 인간을 두려워할 만큼 거대 군룡은 자존심이 낮지 않았다.

그러나 두려움을 모른다는 점에 관해서는 앞에 선 여전사도 거대 군룡을 앞서면 앞섰지 지지 않았다.

"위대한 여전사 '마녀 스카디'님은 혈혈단신으로 사악한 흑룡을 무찌르고 멸망케 했다고 들었습니다. 부족하나마 그 이름을 이어받은 몸으로서, 이 정도쯤 되는 용을 무찔러 보이지 못하면 내게 '스카디'의 이름을 내려주신 국왕 폐하께 면목이 서지 않지요.”

그렇게 말하고 여전사——스카디는 양손으로 쥔 단창의 창끝을 거대 군룡의 중심부에 겨눴다.

“크르아아아!”

여전사로서는 파격적으로 키가 큰 스카디지만 거대 군룡에 비하면 체격 차이가 역력했다. 아마도 이 거대 군룡은 보통 여성과 스카디의 차이를 ‘오차 범위’ 정도로 여겼을 터이다.

스카디는 쿵, 쿵, 가볍게 땅을 울리며 다가오는 거대 군룡의 그림자에 완전히 가려지고 말았다. 그러나 북대륙의 여전사는 조금의 동요도 보이지 않았다.

오히려 다가온 거대 군룡에게 신속한 발걸음으로 한 발짝 다가가 그 손에 든 창을 가로로 크게 휘둘렀다.

“캬악!”

하복부에 한 일자로 열상을 입은 군룡은 분노에 사로잡혀 그 짧은 양 앞다리를 미친 듯이 휘저었다.

당연히 기술도 무엇도 없는 공격이다. 그러나 거기엔 단련된 인간이 온 힘을 다해 휘두르는 검에서도 볼 수 없는 파괴력이 숨겨져 있다.

그 공격을 스카디는 양손에 든 창으로 막았다.

아니, 정확하게는 막은 것이 아니다. 능란한 창술로 머리 위에서 퍼부어 내려오는 발톱 공격을 절묘한 각도와 타이밍에 피한 것이다.

그 동안 스카디는 서 있는 자리에서 한 발도 물러나지 않았다.

"굉장한 힘이군요. 역시 용류네."

말로는 거대 군룡의 공격을 경계하는 것처럼 보이지만 실제로는 그 거대 군룡의 정면에 서서 그 공격을 죄다 받아 넘긴다.

심지어 방어만 하는 게 아니다. 거대 군룡의 발톱 공격 두 번에 한 번 꼴이긴 해도 스카디는 창으로 방어만이 아니라 공격도 했다.

그리고 거대 군룡의 공격이 모조리 빗나가는 데 반해 스카디의 단창은 휘두를 때마다 거대 군룡의 두꺼운 가죽을 찢고 심홍색 선혈을 뿜게 했다.

순식간에 녹색 풀밭이 점성 강한 용류의 피로 붉게 물들었다.

"끼이이!"

생각대로 되지 않는 전투에 거대 군룡은 분노로 포효했다. 이 정도의 상처 따위는 거대 군룡에게는 아무것도 아니었다. 그러나 자기의 공격이 한 번도 먹히지 않고 일방적으로 찔끔찔끔 베이는 불쾌감에 거대 군룡은 오랜 세월을 갈고 닦은 지혜를 내던져 버리고 공격에 열을 올렸다.

"크으으…… 크워오!"

양쪽 앞다리의 발톱 공격을 멈춘 거대 군룡은 이거라면 못 받아 넘기겠지, 라고 말하고 싶은 것처럼 이번엔 그 거대한 몸 자체를 스카디에게 부딪쳐 왔다.

확실히 이건 아무리 스카디라도 받아낼 수도 받아 넘길 수도 없다. 그러나 스카디는 호들갑스럽게 피하거나 하지 않았다.

"바로 거기."

돌진 중인 거대 군룡이 민첩하지 못하다는 걸 간파한 여전사는 살짝 오른쪽으로 사이드 스텝을 밟았다. 스카디의 왼쪽 어깨와 거대 군룡의 왼쪽 다리가 스칠 정도의 간발의 차이로 둘이 엇갈렸다.

물론 스카디는 단순히 담력을 시험하기 위해 이런 위험한 행동을 한 것이 아니다.

"하앗!"

스치자마자 스카디는 단창을 오른손만으로 쥐고 사선으로 베어 올렸다.

키잉 하는 금속음 비슷한 굉음을 내며 떨어져 나간 것은 거대 군룡의 큼지막한 꼬리 끝부분이었다.

"캬아악!?"

떨어져 나간 부분은 길이로 치면 불과 10센티도 되지 않았다. 그러나 신체의 일부가 떨어져 나가는 건 거대 군룡에게 견딜 수 없는 아픔을 가져다주었을 것이다.

거대 군룡은 심약한 사람이라면 실신할 정도로 커다란 비명을 질렀다.

물론 스카디는 심약하다는 형용사와는 인연이 없는 여걸이다.

거대 군룡의 비명에 움찔하기는커녕 '지금이 기회'라는 듯이 공격을 거듭했다.

"캬갸아악! 끼익, 끼기이!"

그리고 조금 전의 장면이 다시 반복됐다. 앞다리의 발톱을 휘두르는 거대 군룡과 그 공격을 받아 넘기면서 단창으로 날카로운 반격을 하는 스카디.

그러나 자세히 보면 그 공방의 저울이 조금 전보다 한층 스카디 쪽으로 기울었음을 알 수 있었다.

조금 전까지는 거대 군룡의 공격 두 번에 스카디의 단창 공격 한 번꼴이었지만, 지금은 거대 군룡이 한 번 발톱을 휘두를 때마다 스카디도 한 번 단창을 휘두르게끔 되었다.

조금 전과의 차이는 거대 군룡의 꼬리가 잘려 나갔다는 점.

군룡을 비롯해 꼬리를 가진 동물이라면 거의 예외 없이 몸의 균형을 잡는 데 꼬리가 큰 역할을 하는 법이다.

특히 군룡과 같이 두 발로 걷는 동물은 그런 경향이 강하다. 비록 끝 부분 10센티 정도일지라도 균형추가 떨어져 나가면 필연적으로 움직임에 지장이 생긴다.

앞으로 오랜 시간을 들여 꼬리가 잘려나간 몸에 익숙해진다면 언젠가 위화감이 해소되겠지만, 당연히 그걸 허락할 스카디가 아니다.

"캬악, 캬악, 카아악!"

전혀 먹히지 않는 공격을 닥치는 대로 퍼붓는 거대 군룡의 울부짖음에 초조의 기색이 한층 역력해졌다.

여기서 마음이 급해져 공격을 강화하는 건 삼류의 수법이다.

"아주 좋아요."

스카디는 표정 하나 바꾸지 않고 담담히 동작을 반복했다.

머리 위로 쏟아져 내려오는 발톱을 단창 끝으로 받아 넘기면서 거대 군룡의 자세가 흐트러지는 틈을 노려 공격을 가했다.

그 공격도 얕게 베기에 국한했다. 창을 찔러 넣거나 보다 깊은 상처를 입히기 위해 깊게 벼려 시도하면 창을 빼지 못할 위험이 있다. 단 한 방이라도 공격을 당하게 되면 그 순간 입장은 역전된다. 역전의 여전사는 아무리 형세가 유리해져도 그 사실을 절대 잊지 않았다.

작은 상처라도 그 수가 많아지면 출혈에 가속도가 붙는다. 이미 전장에는 거대 군룡이 흘린 체액으로 붉은 웅덩이가 생겼다.

이 점도 높은 빨간 물웅덩이에 스카디가 발을 빠뜨리거나 했으면 상황도 바뀌었겠지만, 처음부터 이런 상황을 예상했던 스카디의 신발은 밑창에 짧은 징을 박은 특제품이었다.

아무리 미끄러운 피웅덩이라도 그 아래의 흙에 구멍을 뚫고 몸을 고정시켜 주기 때문에 발이 미끄러질 염려가 적었다.

"캬아악!"

분노는 초조로, 초조감은 무기력감으로, 그리고 무기력감은 끝내 두려움으로 변했다.

이 작은 생물은 강하다. 비록 단 한 마리지만, 나보다 강한 생물이다.

뒤늦었지만 거대 군룡은 그 사실을 인식했다. 한 번 인정해 버리면 거대 군룡은 망설이지 않았다.

"끼이!"

제아무리 지능이 발달했다고 해도 수치심이나 체면과 같은 인간적인 감정까지는 갖추지 못한 거대 군룡은 그 자리에서 빙글 몸을 돌려 밀림을 향해 전력 질주하기 시작했다.

피를 많이 흘린 데다 꼬리 끝이 잘린 영향으로 평소보다 움직임이 둔했지만, 그래도 인간의 전력 질주보다는 훨씬 빠르다.

그대로 두면 여기까지 몰아붙이고서도 놓치고 만다.

그러나 스카디의 표정에는 초조한 기색이 눈곱만큼도 없었다.

달아나는 거대 군룡의 등에 변함없는 냉정한 눈을 향한 채 스카디는 오른손으로 단창 끝을 쥐고 창끝을 얼굴 앞으로 들어 올려 주문을 외웠다.

'이곳 대지마저 녹이는 불꽃을 깃들게 하라. 그 대가로서 나는 불의 정령에게 마력 108을 바친다.'

주문은 곧 효과를 발휘했다. 스카디가 든 창끝에 시뻘건 불꽃이 깃들었다.

볼 줄 아는 자라면 스카디라는 여전사의 대담함과 냉정함에 새로이 혀를 내둘렀으리라.

그 정도로 전쟁터에서 마법을 발동시키는 일은 어려운 것이다.

마법의 발동에 필요한 것은 '정확한 발음'과 '정확한 마력량'과 '정확한 인식'이다. 전장에서 마법을 사용할 때 가장 어려운 부분은 바로 '정확한 인식'이다.

마법을 발동시키기 위해 지극히 짧은 시간이라고는 해도 머릿속을 '마법이 발동한 상태'만에 집중할 필요가 있기 때문이다.

그건 적에게 엄청난 틈을 허용하는 행위다. 말하자면 전장에서 1초 이상 '완전한 수면'에 가까운 무방비 상태가 됨을 의미한다.

게다가 스스로 의식적으로 무방비 상태에 빠지지 않으면 안 된다. 보통 사람이라면 도무지 자기가 처한 상황이 신경 쓰여서 집중 상태에 들어갈 수 없다.

그러나 스카디에게는 그것이 특별히 어려운 일이 아닌 듯하다.

마법이 무사히 발동한 것을 확인한 스카디는 창끝에 불꽃이 지펴진 단창을 등 뒤로 돌려 양손으로 쥐었다.

그리고 다음 순간, 스카디는 그 자리에서 빙글빙글 회전하기 시작했다. 한 발짝, 두 발짝, 세 발짝. 딱 세 발짝으로 딱 360도 1회전을 한 스카디는 그 회전에 기세를 실어 도주를 꾀하는 거대 군룡을 향해 단창을 던졌다.

투창이라기보다 원반던지기에 가까운 투척법이다. 그리고 스카디의 행동은 거기에서 멈추지 않았다. 손에서 놓은 창이 날아가는 것보다 빠르게 오른다리 하나로 반회전을 더 한 스카디는 뒤돌려차기로 날아가는 단창의 물미를 걷어찬 것이다.

회전에 의해 기세가 붙은 창은 마지막의 발길질에 의해 더욱 가속이 붙어 달아나는 거대 군룡을 향해 날아갔다.

마지막의 발길질도 그렇지만 몸을 회전시켜 던지는 기술은 확실히 일반적인 투창보다 위력이 있을 것 같다. 그러나 그만큼 아무리 생각해도 조준하기 어려운 투척법이기도 하다.

그러나 그런 걱정도 이 초인적인 여전사에게는 무용지물이었다.

"키익!"

스카디가 던진 단창은 한 치의 빗나감도 없이 거대 군룡의 머리통을 꿰뚫었다.

두꺼운 가죽과 그 이상으로 두껍고 단단한 두개골. 그것들을 수월하게 관통한 창은 정확히 두개골 내부를 파고들어갔다.

그것만이라면 머리통 속에 뇌가 차지하는 면적이 작은 용류의 경우 치명상이 되지 않는 경우도 많지만, 이 창은 그렇지 않았다.

창끝에 마법의 불꽃이 타오르고 있는 것이다.

불꽃은 두개골 안에서 활개치며 뇌수를 데우고 뇌를 익혔다.

"끄…… 끄으으……"

마지막으로 한 발짝만 더, 밀림을 향해 발을 내딛고서 명이 다한 거대 군룡은 쿠웅, 하는 큰 소리를 내며 그 자리에서 무너지는 것이었다.

"그럭저럭 무사히 해치운 것 같군요."

이윽고 아주 조금 표정이 누그러진 장신의 여전사는 가벼운 발걸음으로 방금 자신이 숨통을 끊은 거대 군룡에게 다가갔다. 만일을 위해 허리에 찬 칼을 빼 오른손에 쥔 것은 어떠한 경우라도 방심하지 않는 스카디다운 신중한 행동이었다.

그러나 스카디가 거대 군룡의 사체에 다다르기도 전에 밀림 안에서 부스럭거리는 소리가 들리는가 했더니 사람들이 군룡 쪽으로 다가왔다.

"우와, 진짜 이런 무지막지하게 큰 육지 용을 혼자서 쓰러뜨렸어."

"역시 스카디 님, 상식을 초월한다니까."

"정말 여자 맞아, 저 사람?"

"그렇게 말하려면 정말 사람 맞아? 라고 해야겠지."

그들은 스카디의 지시로 밀림에 숨어 있던 '황금나뭇잎호'의 전사들이었다.

아무리 스카디라도 자기 혼자서 확실하게 군룡을 쓰러뜨릴 수 있다고 호언장담할 만큼 자만하지 않았다.

때문에 자신이 군룡과 1대 1로 싸우는 사이에 퇴로를 차단하도록 밀림에 잠복해 있게 한 것이다.

물론 거대 군룡이 혼자 힘으로 대적하기 벅찰 것 같으면 바로 신호를 보내 그들과 힘을 합쳐 포위 공격을 할 생각이었다.

다행히도 모두 헛수고였지만 그건 어디까지나 결과론이다.

스카디 입장에서는 이런 이국의 땅에서 충성을 맹세한 공주님을 남겨두고 흙으로 돌아갈 생각은 털끝만큼도 없다.

거대 군룡의 사체로 다가간 스카디는 안전을 위해 풀숲에 떨어져 있던 돌을 주워 부릅뜬 채인 거대 군룡의 눈에 몇 개 던져 보았다.

그래도 반응이 없었기 때문에 마침내 거대 군룡이 죽었다고 확신한 스카디는 그 무지막지한 머리통에 깊이 박혀 있는 단창을 빼냈다.

"흡!"

단단한 두개골을 관통했던 창이지만 힘과 기술에 탁월한 스카디의 손이 닿으니 큰 수고로움 없이 빠져나왔다.

뚫린 구멍에서 주르륵 뜨거운 뇌수가 흘러나왔다.

"이건, 조금 다시 갈 필요가 있겠군요."

뜨거운 체액이 다리에 묻지 않도록 재빨리 피한 스카디는 빼낸 단창 끝을 확인하고 그렇게 중얼거렸다.

해수의 이빨을 갈아 만든 자랑스러운 단창도 거대 군룡과의 사투로 인해 날끝이 조금 무뎌져 있었다.

"연마가 끝날 때까지 대신할 좋은 창이 있으면 좋겠습니다만."

또다시 그렇게 중얼거린 스카디는 거기서 처음으로 부하들에게 시선을 향하고 살짝 웃으며 말했다.

"그러면 점호하겠어요. 결원이 없으면 이대로 귀환하도록 하지요. 자, 공주님이 좋은 소식을 기다리고 계십니다."

여자라고는 해도 그들로서는 발끝에도 미칠 수 없는 무사인 스카디에 대한 전사들의 신뢰는 두터웠다.

"예잇!"

"알겠습니다!"

"잘 알았습니다!"

목소리는 서로 맞지 않았지만 건장한 남자들은 순순히 여전사를 뒤따라 그 자리를 뒤로 하는 것이었다.

———————◆———————

사비에르가 군룡의 본대를 격퇴하고 스카디가 멋지게 1대 1로 거대 군룡을 쓰러뜨리는 동안 젠지로가 이끄는 별동대는 전장에서 멀

찍이 떨어진 곳에서 예측 못한 사태에 대비했다.

정확히 말하면 예측 못한 사태에 대비한다는 건 명분이고, 전장에서 격리되어 있다는 편이 사실에 가깝다.

물론 그런 취급에 대해서는 젠지로 자신이 누구보다 잘 이해했고, 불만도 전혀 없었다. 오히려 만에 하나 '정말로 예측 못한 사태가 발생한 경우'를 생각하면 이 정도 취급에 머문 데 감사해야 할 일이다.

젠지로가 형식적인 출격을 밀어붙인 이유는 완전히 정치적인 이유에서이지만, 현장에서 보면 민폐 그 이상도 이하도 아니기 때문이다.

그런 의미에서 젠지로는 자신의 정치적 행동을 위해 이리저리 끌고 다닌 옆의 소녀에게도 조금 미안한 마음이 들었다.

정장만큼이나 어울리지 않는 갑옷 차림의 젠지로는 옆에 서 있는 프레야 공주에게 말을 건넸다.

"괜찮습니까, 프레야 전하. 만약 피곤하시면 의자를 가져오라고 하지요."

젠지로의 그 말에 웁살라 왕국의 공주님은 초연한 얼굴로,

"고맙습니다, 젠지로 님. 하지만 신경 쓰지 마십시오."

그렇게 젠지로보다 훨씬 익숙한 표정으로 대답했다.

아무리 군룡이 여기까지 올 위험이 낮다고 해도 발렌티아 시내 중심에 비하면 훨씬 위험한 것이 사실이다.

여전히 두려움을 떨칠 수 없는 젠지로는 그런 기분을 떨치기 위해 프레야 공주에게 두서없이 물었다.

"전하는 꽤 침착하신데, 혹시 이런 일에 익숙하신 건가요?"

그러나 그 질문은 프레야 공주에게 꽤 의외였던 모양으로, 그 얼음색 눈동자를 동그랗게 만들었다.

"아니요, 설마. 이런 습격을 맞이하는 입장에 선 것은 처음입니다. 하지만 솔직히 말씀드리면 줄곧 들떠 있는데요, 폐하의 눈에는 침착해 보이셨나봅니다."

"그건, 뭐랄까, 전하는 보기와는 달리 강단이 있으시군요……"

두근두근하고 있다면 모를까 들뜨고 있다니 대단한 공주님이다.

프레야 공주는 남대륙의 태양 아래에서도 전혀 탈 기미를 보이지 않는 하얀 얼굴로 기품 있게 웃었다.

"그나저나 남대륙에서는 육지 용을 가축으로 기르는 모양입니다만, 이야기는 들었지만 이 눈으로 직접 보니 감회가 남다르군요."

그렇게 말하는 프레야 공주의 시선은 기병이 탄 '주룡'을 향해 있었다.

"북대륙에서는 용류가 희귀합니까?"

아무렇지도 않게 묻는 젠지로에게 프레야 공주는 솔직하게 대답했다.

"네. 육지 용은 정말로 아주 조금밖에 서식하지 않습니다. 해룡은 북쪽 바다에도 있어서 용 그 자체가 희귀한 건 아닙니다만."

"과연, 바다는 육지와 달리 이어져 있으니까요."

"네. 그래서 북대륙에서는 해로가 육로에 비해 훨씬 위험하다고 여깁니다. 사실 오늘날은 배나 항해술이 발전한 덕택에 그렇게 위험하지는 않지만요."

젠지로가 프레야 공주와 그런 밑도 끝도 없는 대화를 나누던 그 때였다.

"젠지로 님."

군사적으로는 짐밖에 되지 않는 젠지로 대신 이 부대를 지휘하는 라파엘로 마르케스가 젠지로에게 다가왔다.

기분 탓인지 그 얼굴에 떠올라 있는 미소도 평소보다 빛나 보였다.

"무슨 일인가, 라파엘로?"

간결하게 묻는 젠지로에게 라파엘로는 만면의 미소를 지으며 최고의 소식을 전했다.

"방금 전에 사비에르 경의 부대와 빅토리아 님의 부대로부터 거의 동시에 전령이 왔습니다. 사비에르 경은 군룡 본대와 교전하여 그 대부분을 격멸, 이쪽에 사상자 없음. 그리고 빅토리아 님도 다른 장소에서 거대 군룡과 교전하여 해치웠다고 합니다."

기다려 마지않던 보고에 젠지로도 억누를 수 없는 기쁨의 환성을 질렀다.

"오오, 해냈구나!"

"축하드립니다, 젠지로 폐하."

한편 프레야 공주는 마치 이 결과를 예상했다는 듯이 평온하게 웃으며 축복의 말을 건넸다.

"고맙습니다, 이것도 모두 프레야 전하가 힘을 보태 주신 덕분입니다. 전하의 호위는 정말로 우수한 전사들이로군요."

조금 전의 보고를 듣고 스카디의 1대 1 전투가 아니라 스카디 부대 전체가 거대 군룡을 해치웠다고 오해한 젠지로는 그렇게 상찬의 말을 돌려주었다.

"고맙습니다. 폐하의 말씀을 전하면 스카디도 무척 기뻐할 것입니다."

한편 스카디로부터 1대 1로 싸울 것임을 사전에 전해 들은 프레야 공주는 일부러 그 오해를 풀지 않고 그렇게 정중히 받아 넘겼다.

프레야 공주는 이 시점에서 신뢰하는 심복이 1대 1로 거대 군룡을 격파했다고 확신했지만, 스카디는 '곤란하다고 판단하면 바로 부하들의 손을 빌리겠습니다'라고 말했던 것이다. 여기서 섣부른 말을 해서 사실과 다르면 나중에 스카디가 창피를 당하게 된다.

"젠지로 폐하, 프레야 전하. 그러므로 이제 작전은 종료되었습니다. 서둘러서 죄송합니다만 바로 발렌티아로 이동을 개시하고자 합니다. 괜찮으십니까?"

물론 젠지로는 라파엘로의 제안에 반대할 이유가 없었다.

"알았다. 준비를 마치는 대로 바로 떠나도록 하자."

"네, 사비에르 경의 부대에서 들어온 정보에 의하면 불과 몇 마리지만 놓친 개체도 있다고 합니다. 도주한 놈들은 일단 밀림으로 돌아갈 거라고 생각합니다만, 만에 하나의 경우라는 것도 있으니까요."

"음."

라파엘로의 설명에 젠지로는 또다시 등줄기가 부르르 떨렸다. 사비에르 군과 군룡의 본대가 격돌한 곳은 발렌티아 시내를 사이에 두고 반대편에 있다. 놓친 군룡이 이곳까지 도망쳐 올 가능성은 한없이 제로에 가깝지만 그래도 젠지로는 기분이 좋지 않았다.

그런 젠지로의 불안을 간파했는지,

"괜찮습니다, 젠지로 님. 만에 하나 군룡이 온다 해도 몇 마리 정도라면 이쪽에서 충분히 대처할 수 있습니다."

라파엘로는 그렇게 말하고 젠지로에게 웃어 보였다.

"알고 있다."

어쩐지 속마음을 들킨 것 같아서 젠지로는 조금 빠른 말투로 그렇게 대답하는 것이었다.

걷는 속도는 남들보다 느린 주제에 주룡에 타지도 못하는 젠지로를 위해 라파엘로 마르케스는 주룡 두 마리가 끄는 용차를 준비했다. 비교적 소형인 그 용차는 원래 4인승이지만 지금 그 안에 탄 사람은 세 명 뿐이다.

젠지로, 프레야 공주, 그리고 젠지로 직속 시녀인 이네스.

젠지로와 프레야 공주가 나란히 앉고 젠지로의 맞은편에 이네스가 앉았다.

확실히 걷는 것보다는 편하지만 완충장치도 제대로 없는 용차로 포장되지 않은 초원을 달리는 건 결코 편안한 일이 아니다.

자칫 입을 벌렸다간 혀를 깨물 수 있다. 그 사실을 오는 길에 아프도록 깨달은 젠지로는 차 안에서는 입을 열려고 하지 않았다.

때문에 용차는 침묵 속에서 달렸다. 그런 젠지로의 태도를 딱히 추궁하지 않고 프레야 공주도 스스로 입을 다물고 침묵에 협력해 줬지만 한심한 마음은 커져만 갔다.

그렇게 말없이 한동안 달리던 용차가 멈춘 것은 돌아가는 길의 반 정도를 지났을 무렵이었다.

"뭐지?"

멈춘 용차 안에서 오랜만에 입을 연 젠지로에게 옆에 앉은 프레야 공주가 대답했다.

"아마도 잠시 쉬는 게 아닐까요? 병사들도 생리 현상을 해결해야 할 테니까요."

"아, 과연."

생리 현상이라는 말에 젠지로도 납득했다.

요컨대 화장실 타임인 것이다.

전투 태세에 완전히 들어가면 '큰 것은 참고 작은 것은 싸우면서 흘려라'는 말이 있다지만, 여유로운 행군 중에는 이런 시간을 마련해 주는 사람이 좋은 지휘관이다.

물론 여기서 말하는 '좋은 지휘관'이란 장식품인 젠지로가 아니라 그 휘하에서 실질적인 지휘를 하는 라파엘로 마르케스를 가리킨다.

"그러면 젠지로 님, 저도 잠시 자리를 비우겠습니다."

그렇게 말하고 마주 앉아 있던 시녀 이네스도 자리에서 일어났지만, 여기서 질문을 할 만큼 젠지로도 상식이 없지는 않았다.

"음."

가능한 한 짧은 어휘로 그렇게 허락했다.

그렇게 기다리길 잠시.

젠지로가 용차 안에서 기다리고 있으려니 기분 탓인지 바깥에서 웅성웅성하는 소리가 들렸다.

"무슨 일이 있는 건가?"

"글쎄요, 확실히 조금 시끄럽습니다만."

여기서 프레야 공주와 둘이서 고개를 갸웃거리고 있어도 소용이 없다.

용차 안에 계속 앉아 있으려니 몸이 뻐근하기도 해서 젠지로는 한 번 용차에서 내리기로 했다.

"왜 그런가? 무슨 일이 있나?"

당연하지만 젠지로의 용차 주변은 병사 몇 사람이 호위한다.

그 중에 가장 계급이 높아 보이는 병사가 용차에서 내리는 젠지로에게 황급히 다가가서는 조금 흥분한 말투로 설명했다.

"예, 실은 조금 전에 젠지로 님의 시녀가 군룡을 발견했습니다."

예상 밖의 말에 젠지로는 무심코 큰 소리를 냈다.

"뭐라고!? 이네스는 무사한가!?"

젠지로의 반응에 자신의 설명이 잘못됐음을 깨달은 그 병사는 서둘러 정정했다.

"아, 죄, 죄송합니다! 제 보고가 부족했습니다. 이네스 님이 발견한 것은 군룡의 사체입니다. 이네스 님이 발견했을 때는 이미 명이 끊어진 군룡의 사체 세 구가 널브러져 있었다고 합니다."

당연하지만 여자인 이네스는 다른 병사들과 같은 곳에서 볼 일을 볼 수 없다. 혼자서 병사들의 눈에 보이지 않는 조금 떨어진 곳까지 갔다가 거기서 군룡 세 마리의 사체를 발견했다는 것이다.

아마도 사비에르군과의 전투에서 상처를 입은 군룡이 간신히 도망치는 데 성공했지만 상처가 깊어 여기까지 온 시점에서 숨이 끊어진 게 아닐까, 라고 그 병사는 설명해 주었다.

"그런가. 보고 수고했다."

이네스가 무사함을 듣고 젠지로는 그 병사에게 대답하면서 구경꾼들이 모여 있는 곳으로 발걸음을 옮겼다.

들은 바로는 다친 곳은 없다지만 여자 혼자 몸으로 사체를 발견한 이네스가 역시 조금 걱정되었다. 그리고 사체이긴 해도 이렇게 나라를 시끄럽게 한 군룡이란 놈을 직접 두 눈으로 보고 싶다, 그런 욕구도 있었다.

"아, 기다리십시오, 젠지로 님!"

황급히 따라오는 호위 병사에게 에워싸여 젠지로가 그쪽으로 향해 가 보니, 역시 거기에는 구경꾼으로 변한 수많은 병사들이 둘러싼 중심에 시녀 이네스가 주저앉아 있었다.

"이네스."

젠지로가 말을 걸자 구경꾼들은 양쪽으로 갈라져 길을 냈다.

"이런, 젠지로 님. 걱정을 끼쳐드려서 죄송합니다."

그렇게 말하며 깊숙이 고개를 숙이는 이네스의 모습은 적어도 표면상으로는 변한 게 없어 보였다.

"자네가 무사하다면 상관없어. 많이 놀랐겠네. 다친 데는 없나?"

그렇게 말하면서 젠지로의 시선은 이네스의 뒤에 쓰러져 있는 '그 것' 쪽을 향했다.

"네. 놀라서 조금 옷이 더러워졌습니다만 다행히 다친 데는 없습니다."

그렇게 말하는 이네스의 롱스커트의 밑단과 가슴께, 그리고 위로 틀어 올린 머리카락 등에 확실히 점점이 빨간 혈흔 반점이 묻어 있었다.

"그런가. 발렌티아에 돌아가면 갈아입는 편이 좋겠군."

그렇게 대답했지만 이미 젠지로의 의식은 이네스를 향하고 있지 않았다.

(이것이 군룡인가……)

비록 사체지만 처음으로 목격한 육식용의 박력에 오히려 젠지로 쪽이 충격을 받았다.

크기는 '주룡'과 그다지 차이가 없지만 결정적으로 다른 점은 앞다리의 발톱과 이빨이다.

발톱은 젠지로의 팔뚝과 크기가 비슷했고, 이빨은 제일 굵은 것이 젠지로의 손바닥보다 컸다.

자세히 보니 세 마리 모두 '목 부근'이 한 일자로 깊게 베어져 있었다. 보통 짐승이었다면 단말마의 비명을 지르지도 못하고 절명했을 깊은 상처다.

이만한 상처를 입고서도 이 군룡들은 사비에르 군과 싸운 전장에서 여기까지 달려왔다는 것인가?

아무래도 야생 용류의 생명력은 젠지로의 상식을 크게 벗어난 모양이다.

그렇게 군룡의 사체를 보던 젠지로는 문득 이해했다.

(아아, 그런가. 나는 이런 괴물이 백 마리나 들끓는 곳을 '위험은 적다' 운운하며 제지를 뿌리치고 돌아다녔던 것인가.)

아무리 호위가 붙어 있다 해도 말도 안 되는 짓을 했다는 걸 젠지로는 겨우 자각했다. 머리가 싸늘히 식고 손발이 차가워지며 심장이 얼어붙었다.

머리로는 이해했어도 이쪽 세계의 위험성을 아직 감각적으로는 이해하지 못했다고밖에 할 말이 없다. 다미안 대관은 틀림없는 충신이다. 국서라는 입장에서 직접 사죄하는 건 어렵겠지만 그의 충언에 대해서는 어떤 식으로든 보상을 해 주어야 할 것이다.

(이제 두 번 다시 이런 무모한 짓은 하지 않겠어. 절대로 나는 성벽 밖으로 나가지 말아야지. 그러기 위해서라면 약간의 정치적 실수나 아우라에게 폐를 끼치는 것도 감수해야겠지.)

국서인 젠지로가 그렇게 스스로에게 다짐한 것이야말로 어쩌면 이번 군룡 토벌 작전의 가장 큰 성과인지도 몰랐다.

[에필로그]

그로부터 7일 후.

발렌티아 공작 저택에 젠지로를 뛰어넘는 귀인이 모습을 보였다.

현재 카파 왕국에서 국서의 지위에 있는 젠지로보다 높은 사람은 단 하나뿐이다. 여왕 아우라가 그 사람이다.

원래의 예정으로는 발렌티아에서 수도로 귀환할 때 젠지로도 다른 사람들과 함께 전용 용차를 사용할 생각이었지만, 아무래도 앞서 보낸 소비룡 편지가 전한 '군룡 토벌'에 관한 상세한 내용에 여왕 아우라도 간이 콩알만해진 모양이었다.

아우라도 하루에 최대 세 번밖에 사용할 수 없는 '순간이동' 세 번을 모두 사용해서라도 남편을 맞으러 갈 결심을 할 정도로.

순간이동의 마법으로 발렌티아에 온 여왕 아우라를 맨 먼저 맞이한 사람은 라파엘로 마르케스였다.

"이런, 아우라 폐하. 꽤나 서둘러 오셨군요."

어느 정도 이렇게 될 줄 예상했는지, 과거에 여왕의 신랑 후보자였던 그 사내는 눈을 살짝 크게 떴을 뿐, 그 이상으로 놀라는 일 없이 웃는 얼굴로 여왕을 환영했다.

"비공식적인 내방이다. 남편을 데리고 곧 돌아갈 터이니 주위에 알리지 말라."

"알겠습니다. 그럼 젠지로 님이 계신 곳까지 제가 안내하겠습니다."

라파엘로는 그렇게 말하고 곧 아우라 앞에서 걷기 시작했다.

"음."

평소보다 조금 빠른 걸음으로 한 쌍의 남녀가 발렌티아 공작 저택의 복도를 나아갔다.

이윽고 도착한 젠지로의 개인실 앞에서는 연지색 시녀복을 입은 중년의 시녀가 우아하게 스커트를 잡고 이쪽을 향해 절했다.

"아우라 폐하, 어서 오십시오. 젠지로 님은 안에 계십니다."

"음, 자네한테는 꽤나 남편이 신세를 진 모양이더구나. 고맙다."

"황공한 말씀입니다."

조용하게 인사를 나눈 이네스와 아우라 옆에서 라파엘로는 '그럼 저는 이만 실례하겠습니다'라고 말하며 한 번 절하고 그 자리를 떠나려고 했다.

"아, 라파엘로. 자네에게도 신세를 많이 졌다고 들었다. 고맙네."

"당치 않으십니다. 저야말로 젠지로 님의 '총명한 판단'에 도움을 받기만 했을 뿐입니다."

그런 말을 남기고 라파엘로 마르케스는 아우라 앞에서 물러갔다.

"……쳇."

젠지로를 '총명'하다고 평한 라파엘로의 말에 아우라는 조금 성가시게 됐다는 듯이 얼굴을 찡그렸지만, 지금은 그런 걸 따지고 있을 때가 아니라고 생각을 고쳐먹고 남편이 있는 방의 입구로 향했다.

아우라의 눈짓을 받은 이네스는 '알겠습니다.'라고 대답한 뒤 익숙한 손놀림으로 문을 두 번 노크하고 안쪽을 향해 말했다.

"젠지로 님. '마중 오신 분'을 모셨습니다. 드시게 해도 되겠습니까?"

그 말에 문 저쪽에서 조금 수상쩍어하는 목소리가 들렸다.

"마중 오신 분? 누구냐? 뭐, 아니다. 음, 좋아, 들라 하게."

그 대답을 들은 이네스가 천천히 문을 열자 동시에 아우라는 방 안으로 들어갔다.

여왕 부부의 만남이다. 방해가 되지 않도록 이네스는 밖에서 문을 닫았다.

"에, 진짜? 아우라!? 어째서!?"

그런 젠지로의 놀라는 목소리. 그리고

"지금 이네스가 말했잖아. 당신을 마중 왔어. 이쪽에 오래 있을 여유 없어. 바로 '보낼'게."

아우라의 말이 들리는가 싶더니 분주하게 움직이는 소리가 났다.

"뭐, 보낸다고? 바로 지금? 잠깐 기다려. 아직 짐도 안 챙겼어."

"최소한이면 돼. 나머지 짐은 나중에 이네스한테 챙겨서 용차에 실어 오라고 하고."

"아, 알았어. 조금만 기다려 줘. 그러니까, 가져온 옷이랑 회중전등이랑…… 어라? 멀티툴은 어디로 갔지?"

"됐어? 됐지? 그럼 간다. '나의 뇌리에 그리는 공간으로 내가 의도한 것을······'"

"으아~ 잠깐, 벌써? 아직 마음의 준비가!"

이윽고 문 건너편에서 말소리가 들리지 않게 되었다.

완전히 소리가 들리지 않게 된 후 조금 더 기다렸다가 이네스는 살며시 문을 노크하고 살짝 열어 안을 살폈다.

"젠지로 님? 폐하?"

이름을 불렀지만 대답이 없었다.

그 방 안에는 바로 조금 전까지 아직 사람이 살고 있었음을 알게 해 주는 아직 희미한 사람 냄새와 체온만이 남았을 뿐, 방의 주인만 이 홀연히 사라지고 없었다.

"무사히 돌아가신 것 같군요."

눈 깜짝할 사이에 주인 없는 방이 된 실내에 발을 들인 이네스는 그렇게 말하며 온화하게 웃는 것이었다.

———◆———

가는 것도 순식간, 오는 것도 순식간. 이래서는 수도와 발렌티아 의 거리조차 알 수 없다.

젠지로는 거의 아내에게 납치당할 기세로 돌아왔지만, 아우라의 '오래 있을 여유 없다'는 말은 사실이었던 모양으로, 젠지로를 후궁 에 데려다 주고 그대로 왕궁으로 갔다. 결국 아우라와 젠지로가 천 천히 얼굴을 맞댈 수 있었던 건 완전히 해가 진 다음의 일이었다.

"후우, 흔한 얘기지만 역시 내 집이 좋네."

오랜만에 후궁의 저녁식사와 목욕을 만끽한 젠지로는 더할 나위 없이 편안한 잠옷 차림으로 후궁의 소파에 아무렇게나 주저앉았다.

이 거실에는 여섯 개의 LED 스탠드라이트가 방을 밝은 백색광으로 가득 채우고 있었다.

밤에는 냉장고에서 차가운 과실수를 꺼내 밝은 방에서 마신다.

한동안 이 방을 떠나 있었던 까닭에 전기의 소중함을 뼈저리게 깨달았다.

하지만 지금은 그렇게 뒹굴거릴 수만은 없다. 마주한 소파에 앉은 사랑하는 아내——여왕 아우라와 차분히 대화를 나눌 필요가 있기 때문이다.

이렇게 붉은 네글리제 비슷한 잠옷 차림의 아내를 가까이에서 보고 있으려니 그만 성가신 대화 따위 나중으로 미루고 곧장 침대로 가고 싶었지만, 그것이 허락되지 않는 것이 왕족의 비애다.

귀찮은 일은 재빨리 끝내 버리고, 기쁘고 쑥스럽고 즐거운 부부의 시간을 갖자.

그렇게 결심한 젠지로는 소파에 대충 걸터앉았던 자세를 고쳐 깊숙이 앉아 등을 똑바로 펴고 마주 앉은 아내와 시선을 마주쳤다.

"좋아, 그럼 시작할까."

"음. 먼저 당신 얘기부터 해 봐. 대체 어떻게 된 거야? 어떤 경위 때문에 당신이 군대를 이끌고 성벽 밖으로 나가는 사태가 발생했지? 부탁이니까 자세하게 설명해 줘."

그렇게 호소하는 아우라의 표정은 진지하고도 강렬한 감정을 억누른 것이었다.

이건 농담이나 우스개를 섞어도 좋을 상황이 아니다. 애초에 그럴 생각도 없었던 젠지로는 새삼 분위기를 실감하고, 자기 자신도 지금껏 보인 적 없는 진지한 표정으로 이야기를 시작했다.

"음. 먼저 어디부터 얘기해야 할까? 프레야 공주와의 얘기, 거대 군룡 얘기. 이 두 가지는 기본적으로 별개지만 조금씩 관계가 있거든. 그럼 먼저 처음에는……"

그렇게 젠지로의 길고 긴 이야기가 시작된 것이었다.

"……그래서 사체이긴 해도 군룡을 처음 본 나는 그때가 돼서야 내가 얼마나 위험한 짓을 한 것인지 실감할 수 있었어. 이제 대략 다 얘기한 것 같아."

젠지로의 이야기가 다 끝났을 때는 설명을 시작한 지 한 시간 반이 흐른 뒤였다.

"과연. 그렇군."

처음엔 어딘가 비난 섞인 시선으로 젠지로의 이야기를 듣기 시작했지만, 아우라는 도중부터 점점 표정이 변해 아우라가 사비에르 가질을 보냈을 때 이미 젠지로가 라파엘로 마르케스를 '군룡 토벌군 지휘관'으로 임명한 뒤였다는 얘기를 들었을 때는 얼굴이 완전히 사색으로 변했다.

그래도 금세 얼굴색을 되찾고 냉정하게 끝까지 이야기를 들은 건 역시 여왕의 관록이라 해야 할 것이다.

"응. 대체로 이런 느낌. 그때는 내가 발렌티아 공작 전권 대리이고, 아우라는 일시적으로 발렌티아 공작이 아니게 된 거였잖아? 그래서 아우라의 지시를 순순히 따르면 안 된다고 생각했는데, 혹시 내가 너무 오버한 거야?"

조심조심 묻는 젠지로에게 아우라는 표정을 걷어낸 얼굴을 가로로 저었다.

"아니, 그건 틀림없이 당신 판단이 옳았어. 만약 당신이 내 지시 그대로 단순히 라파엘로 마르케스를 파직하고 사비에르 가질을 앉혔다면, 나는 이후 영주들에게 엄청난 공격을 받아야만 했겠지."

"그래, 다행이다."

자기의 판단이 조금이나마 아우라에게 도움이 됐다는 걸 확인한 젠지로는 기쁜 마음으로 웃었다.

"그런데, 그래도 나는 국서고 아우라는 여왕이잖아. 그런 내가 아우라의 지시를 전면적으로 거부하는 것도 문제가 되지 않을까 하는 생각에 가능한 한 아우라의 지시를 고려하려고 했지만, 먼저 책임자로 지명한 라파엘로도 배려해야 하고. 그렇게 하려면 아무리 생각해도 내 머리로는 내가 책임자가 되는 방법밖에 떠오르지 않는 거야. 미안해. 정말 바보같은 짓을 해서, 아우라를 걱정하게 만들어서."

먼저 머리를 숙이며 사과해 오는 남편에게 아우라는 말없이 고개를 저어 보였다.

"아냐…… 사과해야 할 것은 내 쪽이야. 당신은 온몸으로 내 실책을 봉합하려고 해 준 것뿐이니까."

사실 젠지로가 책임자가 되는 것 외의 선택을 했을 경우, 일이 좀 더 성가신 방향으로 흘러갔을 것이라는 점에는 의심의 여지가 없다.

아우라의 지시대로 사비에르를 책임자로 앉혔다면 앞서 말한 대로 영주귀족들이 가만히 있지 않았을 것이고, 반대로 아우라의 지시를 완전히 걷어차고 라파엘로를 책임자로 놔뒀으면 아우라가 사비에르와의 약속을 저버린 셈이 되었을 것이다. 그렇게 되면 사비에르의 뒤에 있는 가질 변경백도 입 다물고 있지는 않았을 테고, 경우에 따라서는 아우라가 젠지로를 문책할 수밖에 없는 상황에 몰렸을지도 모른다.

젠지로가 취한 대책은 문제점이 전혀 없다고는 할 수 없지만, 위의 두 경우에 비하면 사태를 훨씬 상처 없이 마무리했다.

그건 틀림없는 젠지로의 파인플레이였다.

그러나 그걸 인정하면서도 아우라는 진지한 표정으로 남편에게 말했다.

"하지만 굳이 말할게. 이제 더 이상 그런 짓은 하지 말아 줘. 확실히 이번 당신의 판단은 틀리지 않았어. 예상할 수 있는 중에서 가장 최선의 결과를 내 주었어. 그 점에 대해서는 깊이 감사해. 하지만 그래도 당신의 신변을 위험에 노출해야 한다면 차라리 내가 실책을 범하고 나라가 정치적으로 혼란스러워지는 편이 더 나아."

이는 결코 아우라의 감정에서만 나온 대사가 아니다. 실제로 혈통 마법을 물려받은 유일한 성인 남자인 젠지로의 생명은 과장이 아니라 그만큼 중요한 것이다.

정치적인 실책은 만회할 수 있다. 지방 영지들이 다소 혼란스러워도 언젠가는 가라앉는다. 하지만 젠지로라는 존재를 잃어버리면 카파 왕국은 왕족을 늘린다는 절대적인 목표를 달성하는 데 최소한 한 세대가 늦어지는 것이다.

그런 속물적인 사정은 어쨌거나 아내가 자신을 걱정해 주는 마음을 아프도록 느낀 젠지로는 순순히 고개를 끄덕일 수밖에 없었다.

"응, 알았어. 앞으로 절대로 안 해."

"음. 부탁이야."

"…………"

"…………"

한동안 침묵이 흘렀다.

그 침묵을 깬 것은 젠지로 쪽이었다.

"그런데 다른 얘기지만 프레야 공주와는 얘기가 잘 됐다고나 할까, 무난하게 교역 조건을 갖추고 왔어."

생각해 보면 원래는 이 북대륙에서 온 공주님을 응대하기 위해 젠지로가 발렌티아에 간 것이다. 후반부는 완전히 군룡 소동에 휩쓸려 본질이 흐려져 버렸지만, 군룡과 달리 그녀들과의 협상은 이제부터가 본편이다.

"음, 다른 남대륙 나라가 아직 손대지 않은 북대륙 나라와의 직접 무역이라. 상당히 꿈이 부푸는데. 게다가 우리가 노린 대로 배 수리에도 참여할 수 있게 됐고. 전문가의 말을 들어봐야 하겠지만, 잘 되면 내 재위중에 국산 대형 범선의 완성을 볼 수 있을지도 모르겠어."

그렇게 말하는 아우라의 눈은 확 바뀌어 야심으로 번쩍였다.

"그런데, 그냥 인상일 뿐이지만 프레야 공주라는 사람 말이지, 보통내기가 아닌 것 같으니 조심해. 방심하면 큰 코 다칠 느낌이야."

프레야 공주는 확실히 표면적으로는 굉장히 우호적이고 기품 있는 전형적인 공주님이다. 그러나 애초에 이렇게 대륙간 항해에 뛰어들었다는 점에서 틀림없이 보통내기가 아니다.

본인은 대륙간 무역으로 모국을 풍요롭게 만드는 것이 목적이라고 하지만, 정말로 목적이 그것뿐일까? 모국의 이익을 위해서 이쪽을 제물로 삼으려는 의도는 없는 걸까? 아직 그 속내는 알 수 없다.

"음, 알았어. 조심할게. 그런데 카를로스의 출산 선물로 '산양'인가 하는 가축을 받았다면서? 우선은 사례 인사를 해야겠네."

"응. 그게 이번 일에서 나한테는 가장 큰 성과야. 아, 그런데 산양을 발렌티아에 두고 왔네. 어떻게든 수도까지 데려와야 할 텐데. 아아, 산양은 누가 돌봐 주지? 이 나라에는 포유류 가축을 돌볼 줄 아는 사람이 없잖아?"

산양의 사육은 비교적 간단하다고 들었지만 완전한 문외한의 손을 빌릴 수는 없는 노릇이다.

고민하는 젠지로에게 아우라는 웃는 얼굴로 대답했다.

"그럼 프레야 공주에게 사람을 보내서 가축 돌보는 일을 배우게 하면 되지. 처음으로 당신이 원한 거니까 기쁘게 일을 처리해 줄게."

"고마워, 아우라!"

흔쾌히 손을 써 주겠다는 아우라의 말에 거짓은 없었다. 정말로 젠지로와 결혼한 후 처음으로 남편이 명확하게 '갖고 싶다'고 한 것이다. 웬만한 문제가 없는 한 도와주고 싶다고 아우라는 생각했다.

"그리고 거기서 나도 모래사장의 모래와 조개껍질을 갈아서 규사와 소석회를 만들어 봤어. 아마 이네스가 가져올 테니까 유리 만드는 데 사용해 봐."

그러나 소석회는 군룡의 냄새를 제거하는 데 대부분을 써 버렸기 때문에 아마 안 남았을지도 모른다. 그렇게 말하는 젠지로에게 아우라는 기쁜듯이 웃었다.

"호오, 말하자면 그건 당신이 나한테 주는 '발렌티아 기념품'인가? 알았어, 기대하고 있을게."

발렌티아 기념품. 젠지로는 그 말이 어쩐지 마음에 걸렸다.

"음, 그렇, 지…… 응? 뭔가 잊어버린 것 같은 기분이?"

기분이 굉장히 찝찝했다. 뭔가 잊어버렸다는 걸 알았지만 정작 그게 뭔지는 생각나지 않는 답답한 감각.

그 감각에 사로잡힌 젠지로는 계속 머리를 갸우뚱하며 잊은 물건이 무엇인지 떠올리려고 애썼다.

"잊은 물건? 뭐지? 중요한 거야?"

"으음, 글쎄? 그것도 생각이 안 나. 지금 아우라가 말한 '발렌티아 기념품'이라는 말이 왠지 마음에 걸렸는데."

"기념품? 나 말고도 누군가에게 선물을 가져다주려고 했어?"

바람피우는 건 안 돼. 바람을 피울 거면 차라리 측실을 들여. 라고 아우라는 농담으로 말했지만 젠지로의 귀에는 이미 그 말이 들어오지 않았다.

"생각났다……"

창백해진 젠지로는 갈라진 목소리로 중얼거렸다.

"진주와 산호. 프란체스코 왕자와 보나 왕녀에게 줄 선물!"

맞다. 젠지로는 출발하기 전에 샤로와 왕가의 왕자와 왕녀에게 항구도시의 보석을 선물로 가져오겠다고 약속했던 것이다.

그러나 저쪽에 가서는 완전히 잊어버렸다.

"큰일이네, 어떡하지! 그래도 왕족한테 한 약속인데! 미안, 아우라. 미안하지만 내일 한 번 더 날 저쪽으로 보내줘!"

"진정해. 진주와 산호라면 여기서도 살 수 있어."

"안 돼, 그런 건. 해외여행 기념품을 나리타 공항에서 사는 것 같은 짓이잖아! 그건 선물을 하는 예의가 아니야!"

"에에이, 진정하라고. 당신의 비유는 무슨 소린지 잘 모르겠어. 그러면 소비룡으로 아직 그곳에 있는 이네스나 라파엘로에게 부탁하면 되잖아. 그런 일로 일일이 '순간이동'을 사용할 수는 없어!"

"으아아, 기념품이란 건 선물하는 사람이 정성껏 현지에서 고르는 게 예의인데! 프란체스코 왕자, 보나 왕녀, 미안합니다!"

당황해서 아우라의 말도 듣지 않고 젠지로는 혼자서 후회와 참회를 거듭하는 것이었다.

〈이상적인 기둥서방 생활〉 6권으로 이어집니다.

[부록] 주인과 시녀의 간접교류 <small>특별지도</small>

옛 이름 야마이 젠지로, 현 젠지로 카파는 카파 왕국 여왕 아우라 1세의 국서이자 후궁의 주인이다.

젠지로가 아우라와 맺어진 후 오늘까지 매일 밤을 젠지로는 이 후궁에서 지내 왔다. 요즘에 들어서 왕궁에서의 업무가 늘어나 낮에는 후궁 밖에서 지내는 일도 드물지 않게 됐지만, 젠지로는 적어도 후궁의 침대가 아닌 곳에서 잠을 잔 적은 한 번도 없다.

그런 젠지로가 이번에 처음으로 후궁을 비우게 되었다.

여왕 아우라를 대신해 발렌티아 공작령으로 가게 된 것이다.

기간은 짧게는 한 달. 갑자기 주인 없는 시간을 맞이하게 된 시녀들은 술렁거렸다.

"이건 어쩌면 휴가인지도 몰라."

그다지 괴이한 발상은 아니다. 주인이 함께 생활하는 한 휴가를 즐길 수 없는 것이 입주 시녀의 숙명이다. 때문에 이번과 같이 주인이 집을 비울 때 휴가를 받는 것은 드문 일이 아니다.

물론 그렇게 할지 말지는 주인 마음이지만, 형식상의 주인인 젠지로는 더 이상 없을 정도로 순한 사람이고, 사실상의 주인인 여왕 아우라도 도리에 어긋나게 사람을 다루는 분이 아니다. 젊은 시녀들 사이에 기대감이 부푸는 것도 무리는 아니다.

한편 시녀장 아만다는 생각했다.

"이건 젠지로 님 앞에서는 할 수 없었던, 바짝 군기를 잡을 절호의 기회네요."라고.

다음날.

후궁의 한 방에 후궁에서 일하는 모든 시녀들이 모였다.

넓이는 충분하지만 수수한 이 방은 젠지로나 아우라 등 후궁의 주인들이 발을 들이지 않는, 이른바 '뒷무대'에 해당한다.

그 넓은 실내에 연지색 후궁 시녀복을 차려입은 시녀들이 일제히 늘어섰다. 시녀장 아만다는 모든 부하들의 시선을 한 몸에 받으면서 평소와 다름없는 말투로 이야기하기 시작했다.

"여러분도 이미 알고 있겠지만, 우리의 주인인 젠지로 님은 발렌티아로 떠나셨습니다."

그렇게 시작된 아만다 시녀장의 말을 젊은 시녀들은 얌전한 태도로 들었다.

이 시점에서 젊은 시녀들 중 눈치가 빠른 몇 사람은 지금부터 들을 이야기가 '그다지 좋은 이야기가 아니다'라는 걸 직감했다.

중앙에 선 아만다 시녀장의 좌우에는 각 부문 책임자들이 서 있다. 그 중에 한 사람, 조리부문 책임자인 바네사가 쓴웃음을 애써 참고 있는 것이다.

그 쓴웃음을 말로 표현하면 '불쌍하게도' 혹은 '명복을 빈다' 정도가 될 것이다.

아무래도 앞으로 전해들을 통달은 '휴가를 주겠다'와 같은, 시녀들의 바람을 이루어 주는 이야기가 아닌 것 같다. 시녀들 중 극히 일부가 그런 각오를 새기고 있는 와중에, 아만다 시녀장은 천천히 말을 이었다.

"나는 이번 일이 매우 좋은 기회라고 생각해요. 우리들의 주인인 젠지로 님은 무척 상냥한 분입니다. 젠지로 님이 후궁에 바라시는 건 '평온한 곳', 그리고 '쉴 수 있는 공간'입니다. 그래서 나도 지금까지 여러분에게 큰 잔소리를 하지 않고 지내 왔어요."

"…………"

시녀장의 말에 젊은 시녀들 사이에는 '그런, 말도 안 돼'라는 항변의 공기가 흘렀다.

그러나 아만다 시녀장의 말은 거짓 없는 사실이다.

본인들은 이미 잊은 듯하지만, 젠지로가 후궁에 막 들어왔을 때, 젊은 시녀들은 매일 긴장으로 몸을 경직시키고 사소한 실수라도 하지 않기 위해 세심한 주의를 기울이며 일에 매진했던 것이다.

그러나 그런 긴장감은 아무리 감춰도 민감하게 전해지기 마련이다.

아무리 일솜씨가 완벽해도 그렇게 극도의 긴장 상태인 사람을 가까이에 두고 '쾌적하다'고 느낄 정도로 젠지로는 둔한 사람이 아니다. 물론 젠지로가 직접 말로 '그렇게 긴장하고 있으면 내가 불편하다'고 한 적은 없다.

그러나 아만다 시녀장도 여왕 아우라에게 직접 후궁 책임자로서 지명을 받았을 정도로 뛰어난 수완을 가진 시녀다. 주인이 말하지 않아도 주인의 요망을 알아채고, 명령을 받기 전에 그 요망을 만족시킬 줄 알아야 비로소 진정한 시녀인 것이다.

얼마 지나지 않아 젠지로가 원하는 것이 '완전무결한 일처리'가 아니라 '적당히 이완된 분위기'라는 것을 파악한 아만다 시녀장은 젊은 시녀들이 깨닫지 못할 만큼 조금씩 느슨하게 풀어줬다. 시녀들이 발랄하게 일할 수 있도록, 긴장으로 위축되지 않도록. 사실 젊은 시녀들 입장에서 보면 시녀장 아만다는 가장 가까이에 있는 무서운 존재인 것이다.

그런데도 지금 이렇게 무서운 시녀장의 말에 '노골적으로 불만스러운 분위기'를 드러내는 것 자체가 그녀들이 '풀어져 있다'는 증거다. 젊은 시녀들의 그런 반응을 예상했는지 아만다 시녀장은 일부러 한숨을 쉬어 보이고 말을 이었다.

"다행히 젠지로 님은 여러분의 일솜씨에 만족하고 계십니다. 그러나 여러분의 후궁 시녀로서의 의식과 기술은 조금씩 저하되고 있어요. 이건 그냥 넘어갈 수 없는 일입니다."

지적을 당한 시녀들의 반응은 다양했다. 찔리는 것이 있는지 헉, 하고 손으로 입을 막는 이도 있고, 반대로 그럴 리 없다는 듯이 입술을 삐죽이는 이도 있다. 그리고 대부분은 짚이는 데가 없다는 듯이 고개를 갸우뚱했다.

하긴, 짚이는 데가 없는 것이 당연한지도 모른다. 사실 아만다가 '오냐오냐' 할 정도까지 그녀들을 풀어주는 것도 아니고, 일솜씨도 충분히 합격점을 넘긴다.

그러나 그녀들은 '후궁 시녀'인 것이다. 목표는 합격점이 아니다. 만점이다.

자기에게는 이 소녀들을 최고의 시녀로 키워내야 할 의무가 있다. 그렇게 확신하는 아만다는 손바닥을 짝 마주치고는 낭랑한 목소리로 선언했다.

"그러면 오늘부터 젠지로 님이 돌아오실 때까지 '특별 지도 기간'을 갖도록 하겠어요. 알겠지요, 여러분?"

문장은 의문문이지만 물론 젊은 시녀들에게 거부권은 없다.

"네!"

물론 '특별 지도'를 정확히 이해하는 이는 이 자리에 단 한 사람도 없었다.

아만다 시녀장의 '특별 지도.' 그 말에 후궁 시녀라면 크든 적든 두려움을 느끼지 않고는 배길 수 없었다.

하물며 '문제아 3인방'이라 불리며 평소에도 주목을 받고 있는 페, 돌로레스, 레테는 어떻겠는가. '청소 담당'으로 배속이 바뀔 예정인 세 사람은 팔려가는 가축 같은 무거운 발걸음으로 후궁의 복도를 걸어갔다.

"아~ 어째서 하필이면 이럴 때 우리가 '청소 담당'인 거야?"

페는 짧은 곱슬머리가 헝클어지도록 머리를 흔들며 불만을 토했다.

"진짜, 타이밍 최악이다."

평소에는 뭐든 페가 하는 말에 딴지를 거는 돌로레스도 멍한 목소리로 동의했다. 돌로레스는 후궁 시녀 중에서도 특히 키가 큰 편이지만 지금은 어깨가 축 처지고 등이 굽은 탓에 평소보다 주먹 하나만큼은 작아 보였다.

원래 청소 담당 책임자인 이네스가 젠지로를 따라 발렌티아로 출장을 갔기 때문에, 현재 청소 부문 책임자는 아만다 시녀장이 겸임한다.

물론 다른 부문의 책임자들도 엄하지만 아만다 직속으로 특별 훈련을 받는 데 비하면 그나마 수월한 편이다.

"아하하, 어쩔 수 없어. 열심히 하면 아만다 시녀장도 인정해 줄 거야."

근본이 낙천적이라서 그런지 레테는 그렇게 말하며 룸메이트들을 격려했지만, 페와 돌로레스의 마음을 울리지는 못했다.

"무리라니까, 레테. 그 아만다 님이라고."

"그래…… 확실히 노력은 인정해 주시겠지. 하지만 결과는 결과로서만 보실 걸."

돌로레스의 의견은 날카로웠다. 확실히 아만다 시녀장은 노력은 인정해 준다. 그러나 노력했다고 해서 좋지 않은 결과를 용인해 주는 법은 없다.

"매일 열심이군요. 훌륭해요. 그 노력이 열매를 맺으려면 앞으로 어떻게 해야 할지 잘 생각해 보세요."

이런 느낌이다. 열심히 하는 것 자체는 칭찬하지만 채점에는 반영하지 않는다. 게다가 채점은 몹시 엄격하고 짜다. 그러나 아무리 낙심한 얼굴로 무거운 발걸음을 천천히 옮겨도, 계속 걷다 보면 언젠가 목적지에 도착하고 마는 법이다.

"아아, 도착해 버렸어……"

"할 수 없지. 어때, 각오는 됐어?"

"응, 열심히 할래."

거실 앞에 선 세 사람은 가까스로 마음을 다잡고 각오를 정한 뒤 거실 문을 노크하는 것이었다.

"그럼 일을 시작합시다. 먼저 거실을 평소와 같은 순서로 청소. 그 다음 양탄자를 걸레질 할 거예요. 모처럼의 기회니까."

아만다 시녀장의 입에서 아무렇지도 않게 튀어나온 그 말에 거실에 막 들어온 문제아 3인방은 동시에 얼굴을 찡그렸다.

거실의 양탄자에 걸레질. 그건 일에 익숙한 후궁 시녀들에게도 무척이나 고된 일이다.

무지막지하게 큰 양탄자를 꼭 짠 걸레로 끝에서부터 박박 문질러, 양탄자의 털에 엉겨 붙어 있는 머리카락이나 먼지를 떼어내는 것이다.

참고로 이 거실의 넓이는 열 평 스무 평 정도의 귀여운 넓이가 아니다. 물론 양탄자는 그 넓은 방의 전체가 아니라 반 정도의 면적일 것이다.

그러나 그래도 걸레질의 수고로움을 생각하면 정신이 아득해지는 넓이다.

본래라면 매일 빠짐없이 걸레질을 해야 하지만, 젠지로가 하루의 대부분을 이 거실에서 지내기 때문에 거실 청소를 할 수 있는 시간이 짧다. 때문에 평소에는 비질과 눈으로 봐서 더러워진 곳만 걸레질을 하고 끝내는 것이다.

이번처럼 젠지로가 자리를 비운 기회에 아만다 시녀장이 기합을 넣는 것도 당연하다.

"그럼 시작해 주세요."

"네."

물론 시녀들은 기합이 잔뜩 든 시녀장의 명령을 거부할 수 없는 입장이다.

그로부터 약 두 시간 후.

"네, 그 정도면 됐어요."

아만다 시녀장이 손뼉을 울렸을 때, 페, 돌로레스, 레테 세 명은 그대로 양탄자에 얼굴을 처박아 버릴 지경이었다.

"파, 팔이 저려……"

"무릎이 아파……"

"하아, 하아, 하으……"

양탄자에 머리카락이 떨어지지 않도록 큰 스카프로 머리를 감싼 문제아 3인방은 오랜만에 한 걸레질에 이미 곤죽이 돼 있었다.

거기에 아만다 시녀장의 차가운 목소리가 쏟아져 내려왔다.

"기억합니까? 여러분은 후궁에 처음 배속됐을 당시에는 이 일을 좀 더 간단하게 해냈다는 걸. 그만큼 여러분의 몸이 둔해진 거예요."

당연하지만 젠지로보다 먼저 후궁에 들어온 그녀들 후궁 시녀는 당시 매일 이에 필적하는 강도의 청소를 해치웠다.

듣고 보니 확실히 그때는 일을 완벽하게 수행하는 데 정신이 팔려서 불만이나 우는 소리를 내는 일도 없었다.

그때에 비하면 확실히 지금의 자신들은 '둔해졌다'는 소릴 들어도 할 말이 없었다.

누가 뭐라 해도 후궁 시녀로서 최소한의 자각은 지닌 폐 일행은 드물게도 반성하는 표정으로 일어섰다.

그 표정에서 자기가 한 말이 이 철없는 소녀들에게 먹혔다는 것을 알아챈 시녀장은 아주 조금 눈꼬리를 누그러뜨리고 말했다.

"여러분은 머지않아 후궁을 나가 집으로 돌아가게 될 거예요. 그러면 기다리는 건 결혼이겠지요. 그 때 여러분은 가문의 명예와 함께 '전 후궁 시녀'라는 간판을 등에 지고 시집을 가는 거예요. 그 점을 잊어버리면 곤란합니다."

"네, 죄송합니다, 아만다 시녀장님. 옳은 말씀입니다."

세 명 중에서 가장 요령이 좋은 돌로레스가 셋을 대표하려는 듯이 순종적인 얼굴로 고개를 숙였다.

뒤따라서 페와 레테도 머리를 숙였다.

그 깍듯하게 절하는 자세는 역시 후궁 시녀다웠다.

참고로 지금 아만다 시녀장이 한 말은 모두 사실이다. 시녀장이나 각 부문 담당 책임자처럼 연배 있는 그룹을 제외하면 후궁 시녀는 근무 기간이 짧다.

그것은 고용주인 아우라의 사정 때문이 아니라 고용된 시녀들을 배려한 결과이다. 기본적으로 후궁 시녀라는 직업은 입주직이라 세상과 단절되어 있다. 특히 카파 왕국 후궁의 경우, 후궁의 주인이 남자라는 특성상 시녀들에게 '손을 대는 일'이 예상, 아니 기대된다.

그래서 시녀가 되려면 '젊고 매력적인 여성'일 것과 동시에 '연인이나 약혼자가 없다'는 조건을 충족해야 한다.

여자로서 가장 '잘 팔릴 때'를 후궁에서 보내게 되는 것이다. 만약 그 좋은 시기를 통째로 후궁에서 보낸다면 그 후의 인생이 비참해질 거라는 점은 불을 보듯 뻔하다.

누가 뭐라 해도 그녀들은 후궁 시녀로 추천을 받은 여자들이다. 집에서 그녀들에게 무엇을 기대하는지 정도는 파악하고 있다.

여기서 시녀장을 실망시킬 수는 없다. 자신들은 '역시 전직 후궁 시녀'라는 소리를 들을 만큼 기술과 기품을 익힐 의무가 있다. 페, 돌로레스, 레테 세 사람은 드물게도 진지한 표정으로 주먹을 꽉 쥐었다.

"그러면 다음은 침실 청소입니다. 젠지로 님의 특별한 배려로 작업 중에는 침실의 에어컨을 틀어도 되지만, 그렇다고 일부러 청소에 시간을 들여서 늘어지는 일이 없도록. 알겠지요?"

"…………네."

그러나 다음 순간에는 이미 에어컨의 유혹에 반쯤 넘어갔는지, 유난히 대답이 늦은 '문제아 3인방이었다.'

─────◆─────

시녀장의 감시 하에서 잔뜩 긴장한 채 하루를 보낸 문제아 3인방은 그날 밤 자기들의 방에서 낮에 쌓였던 피로를 달래고 있었다.

"아아, 좋아. 거기, 아니 조금 더…… 아아, 너 정말 마사지만큼은 최고야."

"크으, 에잇, 요 녀석, 아무리 생각해도 내가 손해보는 거 아냐? 이 거인 여자!"

속옷 차림으로 엎드려 누운 돌로레스의 허리 위에 말 타듯 올라 탄 페는 돌로레스의 어깨부터 등까지 마사지를 해 주면서 그렇게 불평했다.

언제부턴가 일이 고된 날이면 이렇게 서로에게 마사지를 해 주게끔 되었지만, 페는 늘 불평을 늘어놓았다.

확실히 왜소한 페가 장신의 돌로레스를 마사지하는 것과, 장신의 돌로레스가 왜소한 페를 마사지하는 것은 겉으로만 보면 페가 고생 스러울 것처럼 보인다.

어쨌든 등잔불의 희미한 조명밖에 없는 실내에서 서로 마사지를 끝낸 세 사람은 각각 자기 침대에 걸터앉아 취침 전의 수다 시간을 즐겼다.

"아아, 그나저나 아만다 시녀장은 너무 박력이 세. 쳐다보기만 해도 오금이 저린다니까!"

침대에 앉은 페는 다리를 대롱대롱 흔들면서 그렇게 불평했다.

"확실히 그 안력은 좀 굉장해. 그게 이네스 님이었다면 오히려 '지켜봐 주신다'는 느낌이겠지만, 아만다 시녀장이면 '감시당한다'는 기분이 들어."

한편 같은 높이의 침대에 앉아 있는 돌로레스의 양 다리는 제대로 바닥에 닿아 있다.

잔혹하리만치 체격에 차이가 있지만 다행히도 큰 쪽도 작은 쪽도 특별히 자기 몸에 대한 콤플렉스가 없어서 그런 일로 쓸데없는 분란은 일어나지 않는다.

"정말이지, 아만다 시녀장도 좀 봐주면서 해 주면 좋을 텐데."

"어쩔 수 없어, 페 짱. 사실 우리 정말 둔해졌는걸."

불만스럽게 입술을 삐죽이는 페를 포근한 미소로 나무라는 레테다.

순순한 면이 있는 레테는 낮에 아만다 시녀장이 한 말을 듣고 진심으로 반성했다.

확실히 자기들은 요즘 게으름을 피우고 있었다는 생각이 들었다.

겉모습도 속마음도 멍한 구석이 있어서 좀처럼 그렇게 보이지 않지만, 레테는 그래 봬도 마음가짐을 바꾸고 열심히 하겠다는 결심을 했다.

그러나 페는 반론을 폈다.

"그건 알지만, 그치만 사실 우리 주인님은 젠지로 님이잖아? 그런데 솔직히 젠지로 님은 우리가 좀 게으른 쪽을 좋아하시는 것 같은데."

그녀들 '문제아 3인방'이 후궁 시녀들 중에서 가장 먼저 젠지로 님과 친해졌다는 사실은 부정할 수 없다. 그녀들이 처음에 젠지로 님의 눈에 든 것도 그녀들이 젊은 시녀들 중에서 '가장 먼저 긴장의 끈을 놓아'버렸기 때문이다. 그렇게 생각하면 페의 주장도 어느 정도는 일리가 있다.

"그것도 정도의 문제가 있지. 그리고 이렇게 말하면 뭐하지만, 젠지로 님은 주인으로서는 분명히 이단이고 소수파야. 본격적으로 젠지로 님 측실 자리를 노리고 하는 말이라면 상관없지만, 그렇지 않다면 조금이라도 세상에 통용되는 시녀의 마음가짐과 기술을 익혀야 돼. 낮에 아만다 님도 말씀하셨지만 우리에게는 이 일이 '신부 수업'이기도 하니까."

그러나 요령도 없고 가치관이 보수적인 돌로레스는 페의 주장을 그렇게 일축했다.

"아아, 결혼인가. 아직 별로 진지하게 생각해 본 적 없는데."

페는 발을 대롱대롱 흔들면서 등을 눕혀 상반신만 침대에 뉘였다.

페는 왕국 수도의 서민 동네에서 뛰어놀아도 위화감이 없어 보이지만, 이래봬도 엄연한 귀족 집안 딸이다.

가까운 장래에 집으로 돌아가면 부모가 준비한 선택지 중에서 결혼 상대를 골라야 한다는 건 이미 각오한 일이다.

하지만 후궁의 생활에 적응해 버려서 언제부턴가 이 생활이 영원히 이어질 것 같은 착각을 하곤 한다.

"뭐, 이해는 해. 결혼은 내 일이지만 결혼상대를 고르는 사람은 주로 아버지니까, 왠지 다른 사람 일처럼 느껴지지."

돌로레스는 페의 말에 동의를 표하며 그 좁은 어깨를 으쓱했다.

후궁은 일종의 격리 공간이다. 기한이 있다는 걸 알면서도 거기서 생활하고 있으면 속세의 일이 자신과는 관계가 없는 것처럼 느껴진다.

"계속 여기 있을 수 있다면 좋을 텐데……"

무심코 흘린 그 말은 레테의 본심이다.

장래에 가문을 위해 결혼한다. 그걸 거부할 생각은 아니지만 즐거운 순간이 영원히 계속되길 바라는 마음 또한 인간의 본성인 것이다.

"그건 무리야, 레테. 어떻게든 계속 여기에 있고 싶으면 젠지로 님의 승은을 입는 방법밖에 없어."

놀리듯이 페가 말하자 돌로레스도 장난을 치며 보탰다.

"아아, 그건 무리일걸."

듣기에 따라서는 레테가 가진 여자로서의 매력을 송두리째 부정하는 말이지만, 당사자인 레테도 화내는 일 없이 동의했다.

"그건 그래~ 그치만 앞으로도 후궁의 시녀들 중에 젠지로 님의 간택을 받는 사람은 없을 것 같아."

그 말은 레테 한 사람만이 아니라 후궁 전체의 의견이다. 그 정도로 젠지로는 후궁의 시녀들에게 다른 뜻을 품지 않았다.

요즘은 젊은 시녀의 미니스커트 밖으로 드러난 다리나 가까이에서 일하는 시녀의 가슴께로 시선을 줬다가 스윽 피하는 것으로 보아 젠지로가 시녀들을 아예 여자로 의식하지 않는다는 건 아니다 싶지만, 1년 이상 같은 지붕 아래에서 생활하면서 한 사람도 건드리지 않았다는 점에서 희망은 거의 없다고 봐야 한다.

"하긴 그건 그래."

"그런 사람이 있으면 아우라 폐하가 회임하신 중에 손을 대셨을 거야."

어느 틈엔가 주인의 여자관계 얘기로 분위기가 달아올랐다.

이러니저러니 해도 한창때인 소녀들이다. 자기 일이건 남의 일이건 연애 얘기만 나오면 사족을 못 쓴다.

"에? 하지만 아우라 폐하가 회임 중일 때도 침대는 따로 썼지만 같은 방에서 주무셨잖아? 그래서는 다른 여자를 끌어들일 수도 없잖아?"

"바보구나, 너 못 들었어? 그거, 젠지로 님이 그렇게 하겠다고 하신 거야. 아우라 폐하는 회임이 확정된 시점에서 침실을 따로 쓸 생각이셨다는데, 젠지로 님이 '침대는 따로 쓰더라도 같은 방에서 자자'고 해서 침실에 예비 침대를 들여놓은 거래."

"우와~ 아우라 폐하 정말 사랑받고 계시네!"

젠지로도 여왕 아우라도 그녀들에게는 호의를 품게 만드는 좋은 주인이다. 그 두 사람의 금슬 좋은 일화는 수다를 즐겁게 한다.

결혼은 곧 정략결혼이라는 상식을 지닌 귀족계급의 아가씨라도, 남녀의 연애를 동경하는 마음만은 다르지 않다. 그러나 결혼에 정략이 엮이는 것을 당연하게 생각하는 그녀들은 일반 서민의 자녀에 비해 조금 보수적인 시각을 갖고 있다. 자기들의 직장 애기가 되면 더 그렇다.

"아무튼 젠지로 님과 아우라 폐하의 사이가 좋다는 건 좋은 일이야. 들은 얘긴데 부부 사이가 틀어진 저택에서 일하면 일도 굉장히 힘들대. 아예 양쪽이 완전히 식어 버려서 간섭하지 않는 사이면 오히려 편하지만, 한쪽이 필사적으로 매달리는데 다른 한쪽이 외면하는 경우는 진짜 최악이지. 다가가는 쪽은 썰렁한 상대의 태도에 기분이 상하지. 외면하는 쪽은 지겹게 들러붙는 상대의 태도에 짜증이 나고. 그래서 대체로 우리 같은 사용인들에게 화풀이를 한다는 거야."

"우왓……"

"젠지로 님하고 아우라 폐하가 금슬이 좋아서 천만다행이다……"

돌로레스의 이야기에 페는 노골적으로 얼굴을 찡그리고 레테는 큰 가슴을 쓸어내렸다.

"정말이야. 아, 하지만 이곳에도 언젠가는 측실이 들어오지 않겠어? 그렇게 되면 지금처럼 평화롭게 지낼 수만은 없지 않을까?"

문득 생각난 듯이 그렇게 말한 사람은 페다. 페도 귀족의 자녀이자 후궁 시녀. 젠지로가 처한 입장을 이해한다.

혈통마법을 쓸 수 있는 왕국 유일의 성인 남성(그것도 20대)이 언제까지나 여왕 한 사람만 상대할 수는 없는 것이다.

그러나 그런 페의 걱정을 부정한 사람은 세 사람 중 가장 현실적인 사고를 하는 돌로레스다.

"으—음. 그렇지는 않을걸. 젠지로 님이 언젠가 측실을 맞을 거라는 점은 확실하지만, 그래도 지금 이 분위기가 엄청나게 나빠지거나 하지는 않을 거라고 봐."

"어째서, 돌로레스 짱?"

이상하다는 듯이 고개를 갸웃하는 레테에게 돌로레스는 자기의 가설을 펼쳐 보였다.

"봐, 측실은 어디까지나 측실이야. 정실은 아우라 폐하고. 그 아우라 폐하에게 맞설 수 있는 측실이 있을 거라고 생각해?"

여왕 아우라는 '여걸'이라는 말이 그대로 구현된 것 같은 여자다. 확실히 보통 여자는 상대하기도 벅찰 것이다. 애초에 '정실'과 '측실'이라는 입장의 차이도 크나큰 핸디캡이다.

거기에 덧붙여 두뇌, 성격적인 면에서도 아우라는 누구보다 강하고 젠지로의 마음도 확실하게 사로잡고 있으니, 측실이 설레발 칠 여유 따위 없다는 것이 돌로레스의 의견이다.

"과연, 확실히 아우라 폐하를 거역하는 건 좀 용기가 필요하겠지."

페는 그렇게 말하고 납득했지만, 레테는 아직 납득하지 못했는지 고개를 갸우뚱한 채다.

"으응? 그치만 그런 사람이라면 아우라 폐하를 기억하지 못하는 울분을 은근히 우리들한테 풀려고 하지 않을까?"

있을 수 있는 얘기지만 그래도 돌로레스는 부정했다.

"젠지로 님이잖아. 잊었어? 왜 우리 셋이 후궁 시녀들 중에서 가장 먼저 젠지로 님과 친해졌는지? 젠지로 님이 제일 싫어하는 게 뭔지?"

페와 레테도 바보는 아니다. 돌로레스가 하고자 하는 말의 뜻을 깨달았다.

"아."

"그래, 그런 거군."

젠지로가 어째서 '문제아 3인방'을 마음에 들어 하는가. 그것은 젠지로가 잔뜩 긴장한 사람이 거실에 있는 것을 못견뎌하기 때문이다.

때문에 후궁 시녀들 중에서 가장 먼저 긴장이 풀어진 '문제아 3인방'이 처음으로 받아들여졌다.

그런 젠지로가 후궁의 분위기를 최악으로 몰아넣을 '시녀를 괴롭히는 측실'의 존재를 허용할 리 없다.

"과연~ 그렇다면 젠지로 님이 측실로 고를 사람은 어떤 사람일까?"

천진난만한 레테의 질문에 페와 돌로레스는 서로를 쳐다봤다.

확실히 그건 신경 쓰인다.

젠지로의 애정이 오로지 여왕 아우라에게로 향해 있는 와중에 시녀들에게 화풀이도 하지 않으면서 측실이라는 자리를 지킬 수 있는 여성.

그건 대체 어디 사는 성녀일까?

"그런 갸륵한 여자가 있다면 제아무리 젠지로 님이라도 마음이 움직이지 않을까?"

"어쩐지 얘기가 처음으로 돌아간 것 같지 않아?"

그렇게 젊은 아가씨 세 사람의 연애 수다는 끝날 줄을 모르고 계속되는 것이었다.

◆

다음날. 어제와 마찬가지로 페, 레테, 돌로레스 세 사람은 거실 청소에 몰두했다.

먼지떨이로 먼지를 털어내고 젖은 행주로 테이블을 닦고 긴 빗자루로 바닥을 청소했다.

세 사람은 바쁘게 움직였지만, 어제보다는 약간 여유가 생긴 돌로레스는 이따금 아만다 시녀장의 시선이 부자연스럽게 옆으로 비껴가는 것을 눈치 챘다.

(무슨 일이지?)

장신의 돌로레스는 높은 곳의 먼지 청소를 담당하면서 속으로 고개를 갸웃했다.

저 무지막지하게 엄한 아만다 시녀장이 '특별 지도' 중에 자신들에게서 시선을 떼다니. 돌로레스는 나쁜 예감이 들었다. 아나나 다를까, 그 예감은 곧 현실이 되어 나타났다.

"여러분, 어제에 비해 1분 이상 늦어지고 있어요. 제대로 하세요."

그렇게 말하는 아만다 시녀장의 시선은 방구석에 있는 '디지털식 탁상시계'를 향해 있었다.

"앗!? 네, 죄송합니다."

경악하면서도 반사적으로 그렇게 대답한 돌로레스는 그나마 봐줄 만하다.

"헤엣?"

"허억?"

페와 레테는 영문을 몰라 멍청한 소리를 내며 손을 멈추고 말았다.

"왜 그러지요? 손이 멈췄네요."

"아, 네!"

"죄송합니다!"

두 사람은 황급히 작업을 재개했지만 속으로는 경악을 금치 못했을 것이다.

돌로레스는 책상 위를 먼지떨이로 털면서 쿵쾅거리는 자기 심장 소리를 들었다.

(아만다 시녀장이 시계를 봤어?)

자기 눈으로 본 상황을 믿을 수 없었다. 그러나 사실은 사실이다.

불과 얼마 전까지만 해도 '아라비아 숫자'와 그것을 사용해서 표시하는 '24시간, 60분, 60초' 시계를 읽을 수 있는 시녀는 휴대 게임에 빠져 있는 자신들 세 사람밖에 없었던 것이다. 그러나 아무래도 아만다 시녀장도 그 지식을 흡수해 버린 모양이다.

이건 그녀들에게 있어서 중차대한 사태다.

(큰일이야. 앞으로는 아만다 시녀장의 관리가 1분 단위로 들어올 거야!)

그런 돌로레스의 염려는 슬프게도 완벽하게 들어맞았던 것이었다.

---◆---

"아아아, 정말 최악이야! 아만다 님이 '시계'를 볼 수 있게 되다니!"

점심시간. 테이블에 엎드린 페는 찌부러진 개구리처럼 비명을 질렀다.

이곳은 넓은 주방의 구석이다. 시녀들은 이곳에서 재빨리 점심식사를 한다.

혹서기라면 낮잠 시간이 있어서 먹을 것을 받아 자기 방에 가서 먹는 사람도 많지만, 지금 시기의 점심시간은 그리 길지 않아서 모두 여기서 먹는다.

"오산이었어. 아만다 시녀장을 너무 얕봤나 봐……"

옆에 앉은 돌로레스는 폐처럼 엎드리지는 않았지만 목소리가 음울했다.

돌로레스가 걱정한 대로 그 후의 청소는 정말로 분 단위의 스케줄이었다.

어제는 일에 열중하느라 세 사람 다 눈치 채지 못했지만, 아마도 아만다 시녀장은 문자 그대로 분 단위로 돌로레스 일행의 작업 속도를 측정했던 것 같다.

조금이라도 어제보다 속도가 떨어지면 "늦네요. 어제는 이 일을 1분 빨리 끝냈지 않나요?"라며 질책하고, 속도를 의식해서 일이 꼼꼼하지 못하면 "제대로 닦지 않았네요. 한 번 더 합니다"라며 다시 할 것을 명령했다.

도중에 도망쳐 버리고 싶을 정도로 엄한 지도였다. 과연 아만다 시녀장의 직접 특별 지도다.

"자, 일하느라 수고했어요. 아만다의 지도는 좀 힘들지? 이것 먹고 오후 일에 대비하렴."

푸근하게 살찐 중년 여인 바네사는 언제나처럼 밝은 어조로 그렇게 말하고는 테이블 위에 요리를 차례로 놓았다.

"바네사 님."

"고, 고맙습니다."

"우와아, 굉장해! 이거 저희가 먹어도 되는 거예요!?"

옅은 갈색으로 구운 빵. 향신료로 양념한 채소 수프. 그리고 질

좋은 참기름으로 튀긴 육룡 프라이.

모두 막 만들어낸 것임을 알 수 있는 진한 냄새와 함께 따끈한 김이 솟아오르고 있었다. 원래 시녀들이 먹는 것은 주방에서 젠지로와 아우라를 위한 식사를 만드는 틈틈이 남는 재료로 만드는 '막요리'지만, 이것은 아무리 봐도 그런 것이 아니다.

사용된 재료도 공을 들인 조리법도 모두 왕족의 식탁에 오를 만한 요리다.

조금 전까지의 피로를 잊고 환성을 지르는 문제아 3인방에게 바네사는 그 후덕한 허리에 손을 얹고 크게 웃었다.

"하하핫, 물론이지. 오늘은 아우라 폐하도 밤까지 후궁에 돌아오시지 않으니까. 그렇다고 모처럼 '특별 지도 기간'인데 놀고 있을 수는 없잖아? 그래서 궁중 요리 연습을 좀 했지. 물론 폐하와 아만다의 허가를 얻었으니까 사양하지 말고 먹으렴."

요리 실력을 늘리기 위해서는 요리를 많이 만들어 보는 수밖에 없다. 그러나 당연하게도 '연습'으로 만든 요리를 주인들의 식탁에 올릴 수는 없는 노릇이다. 그래서 그녀들에게는 때때로 이렇게 시식 역할이 돌아오는 것이다.

"그런 거라면 사양 않고."

"잘 먹겠습니다~!"

"와~아, 맛있겠다."

세 사람은 만면에 희색을 띠고 요리에 손을 뻗었다.

향신료와 설탕의 최대 생산지인 카파 왕국의 전통요리는 모두 양념이 세다.

돌로레스는 커다란 목제 스푼으로 그릇의 내용물을 건져 입으로 가져갔다. 스파이스를 잔뜩 넣어 빨갛게 된 수프와, 그 안에서 춤추는 녹색 잎채소의 대비가 시각적으로도 식욕을 돋군다.

그 향신료 가득한 수프를 잎채소와 함께 입에 머금은 돌로레스는 놀라서 눈을 동그랗게 떴다.

"어라? 이 맛, 보통인데?"

매우 애매모호한 평가다.

"응? 무슨 소리야, 돌로레스?"

"돌로레스 짱, 지금 그 말은 의미를 좀 모르겠는데?"

"한 입 먹어 봐. 먹어 보면 너희들도 알 테니까."

핀잔을 주는 페와 레테에게 돌로레스가 그렇게 반론했다.

페와 레테는 고개를 갸웃하면서도 돌로레스의 말을 따라 수프를 먹고 놀라서 외쳤다.

"아, 정말로."

"응, 이거 젠지로 님의 입맛에 맞춘 양념이 아니야. 전통적인 궁중요리야."

알기 쉽게 말한 사람은 세 사람 중에 가장 요리를 잘 하는 레테다.

후궁에서 나오는 요리는 당연하지만 젠지로와 아우라의 입맛에 맞춰서 만들어진다.

아우라의 미각은 카파 왕국의 평균적인 수준이지만, 문제는 젠지로다.

젠지로는 현대 일본인치고는 대체로 아무거나 잘 먹는 편이지만, 이세계 요리에 관해서는 조금 사정이 다르다.

수프에 빠지지 않고 들어가는 허브류의 향초나 의도적으로 숙성시킨 고기 등, 가끔 먹는 건 몰라도 매일은 먹기 힘든 식재료가 있는 것이다.

때문에 이 후궁에서 만들어진 궁중 요리는 일반적인 궁중 요리와는 조금 다르게 맛을 낸 것들이 주를 이룬다.

그러나 지금 세 사람 앞에 놓여 있는 요리는 '보통 궁중 요리'이다.

놀란 세 사람에게 바네사는 큰소리로 웃고 말했다.

"당연하지. 오늘은 요리 연습이니까. 젠지로 님의 입맛에 맞춘 요리도 물론 잘 할 수 있어야겠지만, 그건 어디까지나 응용이거든. 모처럼 '특별 지도 기간'이니까 먼저 기초를 탄탄히 하는 게 지름길이란 말씀이지."

요컨대 모처럼 젠지로라는 조금 미각이 특수한 주인용 요리를 만들지 않아도 되는 이 기회에 표준적인 궁중 요리를 연습시키겠다는 것이다.

확실히 연습이라면 가능한 한 평범한 메뉴로 시작하는 게 옳다.

무엇보다 여기서 이세계인인 젠지로의 취향에 맞춘 요리를 익힌다 해도, 솔직히 시녀들의 장래에는 그다지 보탬이 되지 않는다.

나중에 그녀들이 후궁을 나가서 누군가와 결혼이라도 했다 치자.

그런데 기껏 배운 요리가 일반적인 궁중 요리가 아니라 궁중 요리의 젠지로 버전이거나 하면 신랑이 될 사람은 꽤나 실망할 것이 틀림없다.

상급 귀족이라면 몰라도 하급 귀족의 세계에서는 요리 실력도 좋은 배우자의 조건 중 하나다.

바네사의 이야기에서 저간의 사정을 가장 먼저 눈치 챈 사람은 역시 세 사람 중에 가장 머리 회전이 빠른 돌로레스였다.

"'특별 지도'라고요? 그럼 이 요리를 만든 사람은?"

돌로레스의 말에 바네사는 빙긋 웃고는,

"눈치 챘겠지만 난 아니란다. 오늘의 조리 담당 아이들이지. 나는 그저 지켜봤을 뿐. 어떠니, 맛은?"

그렇게 의미심장한 말투로 물었다.

맨 처음 대답한 사람은 육룡 프라이를 베어 문 페였다.

"헤에~ 그렇구나. 전혀 몰랐어요. 굉장히 맛있어요!"

씩씩한 대답이었지만 페의 미각이 믿을 게 못 된다는 건 주지의 사실이다.

"오호, 그러니? 너희들은?"

바네사는 그렇게 말하고 시선을 돌로레스와 레테에게 향했다.

시녀들의 연습작임을 안 돌로레스는 신중한 손놀림으로 얇게 구운 빵을 집어 들고 그 끝을 손으로 찢어 입으로 가져갔다.

"글쎄요. 듣고 보니 역시 바네사 님께서 만든 것과는 완성도가 좀 다르다는 느낌이 들어요."

요리 실력은 낮지만 미각만큼은 누구보다 날카로운 돌로레스는 참고 의견을 묻기에 적합한 대상이다.

"그래? 구체적으로는?"

즐겁다는 듯이 눈을 가늘게 뜬 바네사에게 돌로레스는 의기양양한 얼굴로 설명했다.

"네. 알게 쉬운 건 수프의 건더기인 것 같아요. 앞채소를 장방형으로 잘랐는데 크기가 꽤 들쑥날쑥하네요. 바네사 님께서 만드신 건 좀 더 크기가 일정했어요."

뒤이어 한 차례 모든 요리의 시식을 마친 레테도 평가에 참가했다.

"네. 맞아요. 빵도 조금 더 딱딱한 것 같아요. 빵 반죽을 반들 때 반죽을 좀 오래 했나? 그리고 고기 프라이도 몇 개는 튀김옷이 타기 직전이었어요. 아마도 기름의 온도가 너무 높았던 게 아닐까요?"

요리 실력만큼은 젊은 후궁 시녀 중에서 둘째가라면 서러운 레테의 감상은 돌로레스의 감상보다 기술적인 면을 지적하는 것이었다.

푸근한 표정은 늘 변함이 없어도 요리에 관해서만큼은 분명하게 할 말을 하는 레테다.

두 사람이 내린 평가는 그럭저럭 바네사를 흡족하게 한 모양이었다.

바네사는 빙글 뒤로 돌아서 큰 소리로 말했다.

"잘 들었지? 손님이 불만이시란다. 오후엔 확실하게 지도해 줄 테니까 기대하렴."

그제서야 페 일행은 처음으로 자기들 뒤에 동료가 서 있음을 알았다.

동료들의 낯빛은 확연히 나빴다. 그 얼굴색은 어디선가 본 기억이 있다. 바로 조금 전까지만 해도 자신들이 지었던 얼굴이다.

그렇다. 본인들이 아만다 시녀장의 '특별 지도'를 받았을 때의 표정이다.

"아, 키샤?"

"어라, 콘치타. 이 수프, 네가?"

"앗, 사브리나 짱이다."

페 일행은 의자에 앉은 채 어느 틈엔가 뒤에 와서 서 있던 동료 세 사람에게 말을 건넸다.

모두 돌로레스만큼은 아니지만 키가 크고 레테 정도는 아니지만 가슴이 풍만한 소녀들이다.

애초에 젊은 후궁 시녀들은 젠지로의 취향에 따라 아우라와 비슷한 장신에 글래머러스한 여성을 모집했으니 특별히 이상할 것도 없다.

오히려 왜소한 페나 키는 크지만 깡마른 돌로레스가 예외인 것이다.

그 장신에 몸매 좋은 소녀들이 지금은 비장감이 감도는 얼굴로 이쪽을 보고 있다. 사브리나라는 소녀는 거의 울기 직전이다.

그 울먹이는 소녀가 비장한 목소리로 돌로레스와 레테에게 고했다.

"돌로레스, 너 기억해 둬……!"

"레테, 오늘만큼은 너의 그 요리에 대한 진지한 태도가 원망스러워……"

"아아, 돌로레스도 레테도 페 정도의 미각이었다면 좋았을 텐데."

"하하핫. 결과는 이미 나왔단다. 포기하렴. 괜찮아, 난 누굴 돌보는 일에 자신이 있거든. 너희들을 어디에 내놓아도 부끄럽지 않을 실력으로 제대로 키워 주마."

그렇게 말하고 바네사는 소녀들의 등을 팡팡 두드렸다.

"왠지, 힘든 건 우리만이 아닌 모양이야."

넋이 나간 얼굴로 그렇게 말하는 페에게 돌로레스도 쓴웃음을 지으며 동의했다.

"'특별 지도 기간'이니까. 모두 힘들겠지."

자신들도 또 오후부터 아만다 시녀장의 특별 강습을 받아야 하는 몸이지만, 그렇기 때문에 다른 동료들의 일이 편하면 불공평하게 느껴질 것 같다.

죽을 땐 다 함께, 지옥 가는 길의 동무로 삼자.

히죽, 음흉한 미소를 지은 돌로레스는 일부러 수프의 내용물을 들여다보고 심술궂은 시어머니 같은 눈초리로 잔소리를 늘어놓았다.

"어머, 자세히 보니 이 수프는 향초가 조금 많이 들어있는 것 같네. 그리고 약간 쓴 맛이 나는 건 불에 너무 오래 올려놓아서 그런 게 아닐까?"

"아, 그럴지도. 얇은 빵도 딱딱할 뿐만 아니라 조금 오래 구운 감이 있어. 오븐에 넣었던 시간이 좀 길었던 모양이야~?"

레테가 그 의견에 동의하고 나섰지만, 심술이 아니라 있는 그대로의 모습이다.

그러나 일부러든 있는 그대로든 당하는 입장에서는 별반 차이가 없다.

"돌로레스…… 너 진짜 기억해 둘 거야!"

"레테, 너한테 나쁜 뜻이 없다는 건 알지만 그래도 용서할 수 없는 게 있거든."

"이 원통함, 잊지 않겠어……!"

귀신 같은 얼굴을 하는 세 명의 시녀의 모습이 꽤나 우스웠는지, 바네사는 커다란 배를 출렁이며 웃었다.

"크하하하하, 그래, 그래. 그런 거라면 더욱 제대로 확실하게 가르쳐 줘야겠지. 먼저 팬 흔들기 연습. 잎채소의 버리는 부분으로 다지기 연습. 그리고 장작은 얼마든지 있으니까 오븐 사용법도 익혀야지."

바네사의 말에 세 명의 시녀는 허락되기만 한다면 지금 당장 도망치고 싶다는 표정을 지었다.

물론 그렇다고 봐줄 바네사가 아니다. 후궁의 책임자들 중에서는 젊은 시녀들을 가장 편하게 대해 주는 바네사지만, 일에 관해서는 결코 설렁설렁한 상사가 아니다.

"자자, 기죽어 있어도 일이 끝나지는 않는단다. 어서들 자리로 돌아가서 일 해야지, 일."

"네……"

바네사에게 재촉을 받고 터벅터벅 일터로 돌아가는 동료들의 뒷모습을 완전히 남 일처럼 웃으며 배웅하는 돌로레스에게 바네사는 홱 돌아보며 말을 건넸다.

"그런데 너희들, 배짱이 아주 두둑하구나. 전혀 남의 일이 아닐 텐데?"

"네?"

"에?"

"흐에?"

예상치 못한 말에 페 일행은 멍청한 소리로 대답했다.

바네사는 빙긋 웃었다.

"그렇잖아? '특별 지도 기간'이잖니? 지금 맡은 부문만 하고 끝날 거라고 생각했니? 젠지로 님께서 발렌티아에 가 계시는 한 달 동안, 최소한 전원이 모든 부문을 돌며 '특별 지도'를 받게 된단다. 그래서 '특별 지도 기간'은 로테이션이 빠르지. 아마도 사흘 후에는 너희가 내 밑으로 오게 될 걸?"

"…………"

"…………"

"우와아, 정말이에요, 바네사 님? 저 열심히 할게요!"

커다란 가슴 앞에서 두 손을 맞잡고 기뻐하는 사람은 레테 뿐, 페와 돌로레스는 말없이 서로의 얼굴을 쳐다보았다.

특히 돌로레스의 얼굴색이 확연히 나쁘다.

조금 전에 자기가 했던 발언을 떠올린 돌로레스는 뒤늦게 꾸며낸 미소로 식은땀을 흘리며 간드러지는 목소리로 바네사에게 말했다.

"바, 바네사 님? 조금 아까 제 의견 말인데요, 그, 좀 말이 지나쳤다고나 할까, 그, 저기, 이 요리는 충분히 맛있어요. 그러니까 콘치타네 애들의 특별 지도는 조금 봐주시는 게……"

하지만 정작 당사자인 그녀들——콘치타 일행이 돌로레스의 말을 가로막았다.

"아뇨, 필요 없습니다, 바네사 님."

"네. 저희들 이미 각오를 정했으니까요."

"최선을 다해 열심히 하겠어요."

대견한 말을 하는 그녀들의 얼굴에 음침한 미소가 떠올라 있었다.

셋은 동시에 그 음침한 웃는 얼굴을 돌로레스에게 향하고는,

"그러니까, 돌로레스?"

"사흘 후에는 우리가 네 요리를 시식해 줄게."

"기대하고 있으라고…… 알겠지?"

그렇게 잔뜩 힘주며 말했다.

"정말? 응, 기대하고 있을게. 나 열심히 할게!"

라며 천진난만하게 의욕을 보인 사람은 레테뿐.

"잠깐, 돌로레스! 이거 설마, 나도 네 물귀신 작전으로 말려들어간 거야!?"

"모, 몰라. 그냥 농담이겠지? 응, 그렇지? 콘치타? 키샤, 사브리나! 말 좀 해봐!"

덤벼드는 페를 두고 돌로레스는 횡설수설하며 궁색한 변명을 찾아 헤매야만 했다.

이상적인 기둥서방 생활 ❺

초판 3쇄 발행 2017년 7월 31일

저자 와타나베 츠네히코

발행인 원종우
발행처 (주)이미지프레임

주소 (13814) 경기도 과천시 뒷골1로 6, 3층
영업부 02-3667-2653 **편집부** 02-3667-2654 **팩스** 02-3667-2655
메일 edit01@imageframe.kr **웹** vnovel.blog.me

ISBN 978-89-6052-399-9 02830 **(세트)** 978-89-6052-269-5